パズルの軌跡

穂瑞沙羅華の課外活動

機本伸司

ハルキ文庫

JN282756

角川春樹事務所

目次

パズルの軌跡

穂瑞沙羅華の課外活動

清明……（せいめい）

1

「何も宇宙を作ることはなかった」と、彼女は言った。「〝内宇宙〟を作り直せば、その外側の宇宙も変わる理屈だ――」

うーん……。やはりもう少し前から始めた方がいいだろう。

四月十日？　そこまでのことは、日記にも書いたし。いや、まだ書いてないことも、実はあったりして。

すると、あのメールのあった日か。

二〇二九年、四月四日の水曜日――。

つまり、入社して三日目。僕はいきなり、遅刻したのである。というのもその前の晩、変な夢を見たからだ。何故《なぜ》かは分からないのだが、僕が寿司《すし》屋でバイトしているロッカーになった夢だった。それが意外と長い話だったので、つい寝坊してしまったというわけである。しかし人間とは不思議なもので、目が覚めたときに遅刻だと分かると、案外あわてないものだ。身支度を整え、とにかく出社することにした。

僕が就職した――というより、どうにかこうにか就職できた会社というのは、僕の家から、そんなに離れていない。いろいろやっているので一言では説明しにくいのだが、元々は地域情報を全国へ発信しているネットマガジン出版社だった。それが今では電子商取引《eコマース》に手広く進出し、ネット通販で無農薬野菜の販売なども手がけている。社名は、〝フワットホーム〟。名前はホンワカしていても、内情はなかなか厳しいのである。研修が行われている大会議室のドアをそっと開けたとたん、しっかり怒られてしまった。

自慢じゃないが、研修でも怒られっぱなしなのだ。うまくいかないことをコンピュータのせいにしてみても、それは間違いなく、操作している人間のせいなんである。講師役の社員さんが怒る気持ちも、分からないでもない。しかし学生時代に要領の悪かった人間が、社会に出て急にうまくいくわけがないのだ。

こんな暮らしが定年までざっと四十年は続くかもしれないと思うと、ちょっとたまらない気分にもなる。この、忙しくて退屈な暮らしが――。

お昼休みに外へ出たとき、ふと桜の木に目がとまった。そういえば、大学の正門前にあった桜並木も、超奇麗《きれい》だった。そろそろ、見ごろかもしれない。そんなことをぼんやり考えていたら、学生生活が懐かしく思い出されてきた。特に、最後の一年間……。しかし、ふり返っても、あのころにはもう戻れないのだ……。それで思い出したが、これは僕が学生時代につけていたような日記ではない。ある理由で、会社の仕事とは別に報告書《リポート》を出さなければならないことになって、そのための備忘録として書いているのである。

　さて、何とかその日の研修を終えた僕は、まっすぐ家へ帰ることにした。学生のときは大学近辺のアパート住まいだったが、今は実家で両親と暮らしている。夕食を済ませた後、僕は二階にある自分の部屋へあがっていった。これから一人で、やけ酒である。

　パソコンのディスプレイをテレビに切り替えると、地域紛争のニュースの次に、昨年の自殺者がまた増加したというニュースをやっていた。この分だと今年あたり、自分も微力ながら増加に協力できるのではないかという気さえしてくる。と言うのは、もちろん冗談で、別に死にたいわけではない。かと言って、生きるのもなかなかに辛《つら》いのだ。するともう、酒を飲むしかないわけである。

　テレビで天気予報のキャスターが言っていたが、この四月の四、五日ごろを、〝二十四節気〟では〝清明〟と言うらしい。清新にして明るく伸びやかな〝気〟が、天地に満ちあふれる時節だからだそうだ。けど僕にすれば、暦《こよみ》は清明でも心は闇《やみ》なのであった。と、愚痴《ぐち》を言っていても仕方ない。やることはいくらでもある。八日の日曜日には、学生時代に住んでいたアパートを引き払う予定になっているので、それまでに自分の部屋を片づけて、ここへアパートの荷物を詰め込まないといけないのだ。いらないものを処分しないことには、とてもじゃないが入りそうにない。

　何から始めようかと考えていたとき、携帯電話が鳴った。メールだったが、初めての相手かららしく、携帯が警告文を表示していた。迷惑メールでないことを確認し、警告を解除する。

差出人は、〃ネオ・ピグマリオン《NP》〃という会社の、樋川晋吾《ひかわしんご》という人物だった。

確かに、会った覚えはない。本文にざっと目を通してみると、突然のメールを丁寧《ていねい》に詫《わ》びた後、会社の事業内容について簡単に説明していた。そしてそのことで僕に相談したいことがあるらしく、一度お会いしたいというのだ。

何が何だか、さっぱり分からない。こうやって人を呼び出しておいて、実は怪しげな商品のセールスだったというのは、決してない話ではないのである。しかしネオ・ピグマリオンという会社名に、僕は聞き覚えがあった。

念のため、会社概要を調べてみようと思い、パソコンで〃ネオ・ピグマリオン〃のホームページを開けてみた。樋川という人物がメールに書いていた通り、ネオ・ピグマリオンというのは、メンタルヘルス——つまり心のケアを主に行う事業に新規参入したベンチャー企業に間違いないようだった。しかも樋川晋吾というのは、そこの社長である。

次に、〃沿革〃のページをクリックしてみる。社名は、ギリシャ神話に登場する〃ピグマリオン〃にちなんでつけたという。理想の女性を作ろうとした、彫刻好きの若者のことらしい。本社は、僕が通っていた大学からそんなに離れていないようだ。また親会社は、〃アプラDT〃と記されていた。

アプラDTなら、知っている。アプライアンス・オブ・デジタル・テクノロジー——略してアプラDT。ちなみに〃アプライアンス〃とは、〃装置〃とか〃設備〃という意味で、それを社名にしたアプラDTは、スーパーコンピュータ、人工知能《AI》、そして量子コンピュータなどのメーカーだ。就職活動で、僕もチェックしたことがあった。ネオ・ピグマリオンというのがその子会社なら、一応信用しても良いかもしれない。

しかし会いたいという理由が、やはり分からないのだ。わざわざ、この僕なんかに……。就活では、僕の方から「お会いしたい」と申し出て断られたことは何社もあったけれども、会社の方からいきなり「お会いしたい」と言われたことはなかった。

こっちから聞いてみようかとも思ったが、さっきのメールには〈後日お電話させていただきます〉とあったので、それまで放《ほう》っておくことにした。こんなメールにかまっている暇は、僕にはないのである。

次の日曜日、予定通り、僕は学生時代に暮らしていたアパートを引き払った。

そして翌日、つまり九日の月曜日の夜、仕事から帰宅して、まだ荷物整理でバタバタしていたとき、携帯に電話が入った。ネオ・ピグマリオンからだ。ただし電話に出たのは男ではなく、声からして若い女性のようだった。

名前は守下麻里《もりしたまり》。随分《ずいぶん》と礼儀正しい人みたいで、突然の電話を恐縮しながら詫び、その後でやはり、お会いしたいと言ってきた。理由は、その時に話すという。

返事をしぶっている僕に、彼女は何度も「お願いします」とくり返していた。

まだ見ぬ女性が電話口で頭を下げている姿を思い浮かべていた僕は、一人でくすぶっているよりはましかなと思い、日時と場所を決め、会う約束をした。本当は、この守下という女性がどんな人なのか、一度見てみたいと思ったのだ。

電話を切る前、僕はずっと気になっていたことを、彼女に聞いてみた。

「僕のメールアドレスや電話番号は、どうやってお知りになったんですか？」

「あの、それは……」言いにくそうにしていた彼女は、小さな声でこう白状したのだ。

「実は、森矢沙羅華《もりやさらか》先生のお母様に、お教えいただいたんです」

それで納得した。あのお母さんなら、それぐらいのことはするだろう。個人情報などお構いなし。あの人、相変わらず無茶苦茶である。おかげで僕に会いたいという大体の理由も分かった。いや、最初からそんな気がしないでもなかったのだが。わざわざ僕に会いにくるのは、何も僕が目的ではないのだ。

2

四月十一日の水曜日、会社の研修を終えた僕は、待ち合わせ場所である駅前のホテルへ向かった。

午後六時の約束だったが、まだ少し時間がある。ロビーのソファに腰かけ、暇つぶしに携帯を見ていると、通り魔殺人のニュースを速報で流していた。こういう事件はなくなるどころか、むしろ増加する傾向にあるようだ。

「失礼ですが……」

突然声をかけられた僕は、驚いて顔を上げた。

「綿貫基一《わたぬきもとかず》さん、でいらっしゃいますか？」

それは、電話の女性ではなかった。三十歳前後の小柄な男性で、ダークグレーのスーツを着ている。育ちがいいのか、全体にあか抜けていて、とても頭が良さそうな人物に見えた。もっとも自分と比べると、みんなあか抜けていて頭が良さそうに見えるわけだが。

男は微笑《ほほえ》みを浮かべながら「ネオ・ピグマリオンの樋川でございます」と名乗り、名刺を差し出した。

それを受け取り、名前と社名と肩書を確かめる。

「あの」僕は上目づかいで聞いてみた。「先日、電話に出た人は？」

「ああ、守下ですか？」樋川さんはニヤリとして言った。「申し訳ございません。彼女も是非《ぜひ》お会いしたいと申しておったんですが、急用で来られなくなりまして。くれぐれも、『よろしくお伝えください』とのことです」

樋川さんの含み笑いを見ているうちに、何となく分かってきた。そういうことか。声色《こわいろ》のいいエサに食いついた僕が馬鹿《ばか》なのである。

彼に誘導されるまま、ラウンジの椅子《いす》に腰を下ろした僕は、彼と同じくホットコーヒーを注文した。

当たり障《さわ》りのない世間話をしばらく続けた後、樋川さんが鞄《かばん》から会社案内のパンフレットを取り出し、テーブルに置いた。

僕はそれを見ながら、彼の話に耳を傾けた。大体は、僕もネットで調べたようなことだった。

ネオ・ピグマリオンは、メンタルヘルス事業に新規参入したベンチャー企業で、カウンセリングや占いなどを事業の柱としている。最大の特徴は、そのツールとして、親会社のアプラＤＴ社が開発した量子コンピュータを用いていることらしい。

英語のクオンタム・コンピュータを略して〝Ｑコン〟とも言うらしいのだが、一言で言って量子コンピュータとは、今までのコンピュータとまったく設計思想《アーキテクチャ》が違うために、驚異的な計算能力を有するコンピュータのことである。ただし未解決の問題も多く、商品化は時期尚早との声も聞かれないでもない。

〝コンピュータ占い〟というのは、かなり前からあったと思うが、ネオ・ピグマリオンでは、それを超高性能なＱコンを使って行い、有り余る計算能力でさらにカウンセリングまでやっちゃおうという会社らしいのである。

「実はその事業の件で、是非とも綿貫さんのお力を拝借できないかと思いまして、こうしてご相談におうかがいしたという次第です」

樋川さんはコーヒーをすすめた後、僕の表情を確かめるようにしながら、用件について話し始めた。

それによると、彼らが始めた事業そのものは、順調に推移しているらしい。しかし続けているうちに、カウンセリングや占い以外にも、いろんな依頼が舞い込んでくるようになったのだという。

僕がパンフレットをながめながら、「ネットとかで『何でもご相談ください』と書くからでは？」と言うと、樋川さんは苦笑いを浮かべていた。「具体的には？」

「ええ」彼は左手を、頭の後ろにあてた。「たとえば、壁の落書きに関する相談ですとか、ゴミの不法投棄、騒音に対する苦情、ペットの糞《ふん》の始末なんかですね。他《ほか》にも行方《ゆくえ》不明者の捜索願いや、浮気の調査とかも」

確かにそれだと、メンタルヘルス事業というより、何でも屋さんみたいかもしれない。しかし、それで僕に何を手伝えと言うのだろう。まさか、壁の落書きを消すとか、そこら中に糞をしてまわるペットの飼い主を探せということでもあるまい……。

「基本的に、お引き受けできない用件は、私どもでもお断りしているのですが」と、彼は言う。「それでも『是非』と頼まれて、なかなか断り切れない場合もある」

「たとえば？」

「たとえば、今も言いましたように、行方不明者の捜索です」彼はポケットから煙草《タバコ》のケースを取り出すと、それをテーブルの上へ置いた。「警察にも届けておられるようですが、よほどの事情か事件性でもなければ、積極的な捜査はしてもらえない。懸賞金を出して公開捜査することも検討したそうですが、あまり表沙汰《おもてざた》にはしたくないご様子で」

「それで、ネオ・ピグマリオンへ……」

「ええ。他に頼るところがない、お金はいくらでも出すとかおっしゃられて」

「お金?」

「行方不明になられた方には、資産家のご子息もおられるようでして。ただし、そんなふうに依頼をされているのは、うちだけじゃないとは思いますが」

「同業他社へも……」

彼は、大きくうなずいた。

「余所《よそ》さんは知りませんが、いくら実入りがいい仕事でも、見つけ出す自信もないのに、請け負うわけにはいかない」

「でもお断りすると、会社の信用にもかかわりますよね」

「おっしゃる通りです。それで数件についてはペンディングのまま、こちらでも予備調査をしているわけです」彼は、僕に顔を近づけた。「ところが調べてみると、同様の行方不明事件が、世界中で結構起きているらしいことに気づかされました」

「同様の、と言うと?」

「資産家のご子息の失踪《しっそう》事件です。ただし場所はバラバラで、何ら関連性はないようにも思えるんですが、行方不明になられた時期が、妙に近いケースもある」

「じゃあ、それは別々の事件じゃないかもしれませんね」

「いえ、証拠は何もないんですけれども、何らかの事件に巻き込まれていると、考えられないこともない」

するとと資産家の子息を狙《ねら》った、連続誘拐事件の可能性もあるかもしれない、と僕は思った。けどそれが間違いであることは、すぐに気づいた。身代金《みのしろきん》の要求がないのなら、誘拐のはずはないのだ。

しかし、資産家の子息というのが、気にならないでもない。つまり、僕も知っているような有名企業の重役の子供とか、人気タレントの子供とかも、その行方不明者のなかにいるかもしれないわけである。

「その行方不明者たちのお名前は?」と、僕は聞いてみた。

「そこまではまだ、お教えできません」樋川さんが、両手を前へ突き出す。「これからご相談させていただく用件をお引き受けいただけるようなら、公表できますが」

さすがに樋川さんは慎重な人物のようで、個人情報にかかわることをすぐに話そうとはしなかった。誰《だれ》かのお母さんとは、えらい違いである。

それでも僕は、「ペンディングにしている件数だけでも」と聞いてみた。

「どうしても、とおっしゃるのは、四、五件ですね」

「行方不明者は、男性ですか?」

「いえ、女性の方もいらっしゃいます」樋川さんは、コーヒーに口をつけた。「これぐらいはお話ししてもいいでしょうね。どのお宅でもお子さんのことでは随分ご苦労なさっておられたようで、引きこもりだったり、自殺騒動を起こしたりということも、あったそうです、幸い、未遂だったようですが」

引きこもりや自殺騒動と聞いても、僕はさほど驚かなかった。今どき、珍しいことでもないのである。けど資産家の子供なら、僕なんかよりずっと恵まれているはずなのに、何故そんなことになるのかなあという気はした。

「『何でもご相談ください』と大見得を切った以上、できればうちとしても、お引き受けしたい」樋川さんは、こぶしで軽くテーブルをたたいた。「しかし、それが難しい」

「予備調査までしておいて、どうして？　ネオ・ピグマリオンじゃ、量子コンピュータを駆使して相談に応じてるんじゃなかったんですか？」

「そこが問題なんです」彼は、僕を見つめて言う。「量子コンピュータといえども、万能ではない。占いやカウンセリングなどの一部の用途では有用ですが、やはり現段階では、まだまだ開発途上のマシンだと言わざるを得ない」

「でもパンフレットでもホームページでも、セールスポイントとしてQコンを掲げているわけでしょう？」

「はい、確かに。量子コンピュータまで持ち出して『見つかりませんでした』では、看板に傷がつく。それで、こうしてお願いに」

樋川さんは僕に向かって、深々と頭を下げた。

「つまり、行方不明者を探してほしいと」僕は聞いてみた。「私立探偵みたいに？」

「いいえ、そうではありません」彼が首を横にふる。「今言いましたように、課題の一つは、当社のシステムにあると思っています。それで量子コンピュータに限界があるなら、それを突き破れないかということなんです」

この男の頼みたいことが、だんだんと僕にも分かってきた。

「つまり、量子コンピュータの性能アップが図れないか、ということですか」

「ええ、ハード、ソフトの両面で。もちろん、親会社や関連会社のエンジニアさんたちにも要請しているところです。しかし元々、私どもの親会社、アプラDTの量子コンピュータというのは、森矢沙羅華先生の理論によって開発された製品なんですよね」

そこまでは僕も知らなかった。しかし彼女——つまり森矢沙羅華が巨大加速器〝むげん〟の建設にかかわる前に、量子コンピュータの開発をしていたことは、ネットか何かで見た記憶はある。どうもそれがアプラDT社の製品だったようだ。

樋川さんは、真顔で僕を見つめていた。

「量子コンピュータのバージョン・アップは、先生にしかできないこともあるはずなんです。私どもの親会社でありメーカーであるアプラDTには、私の方から話をつけさせていただきます。ですから何としても、先生のご協力を仰ぎたい」彼はこう続けた。「そしてでき得れば、その高度な頭脳で、当面の課題である行方不明者たちを見つけ出していただければ……」

僕は腕組みをして、彼に言った。

「やっぱり、私立探偵みたいな仕事じゃないですか」

「お礼はいくらでも……」

「いや、この場合、報酬はそれほど問題ではないと思いますけど……。でも、もう断られたんでしょう？　〝先生〟には」

「はい、門前払いです」樋川さんは苦笑した。「お会いすることもかないませんでした」

予想通りだ。それで樋川さんは、僕のところへ来たというわけだ。

「聞けば綿貫さんは、先生が心を開く、数少ない友人のお一人だとか……」

「〝聞けば〟って、彼女のお母さんから？」

「はあ……」

僕の口から、思わずため息が漏れた。

「綿貫さんを、男と見込んでお願いいたします。この用件、是非とも森矢先生に取り次いでいただきたい」樋川さんが、テーブルに両手をついた。「先生が表に出たくないとおっしゃるのなら、そのように配慮させていただきます。とにかく、取り次いでいただくだけでも何とか……」

僕は、頭を下げ続ける彼の後頭部を見つめていた。しかし僕に言わせれば、これは考えるまでもないことなんである。彼女はもう、以前の彼女じゃない。以前やっていたことだからと言って、以前のような仕事を彼女が引き受けるとは、とても思えない。用件を取り次ぐだけにせよ、彼女のことを思えば、当然断るべきなのだ。

僕は一度、舌打ちをした。しかし、行方不明者と、そのご家族を思えば……。確かに、即座に断るのも、お気の毒なことなのである。それは、樋川さんも同じかもしれない。だからこそ、こうしてわざわざ……。

「ご夕食はまだですよね」樋川さんは顔を上げると、ラウンジの外を指さし、「どうですか？ これから一緒に、お寿司でも」と言った。

僕は片手を軽く横にふった。

「いえ、寿司はちょっと……」

「じゃあ、洋食は？ 何でもお好きなものをおっしゃってください」

確かにお腹《なか》は空《す》いていたが、ここで接待されると、断れなくなるような気がした。断るのがいいとは思わないが、断れなくなるのも困るのである。

「いえ、今日はもう、これで……」

立ち上がろうとする僕に、樋川さんが手を突き出した。

「もうしばらくいいじゃないですか。まだご返事をいただいておりませんし」

「あの、その件は少し、考えさせてください」

「なるべく早くご返事いただきたいのですが……」

樋川さんも、なかなかねばり強い人みたいだ。ひょっとして、僕が〝うん〟と言うまで、帰さない覚悟かもしれない。

僕は樋川さんから視線をそらし、椅子に深くもたれかかった。そして頭の中で、〝彼女〟のことをふり返ってみたのだ。

森矢沙羅華。旧姓、穂瑞《ほみず》沙羅華——。

母親の希望により、精子バンクを利用して作られた天才児だ。特に彼女は、現代物理学の分野においてその才能を発揮、最近では大型加速器、〝むげん〟の基礎理論を考案したことで知られている。大学へも、飛び級で進学してきた。そして何を隠そう彼女と僕とは、同じK大学理学部物理学科のゼミで、チームを組んだ仲なのである。また結果的にだが、出来の悪い僕を留年の危機から救ってくれた、恩人でもある。

それはともかくとして、その特異過ぎる出自が彼女を苦しめていたのは否《いな》めない。いろいろあったが、結局彼女は、自主退学していったのだ。

とはいっても、決してネガティブな方向へドロップアウトしたわけでもない。彼女の母親は、精子ドナーであることが判明した実の父親と正式に結婚、彼女も一緒に暮らし始め、名字も母方の〝穂瑞〟から、父方の〝森矢〟に変えたのである。そして今や彼女は、十七歳の高校三年生。過去の自分を捨て、普通の女の子として暮らしている——。

やはりそんな彼女に、こんなことを持ちかけるのは、気の毒だろう。いや、これは彼女の事情だけで考えていい問題では、ないのかもしれない。彼女が開発にかかわったのなら、彼女にも責任のあることだといえる。しかし、おそらく彼女はそれを承知の上で断ったのに違いない。それを僕から、また持ちかけたりして良いのだろうか。僕の心は揺れていた。

しかしふと、僕がそこまで考える必要はないのではないかとも思えてきた。僕がQコンを改良するわけでもなければ、行方不明者を探すわけでもない。彼女が再出発するからといって、切って捨てられないと思われる用件を、彼女に伝言すればいいだけのことなのだ。断るかどうかは、彼女が改めて判断することである。

そう。それに何より、これを口実にして、沙羅華に会える。この前に見かけたときには、落ち着いて話もできなかったし、久しぶりに、じっくりと話をしてみたいと思っていたところだ。しかも二人っきりで、誰にも邪魔《じゃま》されず……。今のままだと、沙羅華とはただのメル友で終わってしまうかもしれない。しかしこれをきっかけにして、親密な交際に発展するかもしれないではないか。

結局僕に決断させたのは、この理由が大きかった。そしてこれこそが、男綿貫の密《ひそ》かなたくらみでもあったのである。僕は不敵な微笑みを浮かべながら、固唾《かたず》を呑《の》んで僕の返事を待っている樋川さんを見つめた。

そうだ。それに結果がどうあれ、次にネオ・ピグマリオンへ報告するときには、僕に電話をくれた守下という女性にも、会えるかもしれない……。と、僕の考えることは、相変わらず能天気なのである。

「まあ、話すだけ話してみましょ」

僕はもったいぶって、こう言った。

「いや、助かります」

樋川さんはまた頭を下げ、僕に会社案内やら資料のハードコピーやらを渡してくれた。

「先生から良いご返事がいただけることを期待しておりますので。休日でもご遠慮なく、お電話してください」

そして煙草のケースをポケットにしまい、立ち上がった。

「それからこれは、つまらないものですが、一つ綿貫さんに……」

彼はそう言うと、取っ手のついた紙袋を僕に差し出した。包装紙からして、中身はどうやら、デパ地下の洋菓子らしい。

さすがにそれはお断りしようとしたが、空腹と洋菓子には勝てなかったのである。樋川さんとお別れした後、僕はそれを片手にぶら下げて、家路についた。こんなものをもらってしまうと、もう断れないのであった。


その日の夜、おみやげにいただいたクッキーをおつまみにして缶ビールを飲み干した僕は、早速、沙羅華に連絡を入れてみることにした。細心の注意を要する用件なので、一方通行のメールよりは、電話の方がいいかもしれない。彼女に電話するのも、実は久しぶりだ。去年は同じ大学の学生だったにもかかわらず、今では社会人と女子高生。衝突した後の素粒子みたいに、進路も状態も、まるで違ってしまっていた。

登録したままの番号を呼び出したものの、そこでまた、僕は躊躇《ちゅうちょ》した。やっぱり、そっとしておいてやった方が、彼女のためなんじゃないだろうか？

いや、人助け人助け。僕は自分にそう言い聞かせ、通話キーを押した。

本当はその人助けさえ、口実なのである。何か理由を見つけて、彼女に会いたい。そういう僕サイドの事情が大きいのであって、それはネオ・ピグマリオンの事情でもなければ、彼女の事情でもないのだ。

数回の呼び出し音が、プッリと止まった。そして僕が〝もしもし〟と言う前に、彼女の声が聞こえた。

「あ、綿《わた》さん、元気ぃ？」

僕には分かる。この明るくて高いトーンは、かつての穂瑞沙羅華ではない。

しばらくどうでもいいような話を続けた後、僕は、「ちょっと会いたいんだけど」と切り出した。

彼女は「でも今、忙しいから」とか何とか言って渋っていたが、僕がしつこく迫ると、「ちょっとだけなら、いいけど……」と、ＯＫしてくれた。

何とか約束を取り付けた僕は、彼女の気が変わらないうちに、電話を切ることにした。

次に、ネオ・ピグマリオンの樋川さんへ電話を入れる。そして次の土曜日に森矢沙羅華と会う約束をしたこと、まだ彼女に用件は話していないことなどを伝えた。

さらに僕は、「成り行き次第では、会ってくれるかもしれませんよ」と言って電話を切った。

しかしそれは単に、僕が酔っぱらって口が軽くなっていただけなのであって、実際には何の根拠もなかったのである。

3

　四月十四日の土曜日、僕は樋川さんからもらった資料のファイルをナップザックに入れて、森矢家を訪ねることにした。僕が通っていた大学の近くの、新興住宅地にある一戸建てだ。けど以前住んでいた穂瑞の家は、沙羅華とお母さんが、すでに引き払っていた。お母さんの結婚を機に、森矢先生と家族三人で暮らせる家を、新たに見つけたのである。

〝森矢先生〟と書くとまぎらわしいが、沙羅華のことではない。彼女の父親の方だ。そう、沙羅華の精子ドナーとは、何と僕の母校、K大准教授の森矢滋英《じえい》先生だったのだ。

　携帯のナビをたよりに、何とか彼女の家にたどり着いた。一戸建てには違いないが、正直、前の家の方が大きかったように思う。彼女には特許収入とかがかなりあって大金持ちのはずなのだが、あえてこういう暮らしの方を選んだのだろう。

　玄関の呼び鈴を押すと、お母さんが出てきた。もちろん、彼女も名字が変わって、森矢亜里沙《ありさ》になっている。しかしこの人、相変わらずテンションが高く、声も高いのである。

「まあ綿貫さん！」と言いながら、門を開けてくれた。「その節はお世話になりまして……」

　確かにお世話はしたかもしれないけど、そんな笑って言うようなことかと思う。とにかく、家の中へ入れてもらうことにした。

森矢先生、と言ってもお父さんの方なのだが、彼はどうも外出中らしい。

「沙羅華は二階にいます」お母さんは僕にそう言うと、二階を見上げて大声を出した。「沙羅華ちゃーん、お客様。綿貫さんよ」

返事がない。

お母さんが「どうぞご遠慮なく」と言うので、僕は階段を上り始めた。

考えてみれば、沙羅華がここへ引っ越してきて以来、彼女の家にお邪魔するのは、今日が初めてなのである。つまり、森矢沙羅華になった彼女の部屋へ入るのは、僕も初めてだったのだ。

ドアの前に立った僕は、ノックをして、ゆっくりと開けてみる。

すぐに違和感を覚えた。彼女の部屋は、こんなに明るかったか？　窓から入り込む日ざしが、部屋全体を妙につつみ込んでいるのだ。

いや、別に驚くことではないのかもしれない。かつての沙羅華の部屋と比較するから、疑問に思うわけである。落ち着いて見てみると、ありきたりの、今どきの女子高生の部屋ではないか。

そう思いながらも、つい比べてしまう。スペースは、ずっと狭くなったかもしれない。ただしそれは、部屋そのものが狭いのであって、前の部屋みたいに本棚やパソコンに圧迫されているからではない。て言うか、本はほとんどない。パソコンも、勉強机の上にミルキーピンクのノートパソコンが一つあるだけのようである。本棚だって、一つしかない。

見てみると、心理学や哲学関係の本は、少し残っているようだったが、物理関係の本はまったく見当たらない。その代わりというか、少女コミックが並んでいる。そして棚の空《あ》きスペースは、キャラクター・グッズでうまっていた。

それらは本棚や机に収まり切らないようで、クローゼットの上にもいくつかあったし、ベッドにも、白クマのヌイグルミが鎮座している。

沙羅華は、そのベッドに腰かけていた。白いブラウスにピンクのスカートというカジュアルな服装で、僕と目線を合わすこともなく、携帯とにらめっこしながら、ひたすら親指を動かしている。

僕が声をかけようとすると、顔を携帯に向けたまま、彼女は右手の人さし指を立てた。

「ちょっと待ってね」

そう言われると、おおせの通りにするしかないのである。

前に見かけたときには気づかなかったが、彼女、髪の毛がまた伸びたようだった。毛先は、肩から肩甲骨のあたりまで届いている。伸ばすつもりなんだろうか。

うつむき加減のせいもあって、彼女の小さな顔は、その髪の毛にやや隠れていた。長いまつ毛が、瞳《ひとみ》を大きく見せている。一瞬、つけまつ毛かと思うほどだが、そうではない。

彼女は初めて会ったときのように、化粧気《け》はほとんどなく、スッピンに近かった。ただしリップクリームは塗っているらしく、外の光を受けて、唇が艶《つや》っぽく光っている……。

ピアノの練習でも始めたのか、サイドテーブルの上には、シンセサイザーか電子ピアノ《エレピ》

のキーボードが置いてある。僕が何気なく、彼女の携帯をのぞき込むと、

「見ちゃ駄目」と彼女は言い、携帯を胸元に隠してふくれるのだった。

仕方なく僕は、勉強机の前にある、赤い椅子に座ることにした。高さはもちろん、小柄な彼女に合わせてあったが、僕も足が短いので、調節し直す必要は特にない。椅子をゆるやかに回転させ、僕はそこから、ぼんやりと彼女をながめていた。可愛《かわい》く思えてしまうのは僕の好みの問題として、どう見ても、普通の女の子だ。

しかし彼女は、現代物理学の天才児でもある。そのギャップが、彼女を苦しめていた。真理の探究は思うにまかせず、体の方は待ったなしに成長を続ける、心はそれらに、追いついていかない……。

それがある事件を境にして、彼女はこのように、普通の女の子として暮らすことになったわけである。まあ〝ある事件〟と一言で言えるほど、地味で分かりやすい出来事でもなかったのだが……。ただ、彼女は彼女なりに考え抜いて、今の生き方を選んだのだろう。

「よし、送信!」

直後に携帯をポシェットに入れた彼女が、ようやく顔を上げる。

そして「お待たせ、綿さん」と言うと、彼女は笑顔で、僕を見つめた。

「どうだ、少しは慣れたか?」

僕は、勉強机の脇《わき》に置かれている、学校鞄に目をやった。

「まあね」こっくりとうなずいた後、彼女が前髪をかき上げる。「でも、まだ始まったばっかだし、新学期」

「本は？」

次に、本棚を見上げて言った。

「見ての通りよ。処分しちゃった。学校に寄贈したのも多いけど」

「音大にでも行くのか？」

僕はそのまま、シンセサイザーのキーボードへ視線を落とす。

「進路はまだ決めてないの。進学しようとは思ってるけど」

彼女は立ち上がると、電源の入っていないシンセサイザーの鍵盤《けんばん》に触れた。

「音楽は趣味よ。そういう趣味があった方が、幸せだもんね」音の出ない鍵盤を弾《ひ》きながら、今度は僕に質問した。「綿さんはどうなの？　順調？」

「最悪さ」僕は、ため息をついた。「いきなり遅刻してさ」

別に笑わせる気はなかったのだが、この遅刻ネタ、彼女には馬鹿ウケしていた。

「まったく、綿さんらしいよね」

「もう、死んだ方がましさ」

僕がそう言うと、彼女はまた大声で笑うのだった。

しばらくして、お母さんがジュースを持って入ってきた。彼女の動作を目で追いながら、

僕は軽い既視感《デジャ・ビュ》におそわれていた。こんなシチュエーション、いつか経験したことがある

ような気がする。

お母さんは僕に「ゆっくりしていってくださいね」と言うと、微笑みながら部屋を出ていった。

「相変わらずだな。お前のお母さん」

僕がそう言うと、沙羅華は顔を伏せて苦笑いを浮かべていた。

「そうでもないよ。何か、張り切っちゃってさ」

確かに前と比べると、お化粧は薄くなったかもしれない。服装も地味だし、笑顔も作り笑いではないようだ。この結婚は、お母さんにとっても良いことだったのかもしれない。

「まあ、空回《から》りしているという点では、昔からそう変わらないけどね」

沙羅華はまた、一人で笑っていた。

「そうそう、森矢先生は？」僕は彼女に聞いてみた。「今日は休みじゃないのか？　いらっしゃったら、ご挨拶《あいさつ》しようと思ってたんだけど」

「父さん？　今日も出かけてるわよ」

彼女の笑い声が止まる。

「じゃあ、大学へ？　それともまた〝むげん〟へ？」

「ううん。出張」彼女はオレンジジュースに口をつけ、再びベッドに腰かけた。「まだ内緒なんだけど、父さん、ひょっとしたら学校を辞めちゃうかもしれない」

「え、どうして？」

「実は、ヘッドハンティングを受けててさ」

「ヘッドハンティング?」

「うちの父さん、今は准教授だけど、教授として招へいしたいと言ってくれているところがあるの。こっちだと当分、教授に昇格できそうにないわけだし、提示された条件も悪くない。それで悩んじゃってさ」

「どこから?」

「それが外国なのよね。今もその件で、海外旅行中」

「するとまた、離ればなれに」僕は彼女の顔をのぞき込んだ。「せっかく一緒に暮らせたのに」

「私も、一緒の生活をずっと夢見ていたけど……。私たち親子、電磁石のN極とS極みたいなものかも。離れていると引き合うけど、一緒にいると反発し合う」彼女がベッドの上で膝《ひざ》をかかえたので、僕は目のやり場に困ってしまった。「それより用件は? せっかく来てもらって悪いけど、私、そんなに時間ないの」

「出かけるのか?」

「うん、今日はこれから、友だちと約束があるから」

「約束?」デートじゃないかと、僕は思った。「映画か何かなのか?」

「何でもいいでしょ」

「友だちって、誰と?」

「そんなの、誰でもいいじゃん。友だちは友だち。綿さんみたいなオヤジじゃないことは確か」彼女が軽く、ベッドをたたく。「そんなことより、早く用件を言っちゃってよ」

「じゃ、言うけど」僕はナップザックからファイルを取り出しながら、ボソボソと話し始めた。「実は先日、僕のところへネオ・ピグマリオンという会社の樋川という人が……」

「やっぱ、そのことか……」

僕が言い終わらないうちに、沙羅華は顔をそむけた。どこまで聞いているかは知らないが、少なくともピグマリオンから彼女に直接連絡があったことは、確かなようだった。

「大体は、お母さんが断ってくれてるんだけどね」と、彼女がつぶやくように言う。「私に会いたいという申し入れは、いまだにいくつかあるの。でも今度の場合、ピグマリオンはともかく、親会社のアプラDTには、ちょっとした義理があってさ……」

「でも結局、会ってないんだろ」僕が聞いても、彼女は横を向いたまま、返事をしない。

「そのピグマリオンも、お前が発案した量子コンピュータで事業を始めたらしいじゃないか。まったく関係ないとは、言い切れないと思うんだけど……」

黙りこくっている彼女に、僕は樋川さんの話を伝えることにした。ネオ・ピグマリオンでは量子コンピュータを使ってメンタルヘルス事業を始めたものの、依頼内容のなかには、自分たちの処理能力を超えているものがあること。それで沙羅華の力を借りて、何とかQコンの性能を上げたいと考えていること。さらにできれば、依頼を受けた事件の解決にも、協力してもらいたいこと。具体的には現在、行方不明者の捜索依頼が何件か舞い込んできており、それらはすでに、ピグマリオンの手にあまるものであること――。

「いくつかのケースはバラバラの事件じゃなく、何か共通点があるんじゃないかと、樋川さんは考えているみたいだったけど」と、僕は付け加えた。「それから、君が表に出たくないのなら配慮をする、とも言っていた……」

沙羅華は、僕の方を見ようとしなかった。

「それで私が、二つ返事で協力すると思ってるわけ?」

何も言わずに僕が黙っていると、彼女が続けて言う。

「私の返事、分かってるんでしょ」

僕は軽くうなずきながら、小声でつぶやいた。

「うん」

「本当に?」今度は、僕の目を見て聞いてきた。「私、綿さんのことを誤解していたのかもしれない。そういう話を、私のところへは持ってこないと思ってたけど」

彼女の言いたいことは、僕にも分かっているつもりだった。つまり、どうして自分を、そっとしておいてくれないのか……。

「ひょっとして、それを口実にして、私に会いに来たとか?」

彼女にそう言われて、僕はドキッとした。かなり図星に近い。

「いや、別にそういうわけじゃ……」

「そんな手の込んだことをしなくても、綿さんならいつでも会ってあげるのに」そして彼女は、同情するように続けた。「とにかく、返事しなきゃならないんでしょ。何か理由がいるなら、そうね……。私は基礎理論が専門で、エンジニアじゃない。それに今は学生で、しかも受験を控えた身だし、アルバイトする時間的余裕はない、ていうので、どう？　もちろん、本音《ほんね》は他にあるけどさ」

彼女がこんな様子なら、樋川さんには、その通りを伝えるしかないだろうと思った。僕にしても、彼女はこれからも会うと言ってくれているんだし、それでもういいじゃないかという気もする。けど僕には、まだ割り切れないものがあった。

「でも、人助けだとは思わないか？」僕は沙羅華に聞いてみた。「依頼者の身にもなれば……」

「私には関係ない」

「じゃあ、量子コンピュータは？　連中はそれを捜索に使って、うまくいかなくて困ってるんだ。それについては、お前にも〝製造物責任〟てのがあるんじゃないのか？」

「でも私は私で、することがあるの」

「たとえば？」

「今言ったじゃない。もう三年生なんだから、受験勉強もやらないと」

「そんなのしなくたって、お前、天才なんだし……」

「でも、学校の宿題もあるしさ。休みだって、もう予定はびっしりなんだから。今度の連休には、友だちと〝手塚治虫《てづかおさむ》ランド〟へ行く約束もしてるし」

「いつでも行けるじゃないか、そんなの」

「でも、みんなやってるようなことを今やらないと、流行に遅れちゃうじゃない。他にもやらなきゃいけないことは、いっぱいある。カラオケにゲーセン、ウインドショッピング。それに映画もコンサートも」

「何も、無理して流行を追いかけなくても」

「そうじゃなくて、これは今しかできないことでしょ。そうやって、今を楽しむの。私、今が一番楽しい。それを手放すのも邪魔されるのも嫌《いや》。やっとつかんだ幸せなんだもん」

何を聴く気かは知らないが、彼女は僕との会話を拒むかのように、ワイヤレス・ヘッドホンで耳をふさいだ。そして洋服の乱れも気にせず、ベッドに倒れ込む。

やっぱり、今の彼女に「発案者としての責任がある」とか言っても、無理なような気がした。一から出直そうとしている沙羅華にとって、過去の事象はすべてお荷物なのではないだろうか。だから、最初は僕にも会いたがらなかったのかもしれない。

しかし……。まだ何か、引っかかるのである。しかもそれは、ピグマリオンの事情でも、実は僕の事情でもない。そんなことを考えながら、僕は沙羅華の勉強机に目をやった。

自分の部屋にこもってパソコンのディスプレイばかり見つめ続けてきた彼女が、友だちだか何だか知らないが、誰かと一緒に外へ出るというのは、決して悪いこととは思わない。むしろ、それならそれで結構なことだと、僕も思う。

にもかかわらず、さっきからこうして笑顔の彼女を見ていても、僕にはどういうわけか、心底、彼女が楽しそうには見えないのである。いや、この前に見かけたときは、確かに楽しそうだなと感じた。それが今、近くで彼女を見ていると、あのときとは微妙に違うのだ。うまく言えないのだが、実際、こうして僕と一緒にいても、彼女は一人で別のことを考えているわけなんだから。

こんなことを彼女に言うべきかどうか、僕は迷っていた。もし仮に、何か新たな悩みごとがあったとしても、彼女はそれを自分一人で解決するつもりなのかもしれない。すると、このまま別れて彼女をまた一人にしてはいけないのではないか、という気もしないではなかったのである。そして友だちとして、何か言ってやるべきではないのかと……。

僕は思い切って、彼女に聞いてみた。

「本当にそうなのか？」

ベッドに横になりながら、沙羅華はヘッドホンを、そっと耳から外した。

「え、何が？」

「自分で言ったことさ。お前、本当に幸せなのか？」僕の問いかけにも、彼女は表情を変えない。「いや、幸せには違いないのかもしれないが、お前、本当は退屈してるんじゃないのか？　て言うか、自分をもてあましているような気がする。お前があこがれていた、〝幸せ〟とやらに」

彼女は僕の声がまるで聞こえないかのように、寝そべったまま、じっとしていた。

「別に嫌な仕事なら、受けなくてもいい。それとは別の話として聞いてほしい」僕は一つ、咳《せき》払いをした。「今のお前を見てると、何か、キャラがブレてんだよな。たとえば、この少女コミック」そして本棚を指さす。「買い込むのはいいけど、本当に読んでるのか？それにさっきから友だち友だちって言うけど、お前、そんなに友だちいたのかよ」

黙り続ける彼女にかまわず、僕は話すことにした。

「遊びの予定が一杯なのはいいけど、本当に楽しんでるのか？　自分でも気がついてるんだろ。あこがれていた暮らしを始めてみたものの、それが自分にはしっくりきてないらしいことに」

彼女に向かって話しているうちに、この部屋に入ったときから拭《ぬぐ》いきれずにいる違和感の理由が、何となく分かってきた。僕がさっきから話をしている〝森矢沙羅華〟というのは、〝実像〟ではないのではないかということである。

4

「変ね」と、彼女はつぶやいた。「私、幸せそうに見えてなかった？　一生懸命やってたつもりだったんだけどな。でも……」

「でも、何だ？」

「大学のゼミでもそうだったじゃない。私が関心をもっていることには誰もついてきてくれないし、みんなが話題にするようなことに、私は興味がない」

確かに沙羅華だと、大学生同士の会話も、幼稚に感じていたかもしれない。高校生相手にペチャクチャ喋《しゃべ》るのなら、なおさらだろう。

「勉強もつまんないしさ。授業なんて、とてもじゃないけど聞いてらんない。それにこの前なんか、先生が『物理を教えてくれ』と言って、私のところへ来たのよ。もう馬鹿馬鹿しくて」

僕は笑うに笑えず、彼女の話を聞いていた。

「私やっぱ、みんなと違うみたい。大学だろうが高校だろうが、関係ない。それでも自分で選んだことでしょ。だから頑張って、みんなと同じになろうとしてるんだけど」

彼女は寝返りをうち、背中を僕の方に向けた。

「綿さんを部屋に入れたのは、まずかったかな」

「え?」

「こういう気持ちは、自分の部屋でしか出さないようにしていたから……。いや、部屋は関係ないか。綿さんだから見抜いたんだよね、きっと」彼女は自分で納得したように言った。「こんなふうになることは、ずっと望んではいたけど、急にこうなってもねえ……。でも誤解しないで。不幸じゃないんだ。これって、幸せには違いない。だけど私、そういうのに慣れてないし、結構、息が詰まる。すると今までの癖で、つい余計なことを考えちゃうわけ」

彼女はゆっくりと、ベッドから体を起こした。

「かといって元の自分では、やっぱり人とうまく暮らしていく自信がもてない。それで、無難なキャラクターを演じ続けているわけ。普通の女の子、森矢沙羅華を。でも森矢沙羅華じゃ、誰もふり向いてくれない……」

彼女の吐息が、かすかに聞こえた。

「自分でも穂瑞沙羅華の放つ輝きが、うとましく思えるときもある。それに同じ自分なら、前の方が機能的なのよね、何をするにも。でも、今更戻れない。元の穂瑞沙羅華に戻れば、せっかくできた学校の友だちも、離れていくに決まっている……」

案の定だ、と僕は思った。彼女は、変わってない。彼女はすでに存在していないはずの〝穂瑞沙羅華〟のまま、〝森矢沙羅華〟という〝役〟を演じていただけのようなのだ。大体、あのひねくれ者が、急に人間好きになったりするはずがないのである。

「言っちゃ嫌よ」と、彼女は言った。

僕は黙ったまま、小刻みにうなずいた。

「私、無駄なことをやってたとは思いたくない。森矢沙羅華をやってみて、分かったこともあるし」

「ふうん。どんな?」

「たとえば……そうね。私ってやっぱ、月並みな幸せでは、満たされないらしいってことかな。よくある話よ。〝この人〟だと思って一緒になったら、この人じゃなかったってね。でもそれは、一度経験してみないと、分からないことでしょ」

「じゃあ、お前の考える幸せって？」

「それが分からないから、こうして考えてるんでしょ。でも多分、私にとっての幸せとは、きっと幸せ以上の何かなんだと思う」

「幸せ以上の何か？」僕はくり返した。

「私、やっぱり欲が深いのかもね」彼女はそう言って、苦笑いを浮かべる。「それが自分でも分からないから、また考えてしまう。いえ、より本質的な問題として、私には真理へのあこがれがある。ずっと考え続けていたことだもん。断ち切れるものじゃない……」

彼女の声が、次第に低くなったかと思うと、いきなり「私、何か言った？」とつぶやき、元の調子に戻った。

僕は、「いや、別に」と答えて、彼女の勉強机に頬杖《ほおづえ》をついた。そして彼女のことを、僕なりに整理していた。

どうやら彼女は、森矢沙羅華としての幸せをつかもうとしていたようだ。そして森矢沙羅華としてなら、彼女の描く幸せに届きかけている。しかし彼女は森矢沙羅華を演じているだけで、なり切れずにいるのだ。

そして穂瑞沙羅華はと言えば、森矢沙羅華に与えられるような幸福以上の何かでないと、満たされないことに気づいたようなのである。それが何なのかは、まだ彼女にも分からないみたいだが、真理の探究には人並み以上に魅力を感じているらしい……。

要するに彼女、見かけはフツーにしてても、中身のある部分は、以前の彼女のままみたいなんである。しかもそれは、彼女の最も本質的な部分であり、彼女もそれを、変えられずにいるようなのだ。

「綿さんにも、分かってきたみたいね」彼女がそう言って、微笑んだ。「私の問題の根っこは、〝自分〟にあるの。なりたかった自分になれたはずなのに、心は元のまま。それが変わらないことには、何も変わらない。いくら環境が変わっても、同じこと」

僕は、さっき彼女が「穂瑞沙羅華をうとましく思う」と言っていたことを思い出していた。それを僕はてっきり、森矢沙羅華の穂瑞沙羅華に対する嫉妬《しっと》か何かだと思っていたが、別な解釈も成り立つようだ。

つまり彼女は、今のありきたりの幸せに満足できるよう、自分の中の穂瑞沙羅華を変えたいと思っているのかもしれないのである。しかし、なかなかそれもできずにいるのだ。

「もっともこれって、多分、私だけの問題じゃないと思うんだけど」ため息まじりに、彼女は言う。「そんなふうに自分を変えたいっていう人、結構いるよね、きっと。そのことで悩んでいる人も、悪戦苦闘している人も」

何か彼女の話を聞いてるうちに、痛々しい気分になってきた。

「自然体でいいんじゃないか?」僕は彼女に言った。「何もそう、難しく考えなくても」

自分で言って、彼女へのアドバイスとして適切でないことに気づいた。確かに僕なら、自然体でいいかもしれない。けど彼女は、それを難しく考えてしまうのだろう。

「自然に変わっていくなら、誰も苦労はしないわよ」と、彼女がつぶやく。「まさに〝三つ子の魂〟。いくら環境や名前を変えたって、私は私、中身は穂瑞沙羅華のまま。どうなるものでもない……」

彼女は急に肩をすぼめ、可愛らしく舌を出した。

「ごめんね。久しぶりなのに、グズグズした話でさ」

「いや、別にかまわない」

「こんな自分を、変えられるといいんだけどね。パァッとこう、手品みたいにさ」

「自分が、今の自分でなくなってもいいのか？」

「モチよ。実際、そんなふうにして面白おかしく暮らしている人もいるんだから。でも……」

「そうだよな」僕は頭の後ろで、両手を組んだ。「人間、そんな急に変われるもんじゃない」

僕はハッとして、顔を上げた。

「きっと、お前だけじゃないと思う」

「え、どういうこと？」

彼女が、僕の方を向いて言う。

「さっき、自分でも言ってたじゃないか。これって多分、お前一人の問題じゃないんだ。それにみんながみんな、面白おかしく暮らしているわけでもないだろ。お前みたいに自分のことで悩んでる人は、結構いると思う」

僕は、勉強机の上に置いたネオ・ピグマリオンのファイルに目をやった。

「たとえばこの行方不明者たちも、お前みたいなことを考えて、自分の現実からスピンアウトしていったのかもしれない。実は、ネオ・ピグマリオンが依頼を断れずにいる数件というのは、どれも親がセレブでお金持ちらしい。その子供たちだって、何不自由なく生活していたはずなのに、失踪してしまった……。何か、お前と似てないか？」

僕はファイルを、沙羅華のいるベッドの方へ放り投げた。

「こいつらも、何か今のお前と似たような問題をかかえていたんじゃないのか？　もちろん、お前とはレベルもシチュエーションも違うかもしれないけど、少なくともこんなことで悩んでるのは、多分、お前だけじゃない」

「でもそれは、共通する問題があるかも、ということであって」彼女は、口をとがらせた。

「何も解決策があるということじゃないわけでしょ。大体、問題が共通しているからといって、会ったこともない人を探すなんて、そんな面倒くさいこと……」

「すると何か？　お前はこれからも、抑えきれない真理探究の誘惑からも目をそらし続け、一人で今の気乗りのしない青春ごっこを無理やり続けるのか？　お前らしくもない」

「じゃあ、どうすればいいのよ！」

沙羅華は僕に向かって、大きな声でそう言った。

しばらく僕をにらみつけていた沙羅華は、ベッドの上に投げ捨てられたピグマリオンのファイルを手に取ると、ページをめくり始めたのだ。

しめた、と思うべきなのかもしれないのだが、かなり複雑な心境で、僕はその様子をながめていた。僕は、普通の女の子になろうとしている森矢沙羅華を歓迎しながらも、それには多くを期待せず、困ったときは、こうして彼女の中の穂瑞沙羅華に依存しようとしている。僕は一体、彼女に、森矢沙羅華になってほしいと思っているのか、それとも……。

「別に、協力する気になったわけじゃないからね」言い訳するように、彼女が言う。「わざわざ会いに来てくれたからだよ」

僕は取りあえず、「ありがとう」と礼を言った。

ファイルを読み進めていた彼女が、ふと顔を上げる。

「肝心の行方不明者たちの名前が、記載されていないみたいだけど？」

「それは、個人情報だから」と僕は答えた。「分かるだろ。正式に引き受けてもらえるなら、公表するって言ってた」

「ふうん、別にいいけど。どうせどこかの、世間知らずの甘えん坊さんなんでしょ」

お前も人のことは言えないだろうと思いながら、僕は彼女が読み終わるのを待った。

「で、彼らの行方が分からないわけ？」彼女はファイルを閉じ、ベッドの上へ置いた。

「こんなことで引っかかってるの？　馬鹿馬鹿しい」

「協力してくれるのか？」

僕は身を乗り出して聞いてみた。

「悪いけど、やっぱりQコンのバージョン・アップには参加できないわね。て言うか、彼らのやろうとしていることって、あまりに真っ正直過ぎて、Qコンでも難しいんじゃない？　行方不明者を見つけ出すなんて、確率的に予想することはできても、やっぱり技術的に限界がある」

「駄目か」

僕の体から、力が抜けていくのを感じた。

「でもこういう捜査なら、何もQコンを使わなくても、かなりのレベルまでできると思うけど……。あの人たち、捜査にQコンを使う前提で考えちゃってるけど、既存のシステムだって、使い方によってはいい線まではいけるはずよ」

「しかしそれだと、捜査する人間の能力に左右されるんじゃないのか？」

「かもね。事件が無事に解決するかどうかは、探偵の腕次第ってとこかな。それには、それなりにテクニックがいるかもしれないけど」

「でも、お前なら……」

彼女は首を横にふった。

「だから私、他の人の問題に付き合っていられないって。私は私で、一杯一杯なんだもん」

「しかし事件の謎《なぞ》を解くことが、自分の問題を解決する手がかりにもなる、とすれば……？」

彼女は、じっと僕の方を見つめている。

僕はそのまま、彼女が返事をするのを待つことにした。

しばらく考え込んでいた彼女が、ふいにこぶしを握りしめる。そして到底届かないのだが、まるで僕を殴りつけるかのようにして、右腕をふり下ろした。

「もう、せっかく人が、機嫌よく女子高生やってるのにぃ」

彼女はそう言うと、自分で自分のしぐさが可笑《おか》しかったのか、急に笑い出したのだ。それがとても愉快そうにも見えたので、つい僕もつられて微笑み出したほどだった。

笑いが止まらなくなった様子の彼女は、ベッドからゆっくりと腰を上げた。そのままクローゼットへ行くと、その小引き出しから、小さな鍵《かぎ》を取り出す。

今度は僕がいる勉強机までやってくると、仕方ないわね、といった表情を浮かべ、一番下の引き出しの、鍵を開けた。

そしてその引き出しの中から、黒色の小型ノートパソコンとACアダプタを取り出したのである。彼女が以前使っていたものだ。僕にも見覚えがある。

さらに引き出しの奥に手を伸ばした彼女は、サングラスのような形をした〝グラスビュア〟をつかんでいた。ウエアブル・コンピュータの一種で、片方のレンズがディスプレイになっていて、小型のイヤレシーバーも付いている。これもかつて、彼女が愛用していた情報端末である。そう言えば去年の秋以来、彼女がグラスビュアをかけているのを、見たことはなかったような気がする。

彼女は、机の上にあったミルキーピンクのノートパソコンを脇へよけると、黒いパソコンにACアダプタをつなぎ、立ち上げた。そしてグラスビュアをかけ、そのスイッチもオンにした。

彼女の笑いはようやくおさまったようだったが、微笑みはまだ、彼女の唇に保たれている。それから椅子に座っている僕を見下ろし、ささやくように言うのだった。

「私はそんなに、望まれていたのか?」

5

彼女のこういう冷めた微笑みを、僕は久々に見たような気がしていた。

返事に躊躇している僕に向かって、彼女が低い声で言う。

「ちょっと席を譲ってくれないか、綿さん」

言われるまま席を立つと、代わりに彼女がそこへ腰かけた。そして僕は、すぐ横にあったゴミ箱の上に、自分の尻《しり》を乗せたのである。

「まったく、君のお見立て通りだよ」彼女が黒いパソコンに、IDとパスワードを入力している。「演技と見破られるのが嫌なので、あまり人前には出ないようにしていたんだ。それがよりによって、君と話し込んでしまったんだから、どうしようもない。まるで〝量子〟さ」

「量子……?」

僕は小声で聞き返した。

「複数の状態が重なり合って存在し、何が出てくるかは状況と観測者次第――。普通の女の子になりたいのは山々だったんだが、綿さんと二人だと、つい昔の自分が出てしまう。自分を演じるのに余分なエネルギーを使うのも、馬鹿馬鹿しい。それに君が相手なら、そんな気を使うこともないだろう。正直、女子高生キャラは、ちょっと無理して作ってた」

彼女は机にあったスティック菓子、スティッキーを一本つまみ出した。色からして、イチゴスティッキーらしい。

僕はその様子を、呆気《あっけ》に取られてながめていた。彼女はやはり、〝森矢沙羅華〟と〝穂瑞沙羅華〟の間で揺らいでいたのだ。森矢沙羅華となることを望んだものの、なり切れず、そして封印したはずの穂瑞沙羅華の知性とエネルギーは、もてあましていた……。

「何をそんなに驚いている」彼女が、スティッキーを一かじりする。「心配するな。私はハイドじゃない」

「ハイド?」僕は彼女の横顔を見つめながら、首をかしげた。「アルプスの?」

「それはハイジだ」呆《あき》れたように、彼女が言う。「わざとボケてるのか?　エドワード・ハイド。スティーブンソンの小説、『ジキル博士とハイド氏』の主人公じゃないか」

彼女は、パソコンのキーボードをたたき続けている。

「ひょっとして、協力する気になったのか?　ネオ・ピグマリオンに」

「さあ、どうかな」彼女はまた、スティッキーをかじって言う。「その前に、こっちでも調べておかないとね」

「調べると言っても、どうやって?」僕はまた、首を傾けた。「行方不明者たちの名前も教えてもらえないのに?」

「別にかまわない。まず問題になるのは、捜査方法だ。つまり、ソフト」

「ソフト?」

「ああ。それを提示できるかどうかという、カウンセリングのような段階だ。つまり、Qコンの性能を上げなくとも、またQコンにこだわらなくても、既存システムである程度の捜査ができるという、可能性を示してやるんだ」

僕はまた、ポカンとして彼女の話を聞いていた。

「分からないか? 数学の授業と同じだ。まず先生が黒板に向かい、例題を解いて見せる。次に生徒、つまりピグマリオンは、同様の方法で応用問題を解いてくれればいいわけだ。いや、例題の解き方だってちょっとしたテクニックがいるから、彼らには難しいかも」彼女が首をひねる。「だったら、カンニングペーパーでも作って渡してやるとするか。さてと……」

彼女は、インターネットに接続したようだった。

「行方不明になれば、ネットで噂《うわさ》されている人もいるだろう」

彼女は、まず〈行方不明〉と入力し、それをキーワードとして検索していた。

　すると、数十万件にも及ぶヒットがあった。実名や顔写真が記されているものも多い。

「これらの情報を、絞り込んでいこう」彼女はいくつかのキーワードを追加して、アンド検索を始めた。「親がセレブでお金持ちなんだろ。例題のサンプルはこれで抽出できる」

「でも、それがピグマリオンに依頼のあった人物とは限らないだろ」

「さっき言ったじゃないか。条件が似通っていればいいんだ」

見る見るうちに、黒いパソコンのディスプレイには数百名のリストが表示された。

「例題のサンプルは、これぐらいでいい。肝心なのは、彼らの所在だな」

「これで分かるのか？」僕はリストを見ながら聞いた。

「君は何か、根本的に誤解してないか？　ここに名を連ねている人たちは、所在が分からないからこそ、リストアップされているんじゃないか。ネットに書き込んだ人も、見つからないということを書いているだけで、彼らがどこにいるかは、いまだに把握できていない。それがネットの限界さ」

「それじゃ、何にもならないだろ」僕は眉間《みけん》に皺《しわ》を寄せた。「ピグマリオンに会っても、仕方ない。どうするんだよ」

「相変わらずだな、君は」彼女が薄笑いを浮かべて言う。「このリストは例題。解くのはこれからだ。早速、次ステップに移る」

「次ステップ？」

「ああ。ネットの限界を突き破って、捜査を開始するんだ」

「どうやって？」

「このリストは、行方不明者本人ではなく、彼らの関係者が書き込んだ情報を参考にしている。しかしそれでは、いまだに行方不明者の所在にたどり着けないわけだ。だったら、新たな証拠を探すしかないだろう」

「新たな証拠？」

「仮説を立ててみるんだ。彼らの関係者だけではなく、こうした行方不明者たち本人が、ネット内に何らかの痕跡《こんせき》を残しているのではないかとね。そして、彼らが作成したと思われるホームページやブログを探すんだ。あるいは彼らが、ネットに書き込みを残していないかとか、あるいは何らかのサイトにアクセスしていないかとかを調べ上げる。その中に、手がかりがあるかもしれない」

「なるほど……」

「しかし通常、行方不明者本人のホームページなりブログには、彼らの本名が書かれていない場合が多い」

「ハンドルネームか？」

「そう、彼らの足跡をネット内に探すとすれば、本名よりもハンドルネームの方なんだ。だから次にすべきなのは、こうした行方不明者たちのハンドルネームなどを調べること。そしてそれらをキーワードに、ネット内における彼ら自身の書き込み、あるいはアクセスしたサイトの履歴やプロフを丹念に調査していく」

沙羅華は僕にそう説明している間にも、キーボードをたたき続けている。

僕はゴミ箱に腰を下ろしながら、彼女の横顔を見上げていた。

しばらくして、行方不明者のリストに、彼らのハンドルネームが追加された。

彼女と一緒に、僕もディスプレイを見つめる。なかには、複数のハンドルネームを使っている人もいるようだった。

「まず手始めに、そうだな。彼なんかどうだ?」彼女が、〝トワイライト・ジェットストリーム〟というハンドルネームを指さす。「ちょっと調べてみようか」

彼女の黒い小型ノートパソコンに、〝トワイライト・ジェットストリーム〟さんのホームページが表示された。

「まだ閉じてなかったようだな」と、彼女がつぶやく。

ホームページを見てみると、確かに本名は、どこにも記されてはいなかった。しかし彼女が言っていたように、この人物が現在行方不明なのだとすれば、その前兆も手がかりも、随所に書き込んであるように見受けられる。また、最近更新がないことを残念がる他の人の書き込みも、数件ある。

僕は彼女に聞いてみた。

「でもこれだけだと、最近失踪したことが分かるぐらいじゃないのか?」

「いや、書き込みの内容によっては、ここからでも重要な手がかりを得られるかもしれない。しかしそれでも駄目なら、次の手を使うしかない」

「次の手？」

「これも言っただろ。彼らがネットに残した足跡を探っていく。具体的にはIDなどを突き止め、アクセスしたサイトや購入した物品、チケットなどを調べていくんだ」

気のせいか、彼女がキーボードをたたくスピードが、次第に速くなったように僕は感じていた。

「ところで、行方不明者たちに共通点があるのでは、と言っていたね」

こっくりと僕がうなずくのを見て、彼女は続けた。

「それを確かめるには、他の行方不明者たちのハンドルネームについても、同様の追跡調査をやってみるといい。それらを突き合わせ、共通してアクセスしているサイトから、まず調べてみる」

「つまり、何人かが同じような理由で行方不明になったのだとすれば、彼らが共通してアクセスしているサイトに、何らかの手がかりがあるのではないか、ということか」

「別に感心するようなことでもない」彼女はリストの中から、最近の行方不明者で、失踪時期も比較的近い数名をピックアップした。「ネットの検索ソフトと、発想はさほど違わないさ。けど、このノートパソコンじゃ、限界がある。三、四名から始めてみよう。それで彼らがアクセスしたサイトを、突き合わせてみるんだ」

しばらくしてディスプレイには、別なリストが表示された。サンプルとして選んだ数名について、共通して訪れたサイトが、アクセス回数の順に並べられたものらしかった。サイトの件数は、意外と多いようである。

彼女と一緒に、リストの上から見ていくことにしたが、すぐに、アダルトサイトが上位に並んでいるらしいことに気がついた。

沙羅華が腕組みをして言う。

「サンプルとしてピックアップしたのが、若い男性に偏っていたようだな」

延々と続くアダルトサイト名をながめながら、僕は「何か、救いようがないな、こいつら……」とつぶやいた。

「綿さん、君だって、他人《ひと》ごとじゃないだろ」そう言いながら浮かべた彼女の微笑みには、すでに森矢沙羅華の面影はなかった。「例題だとしても、こういう偏りは避けたい。サンプルに女性も加え、共通してアクセスしているサイトを調べ直そう」

沙羅華が手際よく、キーボードをたたく。

すると、出会い系らしきサイトが上位にきたようだった。新興宗教らしきサイトや、ネオ・ピグマリオンのようなカウンセリング・サービスのサイトもあるようだ。

「あ、〝ソウル・オリジン〟……」

思わず声が出た。僕の知り合いも入っていた新興宗教のサイトも、リストにあがっている。いや、ソウル・オリジンは宗教団体とは違うと彼は言っていたような気もするが……。

さらにスクロールを続けるうちに、今度は沙羅華がつぶやいた。

「何だ、これは？」

ディスプレイを見ると、〝ワンダフル・ゼロトピア〟、〝ホープレス・ツアー〟、〝アワー・ラストミッション〟といったサイト名がリストアップされている。確かに名前だけでは、どういう趣旨のサイトなのか、判断し難い。

けど僕には、〝ひょっとして〟という思いが、この時すでにあったのである。

「試しに一つ、訪ねてみたらどうだ?」

「ただし、直接入るのはヤバい。こっちのデータを知られたくない」彼女がまた、キーボードをたたき始める。「バイパスさせて入ってみよう」

彼女はそのうちの一つにカーソルを合わせ、エンター・キーを押した。閲覧制限がかかっていたが、彼女はそれも解除する。

ディスプレイに、暗く重苦しいメインページが現れた。

やはり、間違いないだろう。どうもこれらは、〝自殺サイト〟のようだ。

「この手のサイトは、いくらでもあるみたいだな」

彼女は椅子にもたれかかって言った。そしてディスプレイのウインドウを、さっきのリストに戻す。

そう思って見ると、確かに自殺サイトらしきものは、他にいくつもあるようだった。

椅子をゆっくりとゆらしながら、彼女が続ける。

「まだ一つのサイトには特化できないが、サンプルとしてピックアップした行方不明者の多くが、こうしたサイトを閲覧し、あるいは参加したのかもしれない」

「すると、集団自殺？」僕は思わず、首を突き出して言った。「規制は厳しいはずなのに」

「いくら閲覧制限をかけても、いたちごっこなんだろう。別なサイト名で、また出てくる。とりわけ海外からの情報なんかは、有害情報監視網から漏れやすい」

「じゃあピグマリオンが探そうとしている行方不明者たちも、こういうサイトを利用して、集団自殺した可能性も？」

「ないとは言えない」

「しかし自殺するのに、どうしてこんな面倒なことを……」

「死にたいが、死に切れないんじゃないか？　少なくとも、独りじゃね」

沙羅華はパソコンに向き直り、今度は〈自殺サイト〉をキーワードに、検索を始めた。なかなか手際がいい。

「お前もよく見るのか？」と、僕は聞いてみた。

「そう思うのか？」彼女が顔を伏せ、微笑む。「あまり見たことはない。人と一緒に何かをするというのが、嫌な方だからね。それが自殺であろうが、何であろうが」

彼女は検索結果に目をやった。検索件数は、数万を軽く超えている。彼女の言う通り、海外にも数多く存在しているようだ。

「件数は多いが、案外、実体はないのかもしれないな」彼女はスティッキーをかじった。

「こうしたサイト名と、サンプルの行方不明者たちが訪れたサイト名とを、すり合わせてみよう。そしてリストにチェックマークが入るようにして、最初の方針で、もう少し進めてみる」

「つまり、行方不明者に共通するものがあるとすれば、共通してアクセスしているサイトに、何らかの手がかりがあるのではないか、ということだったかな？」

「ああ。それが自殺サイトであったとしてもね」

次に彼女は、アダルトサイトやオークションなど、失踪とは比較的関係が薄いと思われるサイトのランクを下げた。そして自殺サイト、新興宗教、メンタルヘルス関連の団体などに絞り込み、リストを更新した。

しかしそれでも、まだ数多くのサイト名が上位にリストアップされている。

「このなかのどこかに、手がかりが？」と、僕は聞いてみた。

「まだ分からない。ネット内に証拠があるという仮説を立てれば、こういうリストも作れるということだ。これをしらみ潰《つぶ》しに調べれば、何か分かるかもしれないが……」彼女が軽く膝をたたいた。「さて、とにかくカンニングペーパーは出来上がり。捜査にも使えるはずだ。私にできるアドバイスとしては、これぐらいかな」

「え、もっと調べるんじゃ、なかったのか？」

「これだけでも参考になるじゃないか。それにこの程度のアドバイスなら、私がわざわざ出向くことはないと思う。データをコピーするから、君が持っていってやるといい」

どうも彼女は、この件はこれで終わりにしようとしているようにも見えた。

「でもまだ、例題を解いたわけじゃないだろ。つまり、サンプルの行方を突き止めたわけじゃない」

「分からないか？　私が個人的にこの先へ進めるのは、リスクが高いということだ。ここから先の捜査は、そっちでやってもらわないと。まあ、アドバイスぐらいは、サービスでできないこともないがね」

「サービスって、どんな？」

「君もしつこいな」沙羅華が呆れたように言う。「そうだな、この段階でできるサービスとしては、可能性のランクを見直すことぐらいかな」

「ランクを？」

「閲覧回数とかアクセスした時期、加入申し込みの有無《うむ》とかをさらに調査して、新たな情報を追加すれば、リストの順位は入れ替わっていく。それで、可能性の高いものから、あたっていけばいい」

「可能性の高そうなサイトねえ……」

僕はディスプレイをながめてみた。

「たとえば、このリストだとまだ下位にあるが、行方不明者たちがお金持ちの子供だとすれば、海外のサイトなんかが上がってくるかもしれない」

沙羅華がリストをスクロールさせていく。

僕は眉間に皺を寄せた。リストに英単語がいっぱい出てきたのである。正直、英語は苦手だった。

僕にかまわずリストを見ていた沙羅華が、急にスクロールを止めた。そして、何か考え込んでいるらしかった。

「どうかしたのか?」

僕は、ディスプレイをのぞき込んだ。そして彼女が見ていたリストの項目を、僕も確かめた。

そこには、〈ガーデン・オブ・ノアス〉——直訳すると、〝ノアスの園〟というサイト名が記されていたのである。

それはリストの上位にあったわけでもなく、もし彼女がスクロール操作をしなければ、目にとまることも、なかったかもしれない。

「ノアス、か……」

ひとり言のように、彼女がそうつぶやく。

「何か心当たりでも?」僕は聞いてみた。

少し間をおいて、「いや……」と彼女が答える。「これも実体はないだろう。どこかに所在地が記されていたとしても、存在しないかもな」

彼女は検索エンジンで、〈ガーデン・オブ・ノアス〉を調べようとしていた。

「あれ? 可能性の高いものから、あたっていくんじゃなかったのか?」

「まだそこまでの吟味はしていない。これは、そういう統計的なデータでもないんだ」

ひょっとして、ただの勘なのかもしれないと、僕は思った。しかし、まさか沙羅華が勘だけで動くとも考えられないのだが……。

「じゃあ、何なんだ？　どうしてノアスを？」

「いや、ちょっと気になって……。ピグマリオンにプレゼンするとしても、やはりリストの抜き取り調査は必要だろう」

「それならそれで、リストを更新して上位から調べればいいんじゃないのか？　その方が合理的だし、自分でもさっき、そう言ってただろ」

「抜き取り調査は、別にどこでもいいんだ。行方不明者の数名が、何度かアクセスしていることは確かなんだし、ネットサーフィンだと思って付き合ってくれ」

検索結果が表示されると、ディスプレイは、英文だらけになった。

「ごめん、僕、英語がほとんど分からない」

僕がそう言うと、沙羅華は翻訳ソフトをかませてくれた。それで項目にカーソルをもっていくと、バルーンで和訳が表示されるようになった。

彼女と一緒に、ディスプレイに注目する。

ざっと見たところ、〈生まれ変わり〉がどうのこうのと書いてあるものが多いようだったが、〈自殺〉に関しては見当たらなかった。

「何だかよく分からないな」僕は首をひねった。「これ、本当に自殺サイトなのか？」

沙羅華が舌打ちをする。

「直接、ホームページに入った方が早いかもしれない」

「アクセスしてみるのか?」

「ああ、また迂回《うかい》設定をした上でね」

彼女がエンター・キーを押す。

ディスプレイに、〈ガーデン・オブ・ノアス〉――〝ノアスの園〟のホームページが表示された。

まず、光をイメージしているような輝線が現れ、像を結ぶ。メインページのレイアウトは、それほど暗くない。

沙羅華はこれにも翻訳ソフトをかませてくれていたので、僕は和訳の方を見ていた。メインコピーは、検索結果で見た説明文《キャプション》通りだった。

〈良き生まれ変わりのために〉

さらに〈自分について悩んでいませんか?〉〈すべて解消できます〉〈〝内面の通訳者〟がお手伝いします〉といったコピーが続いている。

「〝内面の通訳者〟?」

僕がそうつぶやくと、彼女はディスプレイのカーソルを動かし、バルーンを消した。

「原文は〈インナー・インタープリター〉。この場合、〝精神面での〟――あるいは〝心の内の通訳者〟と訳すべきかもね」

ページの上の方には〈至福への招待〉というコピーとともに、〈ご案内〉——つまりイントロダクションの入り口が、下の方には、〈セミナー〉と称するイベントの入り口があった。表紙を見る限り、やはり自殺に関する記述は見当たらない。

「これ、本当に自殺サイトなのか？」

僕がそうくり返すと、彼女は黙ったまま、〈セミナー〉の入り口をクリックした。

「おい、大丈夫か？」

「これぐらいは問題ないだろ」

「でも、〈ご案内〉から先に見た方が……」

画面が切り替わり、〈セミナー〉のページが表示された。そこにはさらに、〈申し込む〉という別な入り口の表示がある。

セミナーはすでに何度か開催されていたようで、次回は、この四月末にあるらしい。参加要領の説明を読み進めるうちに、セミナーの参加費が尋常でないことが分かった。何と、二万ドルはいるらしいのだ。

「いくらドル安とはいえ、そのへんの若者にはちょっと出せない金額だなあ」僕はそうつぶやいた。「しかも全額、前払いだぜ」

「自殺するなら、後払いはできない」と、彼女が言う。

確かにそうかもしれない。

「でもこの金額を見て、ただの悪戯《いたずら》だと思う人もいるんじゃないか？　あるいは詐欺か。

このサイトのサービスが安楽死のことだとしても、ちょっと高すぎる。やっぱりこれ、本当の本当に自殺サイトなのか？」

「このコピーに書かれている、〈至福〉が何かによるんじゃないか？」彼女は、ディスプレイを指さした。「至福――すなわち幸せ以上。しかしこれが〝死〟を意味している可能性もある。メインコピーにある〈生まれ変わり〉にしても、その前提には、〝死〟があるのだから」

「でも、そもそも〝ノアス〟って、何なんだ？　英語なのか？」

「いや……、造語か何かだろう」

彼女はまた、スティッキーに手をのばしている。

「もっと調べてみるか？」僕が首を突き出して言った。

「しかしこれ以上入り込むと、申し込まないといけなくなるかもしれない。それに今の目的は、ノアスを調べることじゃなかっただろ」

「あ、そうか……」

そうだった。ネオ・ピグマリオンから依頼のあった、行方不明者を調べるべきなのだ。

「それにはデータが不足している。と言うか、依頼者からの正確な情報が必要になる」彼女は、キーボードの端を指ではじいた。「これはただの例題に過ぎない。ピグマリオンが握っている情報を調べてみれば、もっとはっきりするかもしれないんだが……」

ディスプレイを見つめて考え込む沙羅華に、僕はささやいた。

「お前、元に戻ってるぞ」

「えっ」

　彼女は顔を上げ、勉強机にあった鏡をのぞき込んだ。一度、咳払いをした後、彼女が僕に向かって言う。

「予行演習《リハーサル》は、これぐらいでいいだろう」そしてデータを、ディスクにコピーし始めた。

「次は実戦だ。やはり、ピグマリオンが握っている情報が欲しい」

「言ったじゃないか。それには、ピグマリオンの依頼に応じないと」

「だからこのカンニングペーパーを渡す」

「それだけじゃ、連中、きっと納得しないと思うけど」

「そうだろうか」

「だって、カンペじゃ応用がきかないだろ。少なくとも、君のテクニックを見せてやらないことには」

「じゃあ、仕方ない……。彼らの希望通りじゃないかもしれないが、その時は、この捜査方法を教える」彼女が、ディスクを取り出して言う。「それでどうだ？」

　僕は首をひねった。

「しかし捜査方法と言っても、これだって例題にした行方不明者を、まだ見つけていないわけだろ。そこまでたどり着けたのなら、それこそ〝ビンゴ〟だけど」

「さっき言っただろ。ここから先は、潜入捜査になる。私が調べるには、リスクが高い。

しかしこの段階でも、一応の方向性は示せるわけだ。そして今度は実際に、依頼のあったケースでやってみればいい。必要なら、私が説明してもいいが」

いま一つ釈然としなかったのだが、むしろ大切なのは、沙羅華がピグマリオンと会う気になったことなのかもしれない。

「だったら、連絡してみよう」と、僕は言った。「休日でもかまわないって、向こうは言ってたけど」

「私も早い方がいい。今からというのは、どうだ？　綿さんもその方がいいだろう」

携帯で連絡をしかけた僕は、顔を上げた。

「お前、確か今日は友だちと約束があったんじゃ？」

「今から、キャンセルする」

見ると、彼女も携帯を取り出したところだった。

「場所はどうする？　この家へ来てもらうのか？」

「いや、ここはマズい。こんな私の姿を、また母に見せたくないからね」彼女はグラスビュアを指さした。「それにコンピュータにしても、ここにあるのは、このノートパソコンだけ。以前使っていたハードはすべて処分したし、ここに残したのも最低限のプログラムだけだ」

彼女が黒いパソコンに視線を落とす。

「じゃ、どこで会う……？」

「〝シェルター〟はどうだ?」

「シェルター?」僕は首をかしげた。「〝むげん〟の〝クロスポイント〟にある?」

「ああ。あそこなら、私が自由に使える。コンピュータのスペックも、申し分ない」

彼女が言った〝シェルター〟とは、通常の意味で使われる〝避難施設〟ではない。加速器〝むげん〟において、粒子の衝突点付近にあり、施設の開発者特権として、沙羅華一人に与えられた観測室のことだ。その形が特徴的なドーム状であることや、当時の沙羅華の閉鎖的な性格を揶揄《やゆ》して、〝シェルター〟と呼ばれるようになったのである。

ただし正式名称ではなく、運用開始となる〝ファーストビーム〟以後は、共用の観測室を〝Aルーム〟と呼ぶのに対して、通常は〝Bルーム〟と呼ばれているらしい。ファーストビームの少し前から、彼女はもう、そこへは立ち寄らなくなっていたが、使用権は彼女に与えられたままになっていた。

今そこは、僕たちの恩師である、鳩村由子《はとむらよしこ》先生が管理してくれている。先生は、わが母校の人気教授の一人だ。僕や沙羅華が一緒に学んだゼミ、〝素粒子物理研究室〟の担当教授で、〝むげん〟での実習でも、随分お世話になった――。

「データの一部は、シェルターのコンピュータにバックアップしてある」と、沙羅華が言う。「行ってもいいんだが、それなりに手続きも必要になる」

「でも今日は土曜日だし、休みじゃないのか?」僕は彼女に聞いた。

「〝むげん〟は一年中、二十四時間開いている。ピグマリオンの方こそ、どうなんだ?」

「急ぐみたいだったし、彼らの本社も、ここから近い。その気があれば来るだろう」

「よし、プロフィールを教えてくれたら、通行証《パス》は手配しよう。君の分もな」

数回の呼び出し音の後、樋川さんが電話に出た。簡単な挨拶に続いて、手短に用件を伝える。電話を切らず、肝心なことをまず、今度は沙羅華に伝えることにした。

「先方も、お会いできるなら今からでもかまわない、と言っている」

「じゃあ、そうしよう。今日の午後、〝むげん〟でどうだ」

「それでいいみたいだ。それからもう一人、連れてくるらしい。実際にクライアントを担当している、守下という人だ」

「じゃあ、その人のプロフィールも聞いておいてくれ。パスは、あとで携帯に転送する」

先方もこれから出るということだったので、少し余裕をみて、夕方に会うことにした。念のため、こっちからは〝むげん〟の地図を送る約束をして、僕は一旦《いったん》、電話を切った。

「私たちは先に行って、準備していよう」

彼女は黒いパソコンを引き出しにしまい、鍵をかけた。そしてグラスビュアを外し、机の上へ置く。

「ちょっと廊下で待っててくれ」

着替えるみたいだったので、僕は言われた通り、廊下で待つことにした。その間に僕は、〝むげん〟のクロスポイントの地図とシェルターへの進入経路図を、メールに付けて樋川さんへ送ることにする。

沙羅華が、部屋から出てきた。ブルーのライダースーツに着替えている。また伸ばし始めた髪の毛は、後ろで束ねていた。そしてまるで拳銃《けんじゅう》のホルスターのように、黒いウエスト・バッグを腰に巻いていた。

その姿に見とれている間もなく、彼女の後ろについて、僕も階段を下りる。

台所から出てきたお母さんに、彼女は声をかけた。

「ちょっと出かけてくるから。遅くなるかもしれないけど、心配しないで。綿貫さんと一緒だから」

僕は啞然《あぜん》としながら、彼女を目で追っていた。さっきまでの穂瑞ではなく、また森矢沙羅華に戻っている……。

彼女は、玄関を出るよう僕に合図を送った。その目の輝きは、まだ穂瑞沙羅華のものだったが、それをあのお母さんが見抜いたとは、僕には思えなかった。

お母さんに会釈《えしゃく》をして、僕たちはそのままガレージへ向かう。彼女は、僕のためにスペアのヘルメットを渡してくれた。

彼女の燃料電池《セル》バイクはモトクロスタイプだが、何とか二人乗りできないこともない。ヘルメットをかぶりながら、僕は少し考え込んでしまった。

「どうした？」と、沙羅華が聞いた。

「いや、ピグマリオンに協力するのはいいけど、彼らが把握している行方不明者たちも自殺サイトに申し込んでるとすれば、ひょっとして、もう死んでるんじゃないかと……」

「それで?」彼女はヘルメットをかぶりながら、微笑みを浮かべる。「死んだことが分かるぐらいなら、行方不明のままの方がいいんじゃないか、とでも?」

「そういうわけじゃないけど、事実が明らかになるのも、気の毒な気がして……」

「ふん、仕事じゃないか。ピグマリオンが請け負うなら、調べて報告する義務が生じる。たとえ自殺していてもな。そんなことは、ピグマリオンに振ればいいことだ。私たちが悩むことじゃない」

彼女はセルバイクに乗り、ハンドルを握りしめていた。

確かに行方不明者たちのことも気になったのだが、僕の気がかりは、実はもう一つあったのである。僕は行方不明者たちのことを、沙羅華と似ている、と言ったことを思い出していたのだ。ということは、この件に深く首を突っ込むと、彼女も自殺を考えたりはしないだろうか——。

しかし、それを彼女に告げる余裕はなかった。僕が後ろに乗ったことを確認すると、彼女はセルバイクを猛スピードで走らせ始めたのだ。

6

沙羅華の効率的な運転技術のおかげもあって、一時間もしないうちに、巨大加速器〃むげん〃が見えてきた。見えてきたといっても、全部が見えるわけではない。何せ、デカ過ぎる。

〝むげん〟は、直径約二キロのリングが東と西にあり、それが二つ合わさって、〝無限大〟（∞）の形をしている。道路から見えているのは、その高架構造になっているところぐらいなのだ。つまり、二つの円に接して伸びている二本の直線の一部と、〝クロスポイント〟と言われる直線の交差部分である。

この〝むげん〟で採用されている〝クロストロン〟システムというのが、沙羅華のアイデアらしい。それと、僕たちはつい〝むげん〟と言ってしまうが、それは加速器名であって、今から行くところの正式名は、〝日本加速器物理研究協会《JAPSS》・本部キャンパス〟である。

正門は、メインの制御室があるイーストサイドに、またウエストサイドに第二ゲートがある。シェルターのあるクロスポイントへは、今までそのどちらかから行かねばならなかったのだが、先日、ようやく第三のゲート、〝センター・ポスト〟が完成した。それでこの四月からは、クロスポイントへは直接、エレベータで上れるようになっている。

僕はバイクの後ろで沙羅華にしがみつきながら、クロスポイントのあたりを見上げていた。〝むげん〟を見るのは久しぶりだったが、何回来ても、その威容には圧倒されてしまう。

進行方向に目をやったとき、僕は意識するでもなく、〝田んぼ〟を探していた。

そう、センター・ポストの周辺には、意外にも田んぼが残っているのである。面積は約千五百平方メートルと、ちょっとしたテニスの練習場ほどで、そんなに広くはないのだが、

〝むげん〟の関係者たちが皮肉も込めて、〝ご斎田《さいでん》〟と呼んでいたところだ。

本来、もっと早くに買い取られて駐車場か何かになるはずが、ある事情で田んぼのまま残ってしまったのだ。元はと言えば、持ち主の山田《やまだ》寿美子《すみこ》というお婆《ばあ》さんが、田んぼを続けると言って売らなかったからなのだが。そのへんの事情には僕も少なからずかかわっていて、去年はそこで、アルバイトとして田植えやら草引きやらをやらされていた。

実は収穫前にそのお婆さんは亡くなってしまったのだが、みんなで何とか稲刈りを済ませ、JAPSSの許可も得て、結局、田んぼのまま残すことになっていた。ただ、用地買収の話がまとまったために、工事が遅れていたセンター・ポストもようやく完成、クロスポイントまで直通で行けるようになったわけである。

「あ……」

ようやく見えてきた田んぼを見て、僕は思わず声を出してしまった。何と、一面の草っぱちなのである。

去年稲刈りが終わった後、「今度は野菜を作ろう」とか言って、耕耘機《こううんき》で畑状にはしておいた。けど、その後はみんなバタバタしていて、野菜の種をまくどころか、手入れも怠っていたのだ。

近づくほどに、その荒れ具合が見て取れた。野菜を植えるために土を盛り上げた畝《うね》があるはずなのだが、草だらけで、どこが畝かも分からない。緑一色とはならず、まばらにピンクや黄色味を帯びているのは、レンゲやタンポポが咲いているからだ。奇麗と言えば奇麗だが、何も別に、レンゲ、タンポポを作るつもりだったわけではないのである。

しかし田んぼというのは、放っておくとこれほど荒れるものなのかと思う。こんなことなら、JAPSSの計画通り整備していた方が、よっぽど見栄えが良かったかもしれない……。

沙羅華はバイクを、センター・ポストのすぐそばの駐車場へとめた。

バイクから降りると、彼女が「どうかしたのか？」と聞いてきた。「さっき後ろで、変な声を出しただろう。トイレにでも行きたくなったのかと思った」

「いや、そうじゃなくって……。田んぼが……、いや、畑が草っぱちだったから。誰か何とかしないと」

僕が畑に目をやると、彼女もその方向を見つめていた。

「君がやるんじゃなかったのか？」

「いや、みんなでやることになってたはずだ。けどみんな、てんでバラバラになってしまうから、ずっとここにいる技術主任の坂口《さかぐち》さんが、面倒をみてくれるという話になってたと思う」僕は畑を指さした。「けど、どうやら何もしてくれてない」

僕がふり向くと、彼女はゲートへ向かって歩き出していた。

「すまないが、田畑の心配は後回しにしてくれ」

仕方なく、僕は彼女の後ろについて歩くことにした。そして金属とガラス構造のエレベーター・タワーと、その頂上に位置するクロスポイントを見上げた。ここからだと、高さ五十メートルはある。ネオ・ピグマリオンの人たちと面会する予定になっているシェルターは、この上にあった。

ゲートでは、警備員たちが沙羅華を見て、最敬礼をしていた。しばらく顔を見せてないとはいえ、やはり彼女、ここでは超有名人なのである。僕たちは携帯で通行証を提示し、あとで来客があることも警備員に伝えておいた。エレベータはガラス張りで、外の景色が一望できるようになっている。僕が下界をぼんやりながめているうちに、ゴンドラはクロスポイント――粒子の衝突点と検出器があるフロアを通過し、さらにもう一階上の、観測室がある〝ビーカー・スクエア〟へ到着した。ファーストビーム以後、クロスポイントの観測室がある一画は、こう呼ばれている。本当は、ビ《B》ッグバン・エ《E》ナジー・ア《A》ンド・キ《K》ー・エ《E》ナジー・リ《R》サーチャーか何かの略らしいのだが、僕らは化学実験で何でもかんでも混ぜ合わせる、あのビーカーだと思っていた。

観測室についてはさっきも述べた通り、AルームとBルームの二種類ある。Aルームと言っても、研究内容によって数ブロックに分けられていて、枝番の付いた部屋がいくつかある。それに対してBルームは、一つだけである。

Bルームも、数あるAルームの研究室の一つと見なしてよいのかもしれないのだが、基本的にAとは独立している。形も特異なドーム状で、Aルームとは明らかに違っている。それこそが、沙羅華専用の研究室、通称〝シェルター〟なのである。

エレベータを降りると、吹き抜けのある広い空間へ出る。

そして階下の粒子衝突点と巨大な検出器を見下ろすように、回廊が円を描くように続いていた。その回廊で各部屋がつながれていて、ほとんどが共用のAルーム関連なのだが、このエレベータの向かい側あたりに、電算室とBルームがある。下のフロアからは、ザーッという音とブーンという音とが入り交じったような、低周波のノイズが聞こえていた。

「鳩村先生がいらっしゃるようなら、挨拶していこう」回廊を歩きながら、沙羅華が言う。

「ピグマリオンとの約束までに、少し時間がある」

僕は軽くうなずいた。その日、大学のゼミ生たちの見学会があることは、受け付けの予定表を見て知っていたのである。

沙羅華は、Aルームの〝メインルーム〟ともいわれる、測定器制御室のドアを開けた。スペースとしては広いのだが、机やラック、モニター類などが不ぞろいに並び、煩雑としていて狭く感じられる。

そして研究者らしき数名が、椅子に腰かけ、ディスプレイをじっと見つめている。そんな研究者たちの周囲には、学生らしい集団もたむろしていた。

その中に、見覚えのある顔もあった。チェック柄のセーターの上からブレザーを羽織って、その上から〝たすき掛け〟にしてカバンをさげている。

僕と同期で、卒業後は大学院へ行った、須藤零児《すどうれいじ》だ。彼とはゼミでも一緒だった。

「須藤君」

先に声をかけたのは、沙羅華の方だった。

「あ、穂瑞やないかいな」ふり向いた彼は、笑顔を浮かべながら丸出しの関西なまりで言った。「何や、綿貫も。ほんま、久しぶりやなあ」

「うん。ホント久しぶり。ファーストビームの前に、みんなで会って以来かなあ」

僕はまた、唖然として彼女を見ていた。口調が、森矢沙羅華に戻っているのである。

そう、そのことを須藤に言っておかねばならないと、僕は思った。

「彼女、もう〝穂瑞〟じゃないから。名字が変わってるし」

「それぐらい、分かっとるっちゅうねん」彼は僕に向かって右手をふり、〝突っ込み〟を入れるポーズをした。「けど〝森矢〟やと、ここでは紛らわしい思てな」

言われてみれば、そうかもしれない。彼女の父、森矢先生は、須藤の学校の准教授なんだから。

「紛らわしければ、僕みたいに〝沙羅華〟と呼んだらどうだ」

「名前で呼び捨てに？　何や、照れくさいな」

彼女は微笑みながら、僕と須藤のやりとりを聞いていた。

「私はかまわないよ。須藤君さえ良ければ、私のこと、サ・ラ・カって呼んでくれても」

「え、ほんまに？」

そのとき彼がどんな想像をしていたのかはよく分からないのだが、彼は顔を赤らめながら頭をかいていた。

それを問いただす気にもなれなかったので、僕は話題を変えることにした。

「ところでお前、ここで何してるんだ？」

「見て分からんか。ゼミ生の引率やがな」彼は後ろの学生たちを指さした。「今日は三年生で、また今度、四年生を連れて来なあかん……。おい、そのへん下手《へた》に触らんように」

パソコンのディスプレイをのぞき込んでいる学生に、須藤が注意をした。やはり彼は、鳩村先生の助手も務めているらしい。

学生たちを見ていると、ゼミ生だったころのことがなつかしく思い出されてきた。

「こう見えても、結構忙しいんやぞ」須藤は、部屋の外に目をやる。「〝むげん〟は二十四時間フル回転。どんな反応が起きるか分からへん。せやからみんな、交代で詰めてるんや。もちろん、俺《おれ》もやらされてる。徹夜なんか、ザラや」

そしてため息を一つもらした。

「しかしもう年や。徹夜はほんま、コタえるわ。できることなら、若くなりたい」

須藤は確か二浪だったから、今二十四歳。もうじき二十五になるはずである。僕は彼の一つ下になるのだが、体力的な衰えは、分からないでもない。

彼が急に近づくと、僕の耳元でささやいた。

「知ってるか？　若返りには、処女の生き血がええんや。あちこち探したけど、売ってへんねん」

僕は反射的に、彼から体を離した。

「当たり前だろ、そんなの」

「いや。探し方による。大抵のモノは、ネットで手に入るからな」そして遠くの方に目をやると、微笑みを浮かべながらつぶやいた。「こっちも贅沢《ぜいたく》は言わん。この際処女なら、誰でもええ」

相変わらず、この男の考えることはヤバいのである。

ゼミ生たちの方を見てみると、なかなか可愛い女子学生もいるようだった。彼女たちが処女かどうかは知らないが、須藤が密かに生き血を狙っていることは間違いないのかもしれない。こんな奴《やつ》に世話をされるとは、ゼミ生たちも災難なのである。

「私、プログラムを見てていい？」沙羅華が椅子に腰かけた。「せっかく来たんだし、チェックをかねて、ちょっとブラッシュアップでもしておこうかと思うんだけど」

「ああ、それは助かるけど」と、須藤が言う。

僕は気になっていた他のことを、彼に聞いてみることにした。

「ところで、ご斎田のことなんだけど」

彼が僕の方をふり向いて言う。

「それがどないした？」

「どうもこうもない。さっき見たら、草っぱちのまま放ったらかしになってた。畑にして、野菜を植えると言ってたはずなのに」

「それで？」須藤が腕組みをした。「草刈りでもすんのか？」

「田んぼの持ち主の納屋《なや》に、まだ農機具がある。それで何とかできるはずだ」

「それで？」と、彼はまた聞いた。

「みんなで約束したじゃないか。また一緒に、米を作ろうって」

「そんな約束、したかな」彼が首をかしげる。「けど今言うた通りや。わしは手伝ってやれん。何せ忙し過ぎる。悪いけど、他をあたってくれ」

「他と言われてもなあ……」僕も首をひねった。「卒業して社会人になった連中は、ここまで戻ってくるのは難しいだろうし」

　須藤は、測定器制御室を見渡した。

「ここに残った人間にも、暇な奴はいてない。みんな別々の道を歩み出して、それぞれ忙しくしてるんや」

「すると、六月にみんなで田植えをする約束は？」

「さあな。何も田植えせんでも、同窓会をすればええだけのことやないか」

「じゃあ、あの荒れたままの田んぼはどうするんだ……」

　僕が須藤に詰め寄っていたとき、ドアが開き、作業服姿の坂口登美雄《とみお》主任が入ってきた。

〝むげん〟建設中はずっと設計部にいた人で、ファーストビーム以後は、ここの技術主任になっている。彼も、一緒に田んぼをやろうと約束したうちの一人である。そしてここから離れていく人も多いため、田んぼの管理は、彼に一任することになっていたのだ。だから畑があんな有り様なのは、彼の責任と言ってもいいくらいである。

「いやお二人とも久しぶり」彼は少し早足で、僕と沙羅華に近づいてきた。「もう少ししたら、鳩村先生もお見えになりますから」

彼は腕時計に目をやると、ディスプレイに向き合いながらプログラムのチェックを続けている沙羅華に話しかけた。

「何か問題でも?」

沙羅華は微笑みながら、首を横にふる。

「いえ、せっかく来たんで、ちょっと見ておこうと思って」

「それは助かります」

坂口さんはまた腕時計を確認すると、メイン・ディスプレイへ向かっていった。

やはり忙しそうである。この分だといつクロスポイントへ戻っていくか分からないので、僕は例の件を彼に聞いてみることにした。

「それより坂口さん、ご斎田のことなんですけど」

「ああ、あれねえ」

彼は頭に手をあてた。

「あそこは、坂口さんが面倒をみることになってたんじゃ……」

「僕も毎日目にするので気になってはいるんだけど、ご覧の通りそれどころじゃなくて……。いつか業者に頼むつもりではいるんだけどね」

「じゃあ、そうすれば?」

「それが公園か駐車場にするなら、業者にも頼みやすかったんだけど、田んぼとなるとねえ。しかも米作りを始めてしまうと、毎日のように手がかかるわけでしょ」

「でも坂口さんは、毎日のようにここへ来ているんですよね」

「だから僕は僕で、ここですることがあるんだって。そんなにずっと、田んぼの面倒ばかり見ていられない」

彼は早口でそう言った。

「けど、そういうのが田んぼの仕事でしょ」

「とにかく半日ぐらい手伝えるかもしれないけど、草刈りとか、まして米作りの面倒をみるのは勘弁してほしい」携帯が鳴ったので、坂口さんはそのディスプレイを確認し、「ごめん、じゃあまた」と言い残して行ってしまった。

彼も駄目だ、と僕は思った。

しかし米作りはともかく、草刈りなんて、誰にでもできることなんである。不思議なことに、それがみんな、できないと言うのだ。

僕は思わずつぶやいた。

「みんなで米を作るという、あのときの約束は、一体何だったんだ……」

人間の約束なんて、そんなものかもしれないと、僕は思った。みんなで米を作るなんて、所詮《しょせん》、夢だったのだ。

「お前はどうなんや」と、須藤が聞いてきた。

「え？」

「せやから、さっきから人にやれと言うとるお前はどうやねん。綿貫、お前がやれ」

僕は首を横にふった。

「いや、僕は僕で、することがあるから」さっき坂口さんが言っていたことと、同じようなことを僕は口にしていた。「就職して、ここを離れてしまったし、無理だ」

「休みがあるやろ」

「休みぐらい、休ませてほしい」人のことを言う資格はないなと自分で思いながら、僕は続けた。「今日だって、本当は休みたかったんだけど、用事ができて、わざわざここまで来たんだ」

「それはそうと、何の用事や？」

田んぼの話にケリをつけたかったのか、須藤は話題を変えようとしていた。それには僕も異論はない。

僕はちらりと、沙羅華の方を見た。相変わらず、プログラム・チェックを続けている。

「いや、実はあまり詳しくは言えないんだけど、ちょっと人から頼みごとをされて……」

僕は話して良い範囲を考えながら、須藤に事情を説明した。

「行方不明者か……」と、彼が小さな声で言う。

「その捜査のためにコンピュータがいるんだけど、彼女が自由に使える高性能コンピュータが、もうここにしかないから」

しばらく考え込んでいた様子の須藤は、「その件、まさかソウル・オリジンがらみやないやろな」とつぶやいた。

僕もその可能性を疑っていたのだが、その名前を、須藤の方から口にした。

実はさっきちょっと触れた〝ソウル・オリジンに入っていた知り合い〟というのは、この須藤のことだったのだ。

「でもお前、ソウル・オリジンは抜けたんじゃ?」と、僕は聞いてみた。

「ああ。正しくは〝ソ《S》ウル・オ《O》リジン・サ《S》ービス〟。いろいろ問題を起こしたんで、こっちから愛想を尽かしてな。今ではもう、組織も解体同然や。けど、残党が暗躍しているという噂はある」彼は僕に顔を近づけた。「かつてソウル・オリジンでは、〝セミナー〟と称して、主に若者を勧誘、そのまま入会させていた。そのため多くの若者が、行方不明同然に消えていったことがあったんや」

「同じようなことを、残党が、今でもやっていると?」

「ああ……。ただしソウル・オリジンを名乗っていない。だから実体は、さらに分かりにくくなっている。あくまで噂やけどな……」

ドアが開き、鳩村先生が入ってきた。相変わらず若くてお美しい、と言えば、かえって先生には失礼かもしれない。

沙羅華も席を立ち、二人で先生にご挨拶をした。

「ほな、わしはまた」須藤が片手をあげた。「学生たちを案内せなあかんところが、まだあるからな。面白そうな話なら、わしにも手伝わせてくれ」

「お前、忙しいんじゃなかったのか？」

僕の問いかけには答えないまま、彼は微笑みながら学生たちの集団へ向かって行った。

「Bルームを使いたいって？」鳩村先生が、沙羅華に聞いた。「あなたがいつ戻ってきても、使えるようにはしてあるけど」

「ありがとうございます」

沙羅華は先生に、ぺこりと頭を下げた。

「でも複雑ね。あなたには戻ってきてほしいと思いつつ、実は戻ってこないことも、願っていた……。また何かを始める気？」

沙羅華は唇をかみ、顔を伏せた。

仕方ないといった表情で、先生が話を続ける。

「Bルームは、ある意味で超法規。専用研究室なんだから、何をしようがあなたの自由。でも……」先生が、沙羅華の顔をのぞき込む。「くれぐれも危ない真似《まね》はしないでね。私、びしょ濡《ぬ》れのまま〝むげん〟の中を走り回るのは、もうこりごりなんだから」

僕は笑うわけにもいかず、沙羅華と一緒にうつむいていた。

先生がもう〝こりごり〟だという事情を説明するとまた長くなるのだが、沙羅華のおかげで大変な目にあったことだけは事実なのである。この僕が、その証人だ。

「とにかく、Bルームへ行きましょう」

先生がそう言うと、沙羅華はキーボードを操作し、プログラム・チェックを終了させた。

僕は、そのへんにあったパイプ椅子を三脚ばかりつかみ、「お借りしていいですか?」と先生にたずねた。

来客のためというのはすぐに理解してもらえたようで、先生が軽くうなずく。何しろBルームは、沙羅華一人のために用意された部屋だから、椅子も沙羅華用の一つしかないはずなのだ。僕たちは鳩村先生の後ろについて、Aルームを出た。

その特徴的なドーム型は、回廊からもよく見えていた。Aルームを通過し、電算室の前を通る。そして丁度《ちょうど》エレベータの向かい側に位置するところに、Bルームのドアがあった。

窓は一つしかない。その横に、テンキーが並んでいる。いや、正確にはテンキーではなく、十六進数の特殊キーである。つまり、0から9までの数字の他に、AからFまで、アルファベットのキーがある。

沙羅華は、先生の方をちらりと見た。

「ドアのパスワードは、変えてないわよ」と先生が言う。「前にあなたと相談したときのまま」

沙羅華は軽くうなずくと、人さし指で〝221B〟と押した。

ドアが開く。

「じゃ、私はこれで」鳩村先生が微笑みながら言う。「あとでまた、様子を見に来ますからね」

僕たちが礼を言うと、先生はAルームへ戻っていった。

沙羅華が部屋の照明をつける。

案外広いな、というのが第一印象だった。もっとも、一人の人間に与えられた空間としては広い、という意味だが。取りあえず僕は、パイプ椅子をそのへんに置くことにした。

外見はドーム状だが、室内は真四角で、天井のゆるやかな曲面に、ドームの面影がある。淡いベージュの壁には、キャビネットやロッカーが収納されているようだ。

正面に、机と椅子がある。そしていくつものディスプレイが、その椅子の方を向いていた。

実は、僕がこの中へ入るのは、今日が初めてなのである。

沙羅華はウエスト・バッグを外し、サイドテーブルに置いた。そして胸ポケットから取り出したグラスビュアをかけると、うっすらと微笑みを浮かべた。

何か、寒けがしてきた。彼女はまた、穂瑞沙羅華の顔に変わっていたのだ。

しかし考えてみれば、それも当然かもしれない。ここでこそは、彼女が穂瑞沙羅華でいられる場所なのだから。

彼女は自分の席に座り、システムを立ち上げた。そしてウエスト・バッグからイチゴスティッキーを取り出すと、その一本を口にくわえる。

僕は彼女の隣へパイプ椅子を持っていき、そこに腰かけた。

正面のディスプレイを見ると、パスワードの入力を要求しているようだった。彼女はためらう様子もなく、キーボードから〝NGC221B〟と打ち込んでいた。

「NGC?」

僕は思わず、つぶやいた。何のことだか、さっぱり分からない。一瞬、〝浪速《なにわ》グランドセンター〟か何かの略かとも思ったが、そんなはずはないのである。もっともパスワードだから、別に意味などなくて良いのかもしれないのだが。

首をかしげる僕を見て、彼女は微笑みながら、「私のラッキー・スターだ」と言った。

余計に意味が分からない。

「じゃあ、221は?」

さっき彼女は、入り口のドアでも、そう入力していたことを思い出した。

彼女はそれには答えず、「〝むげん〟の一つのリングの直径は?」と、僕に質問した。

「約二キロだろ」

「それが二つで、22」

「じゃあ、1は?」

「二つのリング間の、最短部分のおおよその距離だ。ついでに言うと、Bはもちろん、この部屋を指す。もっともこれは、私が考えたコードじゃない。鳩村先生だ」

「じゃあ、最初のNGCも?」

「それは私だ。NGCは〝ニュージェネレーション・カタログ〟の略。星につけられた番号みたいなものだな。そういう星系もあるらしいので、パスワードにしただけのことだ」

彼女は腕を組み、頭の後ろへまわした。

「何かお前にしては、随分イージーな決め方だな」

「いや、この場合そうでなければならないんだ。とにかく、私にしか開けられないシステムだと困るので、先生も知っていて開けられるコードにしてあるということさ。表向きはね」彼女がまた、微笑みを浮かべる。「だから鳩村先生が開けられさえすれば、コードはB29でもF35でもかまわないのさ」

彼女はシステムをカスタマイズしながら、ウエスト・バッグからさっきのディスクを取り出した。

「ここは奇妙なところでね」と、彼女が言う。「大使館みたいに、治外法権になっているんだ」

僕が首を傾けていると、彼女はさらに説明してくれた。

「分かりにくければ、例の〝ご斎田〟を思い出せばいい。かつて〝むげん〟の施設内にはあったが、JAPSSの所有ではなかっただろ。ここだってそうだ。ワンルーム・マンションみたいに、実は私が入居費用を払っているんだ」

「どうして？」と、僕はたずねた。

「どうしてもこうしても、そうしておかないと私が何をしでかすか分からないからだ」

もっともな話だと、僕は思った。彼女が続ける。

「それでここの管理責任を、JAPSSから外し、私にしてあるというわけさ」

彼女は例のディスクをコンピュータにセットし、ネットに接続したようだった。

そのとき内線電話で、警備員から、来客の知らせが入る。

彼女は「分かりました」と伝え、電話を切った。

7

沙羅華が説明資料を用意している間、僕はエレベータ・ホールまで、来客を迎えに行くことにした。

しばらくして、ネオ・ピグマリオンの樋川さん、それから守下麻里さんが、エレベータから降りてきた。

守下さんとは初対面だったので、挨拶の後、彼女から名刺を受け取った。肩書には、〈コンサルティング部、準備室〉とある。

ライトグレーのツーピースに、白のブラウス。低いヒールにストレート・ヘアと、ほとんど飾り気がない。眼鏡《めがね》をかけているのだが、あまり似合っているようには見えない。コンタクトにすればいいのにと思った。それでも予想通り、と言うか、予想以上に可愛い人だった。何か、運命的なものを感じないでもない。しかし僕の場合、女の人と出会って運命を感じるのは、ちょくちょくあることなのだが。

僕はネオ・ピグマリオンのお二人を、沙羅華の待つBルームへご案内し、彼女に引き合わせた。これで僕のお役目は、少なくとも第一段階は無事に完了したようなものだった。

二人のために、僕はサイドテーブルの近くにパイプ椅子を置いた。

「森矢先生、どうもご無沙汰しております」

樋川さんは少し緊張した様子で、愛想笑いを浮かべた。

「あの、〝先生〟は勘弁してください」沙羅華が無表情に言う。「〝さん〟で結構です」

「改めまして……」

樋川さんが名刺を差し出す。

守下さんも、「よろしくお願いします」と言って、沙羅華に名刺を渡した。

僕は知らなかったのだが、樋川さんと沙羅華は、彼女がアプラDT社で量子コンピュータの開発にかかわっていたときに、何度か会ったことがあるそうだ。元々樋川さんは、親会社であるアプラDTの社員で、その後ネオ・ピグマリオンを設立したのだという。

しかし守下さんとは、もちろん沙羅華もまったくの初対面だった。

「まだ新人です」樋川さんが、守下さんの肩に手をかけた。「研修はもう始めてますが、正式採用は、この四月からです」

さっき通行証の手続きでプロフィールをちらっと見たのだが、守下さんは僕より一つ年下らしい。けど僕よりずっとしっかりしていて、落ち着いて見える。きっと頭もいいんだろうが、彼女はそれを、ほとんど感じさせないのである。とげとげしさも威圧感もなく、彼女の周囲には、不思議な安心感のようなものがただよっている気がする。

守下さんをぼんやり見つめていると、目が合ってしまった。

彼女は「あの、これ、つまらないものですが」と言って、エクレアの箱を差し出した。

僕の好物である。

「ちょっとお茶をいれてきます」

僕が給湯室へ行こうとすると、ドアが開き、鳩村先生が入ってきた。お茶の入った紙コップを、トレーに四つ乗せている。

「あ、すみません」僕は頭に手をあてた。

「お茶ぐらい、お安いご用よ」鳩村先生が微笑みながら、サイドテーブルにお茶を置く。

「それに何を企《たくら》んでいるのか、ときどきのぞいて調べておかないとね」

「そんな、人聞きの悪い……」

鳩村先生は、ピグマリオンの二人と名刺交換をした後、しばらく雑談をして、またAルームへ戻っていった。

樋川さんと守下さん、そして沙羅華と僕は、サイドテーブルをはさむようにして席についた。

守下さんが、鞄から資料を出し、テーブルへ置く。

「まず、私どもの会社についてご説明を……」

「それはもう、見せていただきました」と、沙羅華は素《そ》っ気《け》なく答える。

今度は樋川さんが口を開いた。

「では先生……、いえ、森矢さんにご相談願いたいことを、私の方から……」

「それも聞いています」

横目で彼女を見ると、あまり二人と目を合わそうとしていない。相変わらず、人と付き合うのが苦手なようだ。

「恐縮です」樋川さんが頭を下げる。「もしお引き受けいただけるのでしたら、案件ごとのお支払いの他に、〝特別顧問〟として、別途顧問料をお支払いさせていただくつもりです。また私どもの量子コンピュータ〝久遠《くおん》〟を、優先的にお使いいただいてもかまいません。森矢さんのご研究にも役立つかと思いますが」

僕は軽くうなずいた。金額にもよるが、申し分のない条件提示だと思う。

沙羅華は一度大きく息をすると、ゆっくりと話し始めた。

「まず、量子コンピュータの性能アップですが、今すぐにはご協力できかねます。また私は基礎理論の方で、エンジニアではない。それにこれは、どちらかというとソフトの問題で、現在のスペックのQコンでも、いや、場合によっては既存のノイマン型コンピュータでも、あるレベルまでの捜査は可能だと思っています」

「ほう……」

樋川さんが、感心したように沙羅華の話を聞いている。

「個々の依頼にも、対応できない。報酬の問題ではありません。私には私の研究課題があるからです」

「そこを何とか……」

沙羅華は、スティッキーを一本取り出し、口にくわえた。

「しかし私の方に、あなた方の仕事との共通点が何かあれば、話は別です。また私の興味を刺激する何かがあればね」

樋川さんが、目を瞬《しばた》かせた。

「と言うと？」

「正直に申しまして、今回のご依頼については、関心がないわけではないのです。自分なりに調べてみたいと思うこともある」

「では、お引き受けいただけると？」

「いえ」沙羅華が首を横にふる。「今は、お引き受けするかどうかを判断するために、もう少し調査が必要な段階だと考えています。あなた方が、依頼に対して〝予備調査〟を行うように。したがって、今の段階でご協力できることがあるとしても、極めて限定的なものになると思います。今後のことも、それから決めたい。もし、それでよろしければ」

「じゃあ……」

樋川さんは、守下さんと顔を見合わせていた。そして条件付きにせよ、沙羅華がピグマリオンの依頼に協力する意思を示したことに、やや戸惑っているようだった。

そして二人同時に、頭を下げた。

「ありがとうございます」

どうやらこれで、僕のお役目は二つ目も無事完了しそうである。

しかし内心、僕には意外だった。沙羅華が何故こんな事件に関心を示すのかが、まだよく分からなかったのだ。おそらく下調べのときにたどり着いた〃ノアスの園〃と、関係があるような気はしているのだが。

「礼を言われるのは、まだ早い。限定的と言ったはずです」沙羅華は右手を前に突き出した。「まず、実際に私が調べてまわるのは、できれば勘弁してもらいたい。しかし、捜査方法のアドバイスならかまわない。手引きさえすれば、私でなくとも捜査はできるはずだ。今回の件も、有用と思われる方法を、すでに一つ考案しています」

沙羅華は、リストのハードコピーを左手でつまみ上げた。捜査先の候補の一覧表で、彼女が〃カンニングペーパー〃と言っていたものである。

「私が独自の方法で作成した資料だ。リストアップしたところを調べ上げれば、行方不明者にたどりつける可能性はある。ただし私の作業は限定的であるから、この段階では金銭的な報酬はいりません」

「では、どのようにすれば」

樋川さんが上目づかいで、沙羅華を見つめた。

「報酬は、情報でいい。こちらから情報を与えるのだから、こちらの望む情報をいただきたい。つまり、物々交換ならぬ情報交換だな」

よく分からないといった様子で、樋川さんが首をかしげる。

「どんな情報を差し上げれば？」

「依頼者たちのことです。ピグマリオンが持っている、この件に関する資料を提供していただきたい」

沙羅華からリストを受け取った樋川さんは、守下さんにも見えるよう気配りしながら、早速、それに目を通していた。

「もちろんピグマリオンからの情報提供によって、リストは更新する」と沙羅華が言う。

「実際の捜査対象者で作り直せば、精度はさらに上がるだろう」

樋川さんは眉間に皺を寄せると、リストをサイドテーブルに置いた。

「これと引き換えに当社の情報を、とおっしゃられても……。やはり先に契約をしていただかないと、個人情報の問題がありますので」

「じゃあ、契約してもいいですよ。取りあえず、この件に関してだけで良ければ」

「その前に、一つお教えいただきたいのですが」

このときの沙羅華のリアクションは、ちょっと微妙だった。

〝作り微笑〟とでも言えばよいのだろうか。たとえば夜中に自転車のライトをつけずに走っていて、お巡《まわ》りさんに見つかったときに僕なんかがするような微笑み方に思えた。

「何ですか？」と、彼女が聞き返す。

「どうやって、このリストを作られたのかです。概略だけでもお教えいただけませんでしょうか？」
沙羅華は微笑みをキープしながらも、樋川さんからのリクエストには、返答を渋ってい
た。樋川さんが、さらに沙羅華に顔を近づける。
「リストに新情報を加えて精度を上げていくためにも、お聞かせいただかないと」
「いや、これには多少、テクニックが必要なんです」と、彼女が答えた。「だからリスト
は、私の方で作り直す。そのためにも、まずそちらの情報が欲しい」
「いえ、森矢さんには遠く及ばないかもしれませんが、我々も勉強してスキルアップは図
るつもりでおります。それに森矢さんが作り直すとしても、そちらから正確な情報をいた
だくのは、こちらから情報を提供する条件かとも思うのですが」
しばらく無言で考え込んでいた彼女は、サイドテーブルに両手をつき、覚悟を決めたよ
うに言った。
「交換条件なら、仕方ない。説明しましょう」
僕は、沙羅華が何か、出し惜しみしているように思えてならなかった。あのリストの作
成には僕も立ち会っていたのだが、横で見ていて、そんな難しいことをしていたようには
思えなかったのだ。
「では、大まかに……」
テーブルのパソコンに向かい、沙羅華がキーボードを操作し始めた。

ピグマリオンのデータはまだもらえないので、彼女はさっき僕に見せた〝例題〟を、くり返し実演してみせた。そして同じような説明を聞いているうちに、ディスプレイには、ハードコピーとまったく同じサイトのリストが表示される。

「これらを当たっていけばいい」と、彼女が言った。「何もQコンを使わなくても、これぐらいのことは既存のシステムでもできるんだ」

樋川さんと守下さんは、怪訝《けげん》そうにディスプレイをのぞき込んでいる。彼女のやり方が、何か腑《ふ》に落ちないようだった。

彼らがどこで引っかかっているのだろうかと考えながら、僕は自分なりに、今の説明をふり返ってみた。まずネット内に、行方不明者の手がかりが残されていると仮定する。それには彼らの本名よりも、ハンドルネームで探してみる方がよい。そして行方不明者に何か共通する理由があるとすれば、共通してアクセスしたサイトに手がかりがあるのではないかと思われる……。

沙羅華の説明は、ある意味明快で、説得力もあったと僕は思う。それのどこが分からないのだろうと考えていた僕は、彼女の説明が順を追って進んでいるようで、部分的に〝スキップ〟しているらしいことに、ようやく気づいたのだ。

「いや、ちょっと待てよ」僕は沙羅華に言った。「ハンドルネームが重要な手がかりなのはいいとして、お前、どうして行方不明者たちのハンドルネームにたどり着けたんだ？」

すると彼女は、急に顔を伏せた。笑い出すのを必死でこらえているようにも見える。彼女のそういう表情も、僕は久しぶりに見た気がする。

きっと僕のことを馬鹿にしているのかもしれないが、本当に分からないから仕方ないのである。彼女の家で見ていたときも、その部分の説明は、確か聞いた覚えがなかった。

「ハンドルネームだけじゃないよ、綿さん」沙羅華が口を開いた。「彼らのIDもだ」

そう言われれば、その通りかもしれない。本人でもない限り、ハンドルネームにしろIDにしろ、分かるはずがないのだ。

どうもこのことで驚いているのは、僕だけのようだった。樋川さんや守下さんは、途中で薄々、気づいていたようである。

「ひょっとして」僕は彼女の顔をのぞき込むようにして、こわごわたずねた。「ハッキングしたのか?」

彼女は微笑みを浮かべたまま、答えない。彼女が否定せずに笑ってごまかしているということは、返事はイエスなのである。

「けど、どうやって?」僕はさらに聞いてみた。「ここならともかく、家ではどうやったんだ。パソコン一台で、それだけの計算処理は困難だろう」

「みんなのコンピュータを借りた」彼女が言いにくそうに、小声で答える。「分散《グリッド》コンピューティングだよ」

僕は舌打ちした。彼女がスーパーコンピュータ並みの計算力を必要とするとき、以前にも同じようなことをしていたのを思い出したのだ。

沙羅華が、両手を頭の後ろで組んだ。

「民間サービスもあるから、それを利用してもいい。しかし私は、自分のやりやすい方法を使ったが。作業の目的も人に知られたくなかったしね」

僕は、また妙な胸騒ぎにおそわれていた。

「そのエサに、また何か〝ズル〟してるのか？」

「そんな人聞きの悪い……。私がプログラミングしているところを、君は見てなかったのか？」

僕は首を横にふった。見ていたとしても、僕にそこまで分かるはずがないのである。

「心配するな。この作業はそれほど、処理能力を要求しない」彼女がまた、キーボードをたたき始めた。「だから以前、私が作ったサイトにアクセスしてもらった人のコンピュータを借りる程度でできた」

沙羅華がウインドウの一つを開くと、３Ｄアニメのキャラクターが現れた。有無を言わさぬ美少女である。しかも水着を着て、誰もいないプールサイドでポーズを決めている。

「著作権や肖像権の問題とかあるから、私が自分でバーチャル・アイドルを作ったんだ」

よく見ると、どことなく沙羅華に似てないでもない。ファイル名には、〈江藤樹里《えとうじゅり》の部屋〉とあった。

「江藤樹里？」

僕はその名前を口にした。

「名前なんか、何でも良かったんだが、ジュリー何とかという女優さんがハリウッドにいただろう。私は彼女のファンなんで、こんな名前をつけたんだ。とにかくここにアクセスすれば、このバーチャル・アイドルと、仮想空間でデートできる仕掛けになっている。こんな他愛《たわい》ないサイトでも、集まってくる連中は、ごまんといるんだ」

そう言って沙羅華は、楽しそうに笑った。どうやら彼女、全然コリてないようである。

彼女は試しに、仮想空間内でバーチャル・アイドル〝江藤樹里〟を動かしてくれた。

「こんなサイトだと、罪がないだろう」彼女が僕を見て言う。「どうだ、興奮してくれたか？」

「どうでもいいだろ、そんなことは。問題は、ハッキングだ」

「駄目なのか？」と、彼女が聞いた。

「駄目に決まってるだろ」

僕はテーブルを軽くたたいた。

樋川さんはと言えば、困惑していると言うか、むしろ呆れているようだった。

「こんなものを見せられるとは、思ってもいませんでした」

彼はディスプレイで微笑む、水着姿のバーチャル・アイドルに目をやった。

「多少テクニックがいる、と言ったはずです」と沙羅華が言う。「計算能力を補うための、必要悪かな」

「でも、それなら量子コンピュータを使えば」僕は樋川さんの方を指さした。「計算力なら、パソコンとは比べ物にならない」

沙羅華は軽くうなずいた。

「確かにQコンなら、圧倒的な計算能力がある。こんなバーチャル・アイドルの力を借りる必要は、まずないだろう」

樋川さんが、首をかしげる。

「しかし、ハッキングすることに変わりないわけですよね？」

そう言われると、その通りかもしれない。

「そうですね」沙羅華が落ち着いて答えた。「ツールとして分散コンピューティングを使うか、量子コンピュータを使うかの違いだけでしょう」

「しかし私どもは、何もハッキングまでお願いしているわけではない」

「捜査に有効な手法です」

「いくら有効でも、それが非合法なのは困ります」

樋川さんと沙羅華は、無言のまま、にらみ合っていた。

その沈黙が怖くなった僕は、つい「こいつを誰だと思っているんです」と言ってしまった。「これが彼女のやり方なんです」

「しかしこれはちょっと考えものでしょう。個人情報保護の観点から、問題があると思いますが」

「いや、問題は、そんなものじゃないだろう」と、沙羅華が言う。

僕は思わず、彼女の脇腹を小突いた。

「お前、自分で分かってるのか？」

樋川さんは、机の上に置いたままのハードコピーを、指で突いた。

「とにかく何らかの情報を得たとしても、それがハッキングによるものなら、私どもの事業としては成立しないでしょう」

「しかし馬鹿正直に探しても、行方不明者は見つからない」

「下手をすれば、こっちに捜査の手が伸びることになります。それにこんな方法が通用するなら、何も森矢さんにお願いしなくとも、やろうと思えば私どもが保有している量子コンピュータでも、できてしまうわけです」樋川さんが煙草を取り出し、サイドテーブルに置く。「できると分かっていても、それはやりたくない。だからこそ、こうして……」

彼は発言するのをやめ、大きく息を吐き出した。

この樋川さんに限らない。僕もそうだった。むき出しの沙羅華を見て、とげとげしい思いをした人や怒り出した人が、どれだけいたことか。

一方、守下さんは、ずっと微笑んでいる。そう言えば、彼女はここへ来てから、ほとんど話していない。決して話の流れを理解していないわけではないと思うのだが。けどこの人、何も発言しなくても、そこに座っているだけで、何と言うか、不思議な安心感がある。樋川さんが怒って帰ってしまわないのも、彼女の存在が大きいのかもしれない。

「方法はあるはずです」樋川さんは、ハードコピーをつまみ上げた。「ハッキングではなく、合法的な手段で同じ結論に至ればいいわけです。だからこそ、量子コンピュータの性能アップをお願いに……」

「だから、それはできないと言っている」

樋川さんと沙羅華は、また無言のまま、にらみ合っていた。

「やむを得ませんね」樋川さんが、ハードコピーを沙羅華の方へスライドさせていった。

「効果的な捜査方法だとしても、森矢さんのやり方には同意しかねます」

沙羅華は黙ったまま、そのハードコピーを目で追っていた。

僕は首を前へ突き出した。

「つまり契約はできないと?」

「はい。大変残念ですけれども……。こちらからお願いしておいて心苦しいのですが、依頼の件はお断りさせていただきます」

守下さんはファイルを取り出し、樋川さんに見せた。

「あの、だったらこれは?」

樋川さんが、首を横にふった。

「したがって交換条件となる私どものデータは、開示できません。特別顧問の話も、なかったことに……」

確かに顧問がハッカーだなんて、会社の信用にかかわることかもしれない。

「じゃあ、行方不明者の件は?」と、僕は聞いた。

「今の私どもにできる範囲のことをさせていただくか、あるいはキャンセルするしかないでしょうね」

樋川さんは煙草を胸ポケットにしまうと、ゆっくりと席を立った。

「では、失礼します」

二人は沙羅華に頭を下げると、Bルームを出て行った。こうしてネオ・ピグマリオンとの交渉は、決裂するに至ったのである。

部屋にはまた、沙羅華と僕の二人だけになった。手持ち無沙汰になった僕は、サイドテーブルにあったイチゴスティッキーを一本もらおうと思い、左手を伸ばしてみた。もう二、三本しか残っていない。

そのうちの一本をつまみ取る前に、手の甲を沙羅華にたたかれる。仕方なく僕は、サイドテーブルに残されたエクレアを見つめていた。

「思ったより、真面目《まじめ》な連中だな」スティッキーをポリポリかじりながら、沙羅華がつぶやく。「いいパートナーになれるかと思ったんだが」

しかし僕に言わせれば、彼女のパートナーなど、滅多《めった》に務まるものではないのである。さっきの話し合いにしても、彼女には理解し難いかもしれないが、正しいのはあっちの方なのだ。

「大体、君が騒ぎ立てるからだ」沙羅華が僕の肩をたたいた。「私のハッキングのことは先方も気づいていたみたいだし、〝あうん〟の呼吸で話が進む可能性もあったんだ。それを君みたいに口に出して言ってしまったのでは、まとまる話もまとまらない」

まるで交渉決裂が、僕のせいみたいな言い方である。

「別に今回に限らない」彼女はひとり言のように続けた。「君はそうやって、いつも私の邪魔をするんだ」

「けど僕がいなければ、君もやる気を起こさなかったわけだろ」僕は閉まったままのドアに目をやった。「けどこれから、どうするんだろう、あの人たち」

「君が気になるのは、守下さんの方じゃないのか？」

「別にそんな……」

僕は両手をふって否定したが、急激に顔が赤らんでいくのが、自分でもよく分かった。

「君は相変わらずだな」そう言って、沙羅華が微笑んだ。「彼女は君と違ってあまり出しゃばらなかったが、有能な人かもしれないな。彼女に裏方をまかせておけば、思う存分、仕事ができそうな気がする。さて、それはともかく……」

彼女はハードコピーを手にとると、クリップを外し、シュレッダーに入れた。どうやらこの件は、彼女にとってもこれで終わりのようである。

僕は、さっきから気になっていることを彼女に聞いてみた。

「このエクレア、食べてもいいか？」

「ああ。鳩村先生たちにも分けてあげよう」

僕は早速、エクレアを一つつまみ上げ、頰張《ほおば》った。

「それでどうする？　エクレア食ったら、今日はもう帰るのか？」

「君が帰る気なら、悪いがバスか何かにしてくれ。すまないが、私はもう少し残る」

「どうして？」

「どうしてもこうしても、捜査はこれからじゃないか」

僕はエクレアを喉《のど》に詰まらせそうになった。

「たった今、交渉が決裂したのにか？」

「ああ。君のおかげで、こうして首を突っ込んでしまった。放っておくのも気になる。ピグマリオンとはまた別に、こっちでも調査してみようと思う」

僕は、何故彼女がこうまでしてこの件に関心をもつのかが、よく理解できずにいた。しかしあれこれ考えてみて思い当たるのは、やはり〝あれ〟なのである。僕はそのことを、彼女に聞いてみることにした。

「やっぱり気になるのか？　あの〝ノアスの園〟が」

沙羅華が苦笑いを浮かべている。

「手っとり早くピグマリオンのデータをもらって検証しようとしたが、そうもいかなかった」

やはり彼女の関心は、〝ノアスの園〟にあるようだった。そして行方不明者の捜査というのは、彼女にとってはあくまで二次的な関心事なのかもしれない。だから今回の交渉でも、狙いは最初からピグマリオンの資料をもらうことにあったと思われる。彼女はそれを加味して、〝ノアスの園〟についてさらに調べてみるつもりだったようだ。そもそもあの沙羅華が、人に頼まれてその通りの仕事をするとは最初から考えにくかったのである。

「しかし、どうするつもりだ？」僕は彼女に聞いてみた。「ピグマリオンとの交渉が決裂したのなら、彼らが握っているデータは、もう手に入らないんだろ？」

「問題はない」彼女が即答した。「ピグマリオンがつかんでいる情報ぐらい、ハッキングで入手できる」

「お前、無茶苦茶だな」僕は呆れていた。「ハッキングできないと言って断ったところに、ハッキングを仕掛けるのか」

「そう気にするな。資料を請求するのに、申請するか黙ってやるかの違いだけだ」

ひたすらキーボードの乱れ打ちを続ける彼女を、僕はもう、黙って見ているしかなかった。サブ・ディスプレイでは、バーチャル・アイドルの江藤樹里が水着姿で微笑んでいた。

8

沙羅華は、ネオ・ピグマリオンの内部資料へのアクセスに、たやすく成功していた。ディスプレイには、まず依頼のあった行方不明者たちの名前が、すべて表示される。

それをながめていた彼女は、「いないようだな……」とつぶやいた。

誰を探してるんだろう、と思って僕が見ているうちに、彼女は画面を切り替えた。

ピグマリオンがペンディングにしているのは、四名のようだった。それぞれの氏名と写真、そしてプロフィールがディスプレイに映し出されている。

山本愛《やまもとあい》、田中勇斗《たなかゆうと》、佐藤一郎《さとういちろう》、鈴木花子《すずきはなこ》。いずれも二十歳前後の若者たちである。

沙羅華はさらに、ネットでも彼らのことを調べていた。やはり四人とも、資産家の子供らしい。それが引きこもりの挙げ句、行方不明……。

何が不満なんだろう、と僕は思った。とはいうものの、実は彼らの気持ちがまったく分からないわけでもないのである。僕だって、この世から消えてなくなりたいと思いながらも、なかなか踏ん切りがつかずに留《とど》まっているだけなんだから。

「どうも海外で行方不明になっているようだな」沙羅華がつぶやいた。「国内での足取りは、カードの記録なんかである程度たどれるんだが」

「行き先は?」と、僕は聞いてみた。

「それがバラバラなんだ。大雑把《おおざっぱ》には、アメリカ西海岸なんだが、そこから先は調べ切れない」

「でも海外へ行ったのなら、まだ海外にいるんだろう」僕は天井を見上げた。「大方、自分探しの旅に出たんだろう。そういうの、流行《はや》ってるみたいだし」

「ピグマリオンの連中、もったいぶるほど大した情報は握っていなかったな」沙羅華が、鼻の頭を指でこすって言う。「これなら最初から、自分でやればよかった」

彼女はパソコンに向かうと、例のテクニックを駆使して調べ上げた彼らのハンドルネームやIDを、リストに追加表示する。

「あっ」

僕は思わず、声をあげた。

〝トワイライト・ジェットストリーム〟。沙羅華が〝例題〟として抽出したサンプルと、まったく同じハンドルネームを見つけたのだ。

さらに彼女は、彼らのネットでの履歴を調べ、共通して検索しているサイトなどを照合していった。さっき、例題で見せたのと同じ方法である。

僕がエクレアを一つ食い終わる間に、ピグマリオンのデータをベースにした新リストが出来上がった。

早速彼女は、それをスクロールさせている。僕も横から、ざっとながめていた。

「あっ」また声を出してしまった。

ここでも〈ソウル・オリジン〉の名前がリストアップされていたのである。しかも例題のときより、上位にランクされている。

「こいつら、マジで入信したんじゃ……」

「入信だと?」彼女が聞き返した。「ソウル・オリジンは、宗教団体じゃないよ。本社は、アメリカにあるが」

そうだった。須藤も確か、そんなことを言っていたような気がする。

「じゃあ、何なんだ?」と僕は質問した。

「メンタルヘルス事業さ。つまりネオ・ピグマリオンとご同業ということになる」

僕は腕組みをして、ディスプレイを見つめた。

「どちらにしても、この四人の行方不明者たちは、悩み事をソウル・オリジンに相談している可能性があるな」

「いや、そうとも決めつけられない。まだアクセス回数が多いサイトもあるだろ」沙羅華は再びリストをスクロールしていた。「新興宗教、メンタルヘルス事業……、それでも悩み事がクリアにならない連中は、他のサイトをさまようんだ」

「たとえば自殺サイト、とか？」

そのとき彼女が、スクロールをとめた。ディスプレイのリストには、〈ノアスの園〉の名前があった。

ピグマリオンがペンディングにしている行方不明者たちのデータでやってみても、やはり〈ノアスの園〉は出てきたのである。そしてソウル・オリジン同様、例題のときよりも上位にランクされている。

考え込んでいた沙羅華は、「もう一度、アクセスしてみるか」とつぶやいた。

ディスプレイに、〈ノアスの園〉のホームページが表示される。メインコピーも、さっき見た通りである。

〈良き生まれ変わりのために〉

「やっぱりこれ、自殺サイトなのかなあ」と、僕はつぶやいた。

「いや、そう明記はされていなかったはずだ」沙羅華が首を横に動かす。「まあ、近接したことをやっているのかもしれないが」

「だとしても、高すぎないか？」

何せセミナーの参加費は、一人二万ドルである。

「メインページとにらめっこしていても、分かりっこない」

彼女は、さっき見なかった〈ご案内〉の入り口をクリックした。入り口の上には、〈至福への招待〉というコピーがある。

「何だこれ？」

〈ご案内〉のページのメインコピーを見て、僕は思わずそうつぶやいた。

〈自分の作り直し方〉

「翻訳機の直訳だからね」沙羅華が微笑む。「原語の〈リメーク〉の方が分かりやすいかも」

「映画とかでよくある、あの〈リメーク〉か？」

「ああ。つまり自分のリメークさ」

「自分の作り直し方、か……」

作り直すというのなら、これは自殺サイトではないのではないのかもしれない。僕はそう思いながら、沙羅華と一緒に解説文を読んでみた。

解説には、〈今までの自分を滅して、生まれ変わろう〉という一文もある。

これは「一旦死ね」と言っているようにも、僕には受け取れた。つまり作り直すというのも〝今生《こんじょう》〟ではなく、死後の再生のことを言っているのかもしれないのである。するとやはり、これは来世の幸福を信じて自殺する、というサイトなのかもしれない。

「確かにその通りかも」

ディスプレイを見ながら、沙羅華がつぶやく。

「どういうことだ？」

「何も宇宙を作ることはなかった」と、彼女は言った。「〝内宇宙〟を作り直せば、その外側の宇宙も変わる理屈だ――」

唇に微笑みを浮かべながら、彼女は肩を二、三度回した。

「何か、昔の調子に戻ってきたな」僕は彼女を見て言った。「けど、性格まで戻らないでくれよな」

「どういう意味だ」と、彼女が聞いてきた。

あえて答えはしなかったが、意地の悪さに決まっているのである。

「これが自殺サイトかどうかは、やはり〝セミナー〟の中身によるんじゃないか？」

僕がそう言うと、彼女は軽くうなずき、セミナーの入り口をクリックした。そして二人で、その説明を読み直してみる。

あとクリックしてないのは、セミナーへ〈申し込む〉の入り口ぐらいだった。

「もう少し調べてみよう」と、彼女が言う。

「どうする？　申し込むのか？」

「いや、〝ノアスの園〟にハッキングしてみる」

「えっ」僕は思わず声をあげた。「それ、ヤバくないか？」

「ああ。この作業は、かなりヤバい。ピグマリオンなら、絶対にOKしないだろうな」

「いくら何でも、もうちょっと、いろいろ調べてからの方が良くないか？」

「探りを入れているうちに気づかれたら、何にもならない。それに私に言わせれば、〈申し込む〉をクリックする方がはるかに危険だと思えるんだがね」

沙羅華がキーボードをたたき、バーチャル・アイドルが微笑み、画面が目まぐるしく変化するうちに、ディスプレイにはまったく新しいリストが表示されていた。

どうやら彼女は、セミナーの参加者名簿のハッキングに成功したようだった。

まず前回の分から、二人で目を通してみることにする。しかし今度は翻訳ソフトをかませてくれないので、英字ばかりの画面は、僕にはよく分からなかった。それでも彼女が指さしたハンドルネームは、僕にも辛うじて読めたのである。

〝トワイライト・ジェットストリーム〟。ピグマリオンが探している、行方不明者のハンドルネームだ。

「おい、これで〝ビンゴ〟じゃないか」

さらにチェックを続けると、ピグマリオンがペンディングにしている四名のうち、山本愛、田中勇斗、佐藤一郎の、三名が使っていたハンドルネームまで確認することができた。

彼女はさらに、次回セミナーの申し込み状況も調べていた。

名簿をスクロールさせていた彼女の手が、一瞬止まる。ディスプレイの中央に表示されているハンドルネームを、僕も見てみた。やはり英字だが、これぐらいは僕でも読めるのである。

〝ライフロスト〟――。

「やはり……」と、沙羅華がつぶやく。

僕は聞いてみた。

「心当たりがあるのか？　この〝ライフロスト〟とかいうハンドルネームに」

「いや、別に……」

彼女は首を横にふると、ウインドウを閉じた。

「どうしたんだ？」

「調査終了だ」と、彼女が言う。「もう、これぐらいにしておこう」

僕は、彼女の顔をのぞき込んだ。

「何だ、もっとやるんじゃないのか？」

「これ以上のハッキングは、本当に危ない」彼女はネットの接続も遮断した。「それなりの成果は得られたし」

確かに、〝ノアスの園〟というのがかなり怪しいということは分かったが、腑に落ちないことは、まだいくつもあった。

「結局、〝ノアス〟って、何なんだ？」と、僕はたずねた。「造語だとしても、意味は何だったんだろう。ホームページにも、そこまでは書いてなかったよな」

「さあ。〝真理〟かもね」

「真理？」

僕が聞き返すと、彼女は微笑みを浮かべた。

「おおよその意味はコピーから想像できるだろう。つまり、生まれ変わること。自分を作り直すこと。そして至福を得ること。コピーにはなかったが、さらに想像を膨らませると、それは〝死〟の象徴なのかもしれない」

「やっぱり、もうちょっと調べておくべきじゃないのか？」

「しかしネットには存在していても、実体のない組織かもしれない。たどり着くのは困難だろう。申し込む以外にはな。それには相当な覚悟がいると思うが」

「ノアスのこと、ピグマリオンに伝えなくていいのか？」

「馬鹿馬鹿しい。行方不明者たちの情報を、どうやって手に入れたと思ってるんだ。ピグマリオンにハッキングしたことを、自分から白状するようなものじゃないか」

そう言われればその通りである。彼女はさらに続けた。

「ピグマリオンとしても、この情報のままではクライアントへは伝えられないだろう。ただし……」

「ただし？」僕は聞き返した。

「実際に行方不明者たちを見つけ出せば、話は別だ。すると、そこへ至る捜査方法も不問になる。極端に言えば、ハッキングを霊感だと言い張っても、結果オーライで、通用するかもしれない」彼女が首を横にふった。「しかし、行方不明者を探す義理もなければ、ピグマリオンに報告する義務もない。契約には至らなかったんだからな。それでもこのレベルで、私の興味はある程度満たされた」

彼女はパソコンの電源をオフにした。

「しかし……」

「何をこだわってるんだ。君にしたって、君の誠意は一応、ピグマリオンにも伝わったはずだ。守下さんにもね。それでもう、いいじゃないか」

彼女は立ち上がると、ウエスト・バッグを、また腰に巻きつけた。

僕も黙ったまま、沙羅華の後ろをついて、部屋を出る。給湯室でゴミを捨てた後、Aルームに寄り、鳩村先生にエクレアの箱を渡した。

「残り物ですけど」

先生はそれを受け取ると、「じゃあ、また」と言って笑顔で手をふってくれた。

展望エレベータから見る外景は、もうすっかり夕闇に包まれていた。

駐車場へ向かいながら、僕は空を見上げた。

いくつもの星がまたたいている。ここから見る星空は、久しぶりだった。完成した〝むげん〟の照明で、見える星の数は、以前より少なくなったかもしれない。それでも雄大な景色だと、僕は思った。

沙羅華も立ち止まり、僕と同じように、空を見つめている。

「奇麗だな」

僕がそう言うと、彼女は短く、「ああ」とつぶやくように答えた。

以前にも、彼女と二人で星を見たことがあったのを、僕は思い出した。

「お前、言ってたよな。自分のことが知りたいから、宇宙について考えている、みたいなことを」僕は彼女の方を横目で見た。「今もそうなのか?」

彼女はそれに答えず、こう言ったのだ。

「逆もまた真じゃないか? 自分の問題を解くことは、宇宙の問題を解くことにつながるのかもしれない」

何とも〝意味深〟な言い回しで、僕には彼女の真意をよく理解できなかった。聞き返しても多分僕には分からないと思い、黙って空を見ていることにした。

しかし、〝宇宙〟の対極にこの〝自分〟があり、宇宙が謎なら、自分もまた謎なのは確かである。

星空を見上げても、僕は奇麗と思うぐらいだが、沙羅華はそのすべての謎を解明しようと考えているのかもしれない。天才ゆえに、彼女のセンサーは鋭敏だし、情報処理量も膨大だ。そして宇宙が広大なように、彼女の内なる悩みも果てしないようである。やはり彼女は、ぼんやり空を見上げているだけの僕とは違うのだ――。

ふと、次に彼女と会えるのはいつだろう、と思った。ピグマリオンからの依頼の件は、もうけりがついてしまった。学校の同窓会なんて、やるかどうかも分からないし、彼女が来るかどうかも分からない。やはり当分、会えそうにないみたいだ。

彼女は自分のバイクに向かって、歩き出した。

僕は彼女の後ろをついて行きながら、例の畑に目をやった。整備されたセンター・ポスト内で、雑草だらけの畑は嫌でも目につく。みんなと一緒に野菜を作ったりお米を作ったりするはずだったのが、今はこの有り様である。しかも一回や二回、引っこ抜いただけでは駄目なのだ。実家の畑仕事で僕も経験しているのだが、雑草というのは抜いても抜いてもまた生えてくる。しかし米を作るなら、もうそろそろ田植えのことも考えておかねばならない。いずれにせよ、このまま放ってはおけないのである。

「どうかしたのか?」

沙羅華がふり向き、僕に聞いた。

「いや、畑を何とかしないといけないと思って」

「またその話か」

彼女は舌打ちした。

「手伝ってくれるか?」

「まさか。私は私で、やることがある。そろそろ元の女子高生に戻らないといけないしな」

「やることがあるって、お前……。学校帰りにクレープ立ち食いするぐらいだろ」

「畑なんて、君がやればいいだけのことじゃないのか？」

「いや、できない」僕は首を横にふった。「僕は僕で、やることがある」

「そもそも米作りや野菜作りは、君が呼びかけて始めたことだったと思うが」

「あのときは、あのときのことだ。それに一人で草引きをするほどの力は、僕にはない」

沙羅華が声をあげて笑い出した。

「君はまるで、〝パリティ・バイオレーション〟だな」

「パリティ・バイオレーション？」

僕は聞き返した。

「〝弱い相互作用〟みたいなもので、パリティ対称性が保存されていない」

「どういう意味だ？」

「説明すると長くなる。しかも分かってもらえない」彼女はそう言うと、また笑い出した。「ただし論理に一貫性がなく、支離滅裂な君にぴったりなニックネームだよ、パリティ・バイオレーションというのは」

僕は首をかしげた。よく分からんが、褒めてるわけではなさそうである。

「しかし君が草引きをやる気なら、その前に連絡してほしい」と彼女が言った。

「手伝ってくれる気になったのか？」

「まさか。〝収穫〟しておかないといけないからだ」

「収穫？　何を？」

僕は畑を見回してみた。しかし雑草とタンポポ以外に、何か作物ができているようには見えなかったのである。

僕の質問に答えないまま彼女がバイクに乗ったので、僕もその後ろに乗せてもらうことにした。

「さて、これからどうする？　まさか、私と一泊する気じゃないだろうな」ヘルメットをかぶりながら、彼女が聞いてきた。「故郷へ帰るのなら、最寄りの駅でいいか？」

「その前に、どこかで一緒に飯でも……」

「すまない。今日はもう、独りにしておいてくれ」

彼女はセルバイクを発進させた。

僕はなるべく、荒れた畑をふり返らないようにして、〝むげん〟をあとにした。そして電車の駅でバイクを降り、沙羅華とも、そこで別れたのだった。

夜遅く実家へ戻った僕は、沙羅華に言われた〝パリティ・バイオレーション〟のことが気になって調べてみた。けど結局、何のことか、さっぱり分からなかったのである。

つまり僕は、彼女からどんなふうに馬鹿にされているのかも、分からないということらしい。何だか、情けなくて笑えてきた。

しかし久々に会ってみて、僕は彼女の真実を見てしまったような気がしていた。彼女を取り巻く環境は変わっても、本質的な部分では何も変わっていなかったのである。彼女が〝素〟の状態で〝森矢沙羅華〟になるまで、あの不安定な状態は続くのかもしれない。しかも彼女の芯《しん》にある〝穂瑞沙羅華〟が、この先もしばらく未完成で危ういままであることは、容易に想像できるのである。また何をしでかすか、分かったもんじゃない。

けどそれは、彼女自身が考えるべきことかもしれない。僕は僕で、自分のこれからのことを考えるので精一杯なのだ。

これでこの件は、もう終わりだと思った。沙羅華は無理にでも元の女子高生に戻る気みたいだし、僕は僕で会社がある。また当分、会うことはないかもしれない。何もかも元通りのはずだったのである。

沙羅華のお母さんから電話があったのは、次の週、十九日木曜日の夜だった。

お母さんは時候の挨拶もそこそこに、僕にこう聞いてきたのだ。

「あの、うちの沙羅華ですけど、どこへ行ったか知りません？」

穀雨……（こくう）

1

お母さんからの電話によると、沙羅華は前日から学校も休んでいるのだという。

「ちょっと出ていくと言って出ていきましたけど」と、お母さんが言った。「携帯もつながらないし、ひょっとしてお宅へお邪魔《じゃま》してないかと思いまして」

何が〝ちょっと出て行く〟だ、と僕は思った。お母さんも相変わらず、自分の娘のことを何も分かっていない。

沙羅華も沙羅華である。少しはましになったかもしれないが、やはり世の中に対する協調性がない。それが一人でウロウロしているというんだから、考えただけでも危なっかしいのだ。

僕が黙っていると、お母さんが話を続けた。

「お友だちと手塚治虫ランドへ行くって聞いてたので確かめてみたら、それは連休で、しかも沙羅華はキャンセルしたらしいんですよ。楽しみにしてたのに、変でしょ。私、どうしちゃったのかしらと思って」

聞いているうちに、このお母さんの沙羅華に対するスタンスも微妙なものに思えてきた。心配はしているが、沙羅華が今回のようなイレギュラーな行動に出たとき、どんなふうにかかわってよいのか自分でも分からずにいるのだ。彼女にとって、いまだに沙羅華は腫《は》れ物のようである。それにお母さんが疑っているのは、せいぜいお泊まりデートのレベルらしかった。

「彼女とはあの晩、駅で別れたままです」僕はそう答えた。「その後、連絡は取っていないし、会ってもいません」

「じゃあ、一人で自分探しの旅にでも出たのかしら？」

お母さんの声の調子は、いつもと変わらない。〝自分探し〟には違いないかもしれないが、沙羅華のやろうとしていることは、そんな感傷的なもんじゃないはずである。しかしあのサイトのことを話すと、お母さんは余計に心配するだろう。

「僕も心当たりを探してみます」そして「大丈夫ですよ」と付け加え、僕は電話を切った。

沙羅華の居場所は僕にも分からないが、彼女が何をしたのかは、容易に想像できた。例のサイトから、セミナーに〈申し込む〉をクリックしたのに違いないのである。

僕には沙羅華のようなハッキング・テクニックはないので、彼女が申し込んだかどうかは、調べられない。けど行き先は、〝ノアスの園〟のセミナーに間違いないのだ。深く考えずにもちかけた話だったが、彼女の心のどこかに、火をつけてしまったのかもしれない。

しかし沙羅華よ、お前が行方《ゆくえ》不明になって、どうするのだ……。

そんなことを考えながら僕も彼女に電話をかけてみたのだが、やはりつながらない。メールも送っておいたが、どうせ返事はないだろう。

今度の件の何が彼女の探究心を刺激したのかが、僕にはまだよく理解できなかった。行方不明者の捜査より、〝ノアスの園〟に引かれていたのは確かだと思うのだが、深入りすると危険なことは、彼女もよく承知していたはずだ。だからこそ、僕にも「調査終了だ」とはっきり言っていた。

あれこれ考えているうちに、確か彼女は、セミナーの名簿にあったハンドルネームに、目をとめていたことを思い出した。

〝ライフロスト〟——。

しかしそれが彼女の失踪《しっそう》とどう関係するのかは、やはりよく理解できなかったのである。とにかく、沙羅華を追いかけないわけにはいかない。話をもちかけた責任もある。僕は自分のパソコンを立ち上げ、〝ノアスの園〟のホーム.ページにアクセスした。手がかりは、ここにしかない。

しかしメインページが表示されたときに、考え込んでしまった。僕はもう社会人なのだし、会社へも行かないといけないのである。沙羅華のために、休むわけにはいかない……。

迷いながらもセミナーのページに切り替え、それをながめていて、僕は気づいた。

次回のセミナーは、四月末。ゴールデン・ウイークと重なる。沙羅華を見つけ出し、説得して呼び戻すぐらい、連休中にでもできるだろう。いや、少し延びるようなら、有給休暇を使えばいい。現地から会社へ連絡を入れれば、何とかなる。

僕は思い切って、セミナーに申し込むことにした。危険は承知の上だ。それを言い出すと、彼女を一人にしておく方がどれだけ危険か分からないのである。

〈申し込む〉をクリックしようとした僕の指が、直前で止まる。

そうだ、参加費はどうするのだ。それに交通費も、宿泊費も。参加費の二万ドルは、沙羅華にとっては、はした金かもしれない。何せ、特許収入なんかがガポガポ入ってくる大金持ちだ。それにひきかえ、僕は初任給すらまだもらっていない、一介の新入社員なんである。貯金を全部はたいても、足りないのは確実だった。

僕はパソコンから目をそらし、腕組みをした。先立つものは、やはりお金のようだ。消費者金融へ借りに行ったとしても、返済計画が立てられそうにない。

この際、親に頼み込んでみるか？　しかし理由が困る。自殺サイトかもしれないサイトのセミナーに申し込むから、金を貸してくれとは言えないのである。かといって金額が金額なだけに。適当な嘘《うそ》でごまかせるとは思えない。

僕の友だちだって、返してくれないかもしれない人間に、貸してはくれないだろう。第一、僕の知り合いでそんな大金を持ってそうな奴《やつ》は、沙羅華しかいない。しかし、沙羅華の家から借りるわけにもいかない。理由を話せば、お母さんが余計に心配する……。

じゃあ、ネオ《N》・ピグマリオン《P》は？　僕は思わず、手をたたいた。金は、ピグマリオンに出させればいいのだ。

すぐにピグマリオンの樋川晋吾さんに電話を入れ、僕はなるべく落ち着いて彼に事情を説明した。

沙羅華があの後も調査を続け、ある団体のセミナーが怪しいと突き止めたこと。そしてその直後、彼女も失踪してしまったこと。

「彼女はおそらく、単独で捜査に出たんだと思います」僕は樋川さんに訴えた。「そのサイト、自殺サイトかもしれないんです。彼女一人で行かせるのは危険です。だから僕にも協力させてください。沙羅華を、いや、行方不明者たちも連れ戻してきますから」

「それで参加費と旅費を出せ、とおっしゃるんですか？」

樋川さんが、落ち着いてそう言った。

「くわしくは言えませんが、見つかる可能性は極めて高いと思います。どうか僕たちに投資すると思って……」

「しかし先生は、自費で単独行動をとられたわけでしょう。私どもと契約もしていない。それに私は、先生に投資する気はありますが、あなたに投資する気にはまだなれないですね」

「でも、彼女一人じゃ危ない」

「あなたが行くと、余計に危ない気がしますが……。それと、その自殺サイトらしき団体、領収書は出るんですか？」

僕は首をひねった。

「多分、出ないと思います」

「先生がそこに申し込まれたという証拠は？」

「ありません。でも間違いない」

「もし、先生がそこにいらっしゃらなかったら？　一人旅に出た可能性も、ないわけじゃないのでしょう？」

「いや、彼女に限って、そんなことはあり得ない」

「では、もし行方不明者たちも、そこにいなかったとしたら？」返事ができずにいる僕に、樋川さんが続けた。「あなたの勘違いで済む金額ではないでしょう」

「ごちゃごちゃ言っている場合じゃない」僕はつい、大声を出してしまった。

すると彼が、「先生がマークしたという団体について、もう少しお教えいただけませんか？」と聞いてきた。

それで僕は、〝ノアスの園〟のアウトラインを、彼に説明したのだ。

「今、こっちのパソコンでもそのホームページを見つけました……」彼は、僕や沙羅華が見たのと同じページに、目を通しているようだった。「なるほどね。怪しいと言えば怪しいが……」

「もし何も成果がなければ、お金は僕が必ず返します。だからお願いします。急ぐんです」

しばらく電話口で黙り込んでいた樋川さんが、一度舌打ちをした。

「よし、出しましょう。ただし振り込みではなく、現金でよければ。うちの守下に配達させます」

「ありがとうございます」

僕は携帯電話を握りしめたまま、頭を下げた。

「礼はいりません。確かにリスクは高いが、私も真実が知りたい。ただし、一つ条件があります」

「は？」僕は聞き返した。「条件？」

「ただで差し上げるわけにはいかない。帰還の際には、報告書《リポート》を提出してもらいたい」

「報告書、ですか？」

「そうです。では、先生によろしくお伝えください」

樋川さんはそう言うと、電話を切った。

僕はやれやれという気持ちで、大きく息を吐いた。報告書の件はちょっと気が重かったが、仕方ない。金を出してくれるんだから、文句は言えないのだ。

とにかくそういう事情で、いずれ書かねばならない報告書のために、せっせとこうして〝備忘録〟をつけることにしたわけである。

僕は樋川さんの言葉を信じることにして、セミナーに申し込む手続きを開始した。

一度〈申し込む〉をクリックしてしまうと、あとは楽なものである。しかしワン・クリックしただけでとんでもない事件に巻き込まれたという人の話も、聞かないでもない……。

着々と手続きを進めていたら、ハンドルネームの入力で、また手がとまった。本名の代わりにハンドルネームを記入しないといけないのだが、とっさに思いつかないのだ。今後〝ノアスの園〟と連絡を取り合うキーワードになるから、ちゃんと考えておかねばならない。

〝ワタサン〟では、あまりに芸がない。

それで自分の名前をもじってみてはどうかと考えた。ワタヌキ、ワタヌキ、タヌキ……、英語でいうとラクーン・ドッグ？　何かパッとしないのである……。それに考えてみたら、この場合はあまり本名と関係ない方がいいのかもしれない。たかがハンドルネームではあるが、付けるとなると、なかなか難しいものだ。

このハンドルネーム、沙羅華はどうしたのだろう、と思った。サラカ、サラカ、サラカはサラか？　バージンか……？

うーん。相変わらず僕の考えることは、くだらないのである。しかし沙羅華のことを考えていて、ひらめいた。

〝パリティ・バイオレーション〟というのはどうだろう。ついこの前、彼女が僕のことを、こう言って馬鹿《ばか》にしていたのだ。

僕はハンドルネームを〝パリティ・バイオレーション〟に決め、仮契約を実行した。

すぐに申し込み番号と、ＩＤが送られてきた。入金に関しては、複数の口座番号を示した上で、それぞれの口座に分散して振り込むよう指示がある。

電話番号も記されていて、四月二十八日の夕方に、そこへ連絡しろというのだ。それまでに、北米の西海岸に入っておいてほしいという。

しかし、西海岸のどこかについては、書かれていない。アメリカなのかカナダなのかも、不明だった。

四月二十日の金曜日、昼休みに近くの駅の改札口で、ピグマリオンの守下麻里さんと待ち合わせた。到着した彼女にゆっくり見とれている間もなく、二人でセミナー参加費の二万ドルを、指示通り何口かに分けて外国送金窓口《レミッタンス》から振り込んだ。詐欺なら、これでもう手遅れである。

その後二人でファミリーレストランへ行き、僕はカツカレーを、彼女はもう食事は済ませたらしく、ミルクティを注文した。

そしてそこで、百万円の入った封筒を手渡された。交通費やら宿泊費やら、何やかやである。

「大事に使ってくださいね」と、守下さんが言う。

僕はその封筒を、背広の胸ポケットに押し込んだ。

「これ、借用書は?」

「いりません」

「どうして? 会社の経費じゃ?」

「経費で通るわけがないじゃないですか」守下さんは、首を横にふった。「これは樋川社長の、ポケットマネーです」

「え?」

「別に気にすることはないんです。あの人、お金持ちだから。親会社の重役の、息子さんなの」

僕は、胸ポケットのあたりに手をあてた。

「本当にすみません」

守下さんが、一つため息をつく。

「森矢先生って、勝手にいなくなったんでしょ? それをどうしてあなたが、そこまで……。仕事だって、あるでしょうに」

実はその通りなのだ。今だって、昼休みにこうして会っているわけである。

「でも、放《ほう》っておけなくて……」

「難しい人ね」守下さんが、窓の外に目をやった。「でも、きっと真面目《まじめ》な人なんだと思う。先生とうまくやっていけるかどうかは、そういう本当の姿に気づいて、しかもそれに理解を示せるかどうかかも。それでも、分かり合えるかどうか……」

守下さんは急に、カツカレーを頬張《ほおば》っている僕を見つめた。

「あなた、森矢先生のことが、好きなの?」

随分《ずいぶん》、はっきりものを言う人だなと僕は思った。しかしその方が、話は早いのである。

僕は、水を一口飲んだ。

「いや、分からない。好きとか嫌いとかじゃないと思う。友だちなんだ。人に道を聞かれて、知ってたら教える。そんな感覚かもな」

僕は軽くうなずき、またカツカレーを口へ運んだ。しかし今のが本心かと聞かれたら、自信はなかった。

「気づいてる？」と、彼女が言う。「余計なことだけど、言ってあげた方がいいかもしれない」

守下さんは一度眼鏡《めがね》に手をあてると、話を続けた。

「あなたは先生を見ているかもしれない。でも先生はどうかしら」顔を上げると、守下さんと目が合った。「ひょっとしてあの人、誰《だれ》も見てないのかもしれない。私には、今はまだ見つからない何かを見つけようとしているとしか、思えないんだけど」

僕は口の中のカツを飲み込んだ後、くり返した。

「見つからない何か？」

しかし守下さんの言っていることが、僕に分からないでもなかったのである。

「私なんか、目をそらして適当に楽しくやるのに」守下さんは微笑《ほほえ》んだ。「でもあなたが引かれるのは、先生のそんなところかもしれないわね」

そうかもしれないと思った。

「確かに彼女といると、自分も迷っていることに気づかされるときがあるんだ。嫌《いや》でもね。

それで結局わけも分からないまま、いつの間にか一緒に探すことになってる」

「それで北米まで？」守下さんが、呆《あき》れたように言う。「ところで肝心なことだと思うんだけど、北米のどこへ行くの？」

「いや、西海岸としか」僕は首を横にふった。「北米に入ってから、教えてもらうことになっている」

「それは前途多難ね……」

時計を見ると、昼休みももう終わりである。

守下さんも、これから会社へ戻るというので、店を出ることにした。もちろん代金は、守下さんが支払ってくれた。

「何か分かったら、必ず連絡してね」彼女は、僕の肩をポンとたたいた。「頼んだわね、探偵さん」

結局、昼飯を食べただけで、守下さんとは駅で別れた。本当は、もっと彼女と話していたかったのに……。確かに不思議な人だな、と思った。一緒にいてそうドキドキすることはないのだが、自分がごく自然体でいられるのである。これは案外、大事なことかもしれない。

いや……。僕は首を横にふった。今の僕にとっての急務は、守下よりも森矢の方なのだ。

さて、いよいよ沙羅華の後を追いかけることになったのだが、どうやって彼女を探してよいか、見当もつかなかった。申し込み手続きは完了したものの、参加者は個々に連絡を取り合えない。つまり現地に行ってみないと、何も分からないのである。

ダメモトで、彼女の携帯にまたメールしてみることにした。しかし相手は沙羅華である。〈帰ってこい〉と書いても帰ってくるわけがないし、返事もこないだろう。

僕は〈今から迎えに行きます〉と書いて、送信した。

とぼとぼ歩き出したとき、雨が降り出した。今朝のニュースでお天気お姉さんが言っていたが、今ごろに降る雨は、穀物などの植物を潤す雨という意味で、〝穀雨〟というのだそうだ。

そんな感慨にふける余裕もなく、僕は急いで会社へ戻り、バタバタとその日の仕事を終えて家にたどり着いたときである。

携帯が鳴った。発信者は〝非通知〟になっていたが、通話ボタンを押してみた。

「もしもし……」

おそるおそる、話しかけてみる。

〈ハロー〉

聞き慣れた声が返ってきた。それは間違いなく、沙羅華の声だったのである。

「お前、今どこにいるんだ?」

〈どこでもいい。それより、迎えになんか来るな。どこにいるかも知らないくせに〉

「それぐらい分かってる。〝ノアスの園〟だろ」

〈それは君の早とちりだ。一人で手塚治虫ランドにいることだって、考えられるだろう〉

「いや、違う。君はセミナーへ行く気だ。頼むから、戻ってきてくれ。お母さんのためにも」

〈母さんにはまた、私から電話を入れておく。そんなことより、何故《なぜ》申し込んだ?〉

「知ってるのか?」

〈〝パリティ・バイオレーション〟——これは君のことだろう〉

どうやら彼女は、また〝ノアスの園〟にハッキングして調べたらしい。

〈参加金をどうやって工面したかは知らないが、今からでも遅くない。キャンセルするんだ。もう私にかまうな〉

「どうして? 僕は君のことが心配だから……」

〈これはあくまで、私の問題だ。自分の運命に、他人を巻き込みたくはない〉

「他人なんて、そんな……」

〈金なら何とでもなる。だから来るんじゃない〉

「君を一人にはしておけない。僕を止めるんなら、君がここへ来て直接止めたらいい。僕は行くと決めたんだ」

電話の向こうで、彼女のため息が聞こえた。

〈どうしても来るというなら、単独行動は取るな。君が危ない〉

それはこっちの台詞《せりふ》なのである。

〈チケットがまだなら、サンフランシスコ行きにしろ〉

「サンフランシスコ?」僕は聞き返した。「どうしてサンフランシスコなんだ?」

〈そこからどこへ行くにしろ、サンフランシスコだと移動に困らない。現地時間で、そうだな。二十八日の十二時に着く便がある。到着ゲートで待ち合わそう。じゃあ〉

切れた。もっと話しておくべき、大切なことがあったと思うのだが。とにかく、時間と場所は約束した。そこで彼女と合流できるはずだ。

そう思いながら、僕は携帯のフラップを閉じた。


翌日から僕は、着々と出発準備を整えていった。

携帯電話も、海外で使える自動翻訳機能付きに機種変更しようと思ったが、金がもったいないので、安物の〝自動通訳機《オート・インタープリター》〟を別に買うことにした。ただ、向こうで何があるか分からないし、せめて生活防水機能付きのものにした。

荷物をまとめながら、僕はまた沙羅華のことを考えていた。彼女はどうして、この事件を調べてみる気になったのか。しかも自分一人で……。

何度考えても思い当たるのは、〝ライフロスト〟というハンドルネームだ。あのとき名簿を見ていた沙羅華は、そのハンドルネームで手を止めたのだった。

この前の電話で、彼女は確か、〝自分の運命〟と言っていた。するとそのハンドルネームとの間に、他《ほか》の人間の知らないような個人的な事情があるのかもしれない。そうなると、もちろん僕なんかに分かるはずもないのだ。

一方で、彼女について守下さんが言っていたことにも、うなずけるのである。沙羅華は、今はまだ見つからない何かを、見つけようとしている――。それは宇宙の謎《なぞ》なのかもしれないし、人間存在の謎なのかもしれないし、そのすべてなのかもしれない。一言で言えば、やはり〝真理〟ということになるのだろうか。新生活のなかにもそういうものが見いだせずにいた彼女は、それで旅に出ることにしたのかもしれない……。

彼女の本心が理解できないまま、出発の日になった。

空港までは、守下さんが見送りにきてくれた。ネオ・ピグマリオンからの監視役という見方もできるが、旅行代理店みたいなことも、全部彼女がやってくれたのである。サンフランシスコまでのチケットも買ってくれたし、渡航承認《ESTA》の手続きとかも彼女が済ませてくれた。そして彼女は、搭乗手続きにも付き添ってくれたのだ。

「パスポート、なくさないようにね」

彼女はそう言い、僕にお守りをプレゼントしてくれた。それをポケットにしまって顔を上げると、彼女が微笑みながら、右手を差し出している。

僕が握手よりも抱擁を望んでいたのは言うまでもないのだが、それは贅沢《ぜいたく》というものである。僕は彼女と握手をして別れ、搭乗口へ向かった。守下さんと別れるのは辛《つら》いけど、僕の行く手には沙羅華が待っているのだ。

そう自分に言い聞かせ、一人で飛行機に乗り込む。

やたらカップルが目につくのは、僕のひがみ根性のせいだろうか。それを見ているのも癪《しゃく》にさわるし、窓側の席だったので、ぼんやりと外の景色をながめていた。

何故かそのとき、〝むげん〟の敷地内にある田んぼの持ち主だった、お婆《ばあ》さんの顔が浮かんできた。彼女が生前、海外旅行をしたことがないと言っていたことを思い出したのだ。

僕もそんなに行っている方じゃないが、まったくゼロではない。子供のころから、ちょくちょく夏休みとかに、親に連れて行ってもらっていた。

とにかくこの空港から先は、あのお婆さんの知らない世界なのは確かである。それを見ることが幸せなのかどうかは、難しい問題かもしれない。

飛行機は、定刻通りに滑走路を飛び立った。

沙羅華を救いに行く、と言えば格好が良すぎるかもしれない。それに見方を変えれば、これは二人にとって、初めての海外旅行なのだ。僕たちのことを誰も知らないところで落ち合い、二人だけの時間を一緒に過ごすことになる。その時間の流れの中で何が起きるかは、案外、僕次第なのかもしれない。

つまり彼女を救うどころか、彼女にとっての危険なイベントは、むしろ僕という男の存在なのかもしれないのである。

窓辺に映る僕の表情に、旅への不安は微塵《みじん》もなく、いつになくにやけていた。

2

四月二十八日の午後、サンフランシスコ国際空港に到着した。

ただでさえボケてる上に時差ボケが重なり、空間的にもボケまくりの僕は、広いロビーを右往左往していた。出国手続きからして、よく分からないのである。

それでも何とか通関を済ませ、トランクを転がしながら到着ゲートを出る。

沙羅華はすぐに見つかった。

「や」

片手を上げて微笑むと、彼女の方から僕に近寄ってきた。青っぽいセーターにジーンズというカジュアルな服装で、グラスビュアではなく、淡い色のサングラスをかけている。

僕だから分かったようなものだが、ちょっと見ると、沙羅華には見えない。

「グラスビュアは?」と、僕は聞いた。

「置いてきた。パソコンも。君のことを調べたのも、ネットカフェからだ」彼女がポシェットから、携帯電話を取り出す。「これだけは持ってきたが」

僕はサングラスを指さした。

「変装のつもりか?」

「別に。しかし私だと気づかれてネットで話題になったりしないよう、注意はしているが」

そう言われて見直してみると、確かに彼女のコーディネートは地味で、人目を引くものは特にないように思えた。

そのくせ彼女は、ポシェットからスティック菓子を取り出して、一かじりするのだった。もっとも、それが沙羅華の嗜好《しこう》品だと知っている人間は、このあたりにはいないと思うのだが。しかもそれはいつもの〝スティッキー〟ではなく、〝スイッキー〟とかいう類似商品である。

何事もなかったかのようにバニラ・スイッキーをかじっている彼女に、僕は皮肉を込めて聞いてみた。

「お前、この連休は友だちと手塚治虫ランドへ行くんじゃなかったのか?」

「どこへ行こうが、私の勝手だ」

彼女がロビーを歩き出したので、僕もついていった。

日本から遠く離れたアメリカで、沙羅華とこうして並んで歩いていることが、何か夢のような気がした。これから起きることをあれこれ想像すると、またしても顔がにやけてくる。しかし、喜んでばかりはおれないのである。

「帰ろう」と、僕は彼女に言った。

「君は今来たばかりだろう」

「わざわざ迎えに来たんじゃないか」

「頼んだ覚えはない。子守役のつもりかもしれないが、感心しないな。おかげで私は、子守役の子守役さ」

ムムッとこみ上げてくる怒りを抑えて、僕は説得を続けることにした。

「大体、今回のお前の行動は、理解に苦しむ」

「君に私のことが理解できると思ってるのか？」

「しかし、以前と違うことぐらいは分かるつもりだ。誰もお前のことを責めていない。新しい環境で幸せになろうとしていたはずなのに、どうして家を出たんだ」

「そう、私さえそれで良いと思えればな。だからこれは、私の問題なんだ。君には分からない」彼女が、横目で僕を見た。「それに私はともかく、君は帰れなくなった」

「どうして？」

「旅費はどうした？　セミナーの参加費は？　私の母さんが出したのか？」

「いや」僕は首を横にふった。「ピグマリオンが……」

「やはりな。だったら君は、手ぶらでは帰れない。捜査しなければならないだろう。もらったのは、私を連れ戻すためのお金じゃない。行方不明者たちを探すためのお金なんだから。報告書も出すように言われてるんじゃないのか？」

そう言われると、その通りだ。

「いや、私は帰ってもいいんだ」と、彼女が言う。「でも何なら、君の捜査に付き合ってやってもいいが……」

相変わらず、嫌味《いやみ》な奴である。僕は説得をあきらめ、彼女の後ろをついて歩くことにした。空港ビルを出た僕は、空を見上げた。いい天気である。暑いぐらいだった。

「それで、これからどうする?」僕は彼女に聞いてみた。「〝ノアスの園〟に連絡を入れるまで、まだ時間があるんだろ。ゴールデンゲート・ブリッジでも見物に行くか?」

「いや、行きたいところがあるんだが、よかったら、付き合うか?」

僕には、否《いや》も応《おう》もないのである。

タクシー乗り場まで行き、先頭に並んでいるイエローキャブのトランクに荷物を入れた。乗り込むと、彼女は運転手に、「サンノゼへ」と告げる。

どうしてサンノゼなんだろう、と僕が首をひねっているうちに、タクシーは出発した。

「ここからサンノゼは、意外と近い。車でも一時間ほどなんだ」シートベルトを装着しながら、沙羅華が言う。「ホテルも予約してある。私と同じところで良ければだが」

僕は軽くうなずいた。右も左も分からないのだから、こうして彼女の横にくっついているしかないのである。それでも、仕事でストレスをかかえながら狭い日本を駆けずり回っているよりは、はるかにましかもしれない。目にする景色は何もかも物珍しく、僕は旅の高揚感を味わっていた。

「もう日本へ帰る気がしなくなるな……」

「君がそんなことでどうするんだ」

沙羅華の言う通りだった。僕は彼女を連れ戻す係なんである。

「用事が済んだら、一緒に帰ろう。みんな心配している」

「心配？　ふん」僕の横で、彼女が吹き出した。「大方、私が何をしでかすかを心配してるんだろ」

「お前、昔とちっとも変わらないな」

「何がだ？」

「一人で好き勝手ばかり……。ふり回される人間の気持ちを考えないのか？」

「母さんには、心配するなとメールしてある。それで必要以上に心配するのは、向こうの勝手じゃないか。それに『心配している』と君は言うが、私がこのまいなくなれば、あの親たちも、他の連中も、本当に心配するだろうか？」

あるいはホッと胸をなで下ろすのかも、とでも言いたげに、僕には見えた。

話題を変えるつもりで、僕は前から聞こうと思っていたことを、彼女にたずねてみた。

「どうして今回の事件に首を突っ込んだんだ？　別に、人を助ける気になったわけでもないんだろ？」

「言ったじゃないか。これは私の問題だ。君に分かるはずがない。ただし……」

「ただし？」

「ズブズブと首を突っ込んでいくと、普遍的なものにぶつかるかもしれない。そうなると、君に理由を分かってもらえる可能性も、ないわけじゃない」

「普遍的なもの……。それが〝ノアスの園〟に？」僕は首をかしげた。「その後、何か分かったのか？」

彼女が首を横にふる。

「君も知っている通り、今日の夕方、指定された番号に連絡を入れることになっている。それで少しははっきりするだろう」

「何もはっきりするもんか。もっと潜入しなければ」

「そうかもな」

僕は彼女の横顔を見つめていた。

「僕がこんな事件を君に持ち込んだりしなかったら、君も家出なんか……」

「君が思い悩むことじゃない」と、彼女が言う。「私の運命を変えるほどの重要な出会いを君がもたらしたというのは、君の思い上がりにすぎない。きっかけなど、何でもよかったんだ。私のなかで〝家族ごっこ〟が、限界を迎えようとしていた。飽和状態にある水蒸気が、水滴に変わる瞬間のようなものだ。たまたまそういう時期に、君がのこのことやって来たというだけのことさ」

彼女は、窓の外をながめていた。

一時間ほど走ると、沙羅華の言っていた通り、車はサンノゼの街へ入った。

「どうしてサンノゼなんだ？」

僕は今更のように、彼女に聞いてみた。

「別に。隠れた穴場スポットに、君を案内しようと思っただけだ」

そういえば気のせいか、彼女はこの街を見慣れているようで、僕みたいに、キョロキョロしていない。ひょっとして、前にも誰かと来たことがあるのかもしれない。僕は、彼女の父親がヘッドハンティングされかけているという話を、思い出した。

「お父さんが今、このあたりにいるとか……。会う約束でもしてるのか?」

「確かに父は、まだアメリカにいる。けど、どうして会わねばならない?」

そう聞かれても、僕には答えようがないのである。

「ここへ来た理由は、そんなことじゃない」彼女が車のなかで、両腕を広げた。「私の生まれ故郷なんだ。保育所も、丁度《ちょうど》このあたりにあった」

そこまでは、僕も知らなかった。漠然と、アメリカ生まれだとは聞いていたが。

「そして、あのビル……」

彼女は、さほど特徴的ではない、中層階のビルを指さした。

「あのビルが、どうかしたのか?」

「″ゼウレト″を知らないのか? バイオ産業では有名な企業だ。様々な事業に手を伸ばしているが、その一つが、″生殖ビジネス″とも言われるジャンルだ」

車は、信号に引っかかった。ビルを見上げている僕の横で、沙羅華が話を続ける。

「つまり、精子バンクや人工授精サービス。便利なものだ。精子ドナーは、インターネットでも探せる。ドナーの価格には幅があって、条件に応じて選べるようになっている。まるで不動産だよ。生殖医療コーディネート会社という仲介業者が別にあってね。このあたりだとサンフランシスコに多いんだが、そこであれこれ相談する。それから、ゼウレト社のような具体的処置をしてくれる会社を斡旋《あっせん》してもらうんだ。けどゼウレトは、こうした事業全般にかかわっていた。いわばトータル・コーディネートだな」

信号が青に変わり、車はそのビルを通り過ぎた。

「ひょっとして……」

僕は聞いてみた。

「そう。ゼウレトは、私を作った会社だ。精子バンク事業は、いくつもの会社が手がけている。なかでもゼウレトは、ストックが豊富で、スポーツマンや高いＩＱをもつドナーの精子を取り揃《そろ》えていたんだ。もちろん、天才児の製造技術にも定評があった。それで母は、ゼウレトを選んだらしい。一方、父の方だが。ゼウレトの社長は日系人で、父が学生時代に留学したとき、ホームステイとかで随分世話になったらしい」

「それで、精子ドナーに？」

「多分、そういうことだと思う。精子のコレクションを増やす必要があったゼウレトは、そうやって有能な人材に〝貸し〟を作っては、精子を集めていったようだな。きっと父なんかは、いいカモだったことだろう」

彼女は、ゼウレト社をふり返らずに言った。この件に関して、僕はそれ以上質問する気になれなかった。

　しばらくして、彼女が先に宿泊しているというホテルに到着した。タクシー代も、彼女が払ってくれた。

　沙羅華と同じホテルに泊まるのかと思うと、チェックインしている間も、またにやけてきた。僕は荷物を部屋に置き、またロビーへ下りていった。

「これからどうする？　散歩でもするか？」

　本当は散歩ではなく、〝デート〟と言いたいところである。

「行き場所は、もう決めている」と、彼女が言う。「実は、張り込んでいるところがあるんだ」

「つまり、もう始めているのか？　捜査を」

「ああ。君も付き合うか？」

「そこに、行方不明者たちがいると？」

「そこまでの確証は、まだない。だから張り込んでいる」

　やはり、ただの家出ではなかった。彼女は本気でこの事件の捜査をするつもりのようだった。うまく行方不明者たちを見つけ出してピグマリオンへ報告すれば、僕の顔も立つわけである。

　再びタクシーを拾い、沙羅華は英語で、運転手に行き先を告げた。僕はまだ自動通訳機をセットしていなかったのでよく聞き取れなかったのだが、車はどんどん市街地を離れていく。

そして十数分も走ると、周囲に空《あ》き地の目立つ郊外へ出た。まさか、二人きりになれる場所を探しているわけでもないだろうと思いながら景色をながめていたとき、大きな白い建物が正面に見えてきた。どうやら病院らしい。

「着いた」と、沙羅華が言う。

看板に、〝ゼウレト〟の文字があるのは何となく分かったが、次の単語が読めない。

「病院なのか?」と、僕はたずねた。

「ああ。〝ゼウレト癌《がん》センター〟。その名の通り、ゼウレトの系列だ」

建物は四階建てぐらいだが、敷地はかなり広そうだ。

「ゼウレト……」僕は、さっき彼女から聞いた話を思い出していた。「君の生まれたところなのか?」

「それは市街地にある。こことはまた別だ」

玄関前で、タクシーを降りる。とにかく、ここが彼女の目的地らしい。

病院としては、大きい方ではないかと僕は思った。人の出入りは、結構多い。僕たちも、お見舞いに来たようなふりをして、ロビーへ向かった。

沙羅華が長椅子《ながいす》に腰かけたので、僕もその横に座る。僕はロビーを見回してみた。

「それで何故、この病院が怪しいと?」

「説明すると、長くなる」

彼女は、玄関を行き来する人を見つめていた。

「お前、ここで誰かを探しているのか？」

「ああ」と彼女が答えた。「幸せそうな人を探している」

言っている意味が、よく分からなかった。幸せそうな人がここにいると考えることすら、どうかしていると思えるのだ。

痛み止めの麻酔か何かを処方された人のことを言っているのかもしれないと考えていたとき、「君も探せ」と、彼女が言った。

「探せって、幸せそうな人をか？」

僕はキョロキョロしながら聞いてみた。

「行方不明者に決まっている。顔写真は、君も見ただろう」彼女は表情を変えずに続けた。

「彼らがいるとすれば、幸せそうな顔をしているはずだ」

余計に意味が分からなかった。とにかく僕は、ピグマリオンが探している四人——特に申し込みリストにあった三人の顔を思い出しながら、周囲の人をながめていた。

しかし日本人というか、東洋人はちょくちょく見かけたが、例の四人は見当たらない。

僕はまた、彼女に聞いてみた。

「お前、まさか〝ノアスの園〟が、ここじゃないかと思っているのか？」

「分からない。だから張り込んでいる」

「どうして、この病院だと……」

「だから、一言で説明できない。自分なりの推理の結果だ」

確かにここはゼウレト系列の病院らしいし、彼女はそのゼウレトの生殖ビジネスによって生を受けた。僕の知らないような事情も、彼女はよく知っているのだろう。

「でも、ここじゃないとは、考えられないのか？」

「君はゼウレトを知らないからだ。今は分からなくても、いずれ〝ノアスの園〟から呼び出しがあれば、ここへ来ることになるかもしれない」そして彼女が、つぶやくように言った。「あいつらなら、やりかねない」

「そんな言い方……。世話になったところなのに」

「世話をしてくれと頼んだ覚えもなければ、産んでほしいと頼んだ覚えもない」

僕はそれ以上のことは聞かず、彼女に言われた通り、張り込みを続けることにした。

けれども、やはり行方不明者も見かけなければ、ここが〝ノアスの園〟と関係があるという実感も得られなかったのである。大体、張り込みなど、彼女にしては随分、古典的なテクニックのように思えた。おそらく確信があってここにいるというより、今のところ、他に手がかりがないのでここにいるしかない、というのが本当のところかもしれない。

僕にとっての疑問はやはり、沙羅華が何故この病院に目をつけたのかだった。かといって一時《いちどき》に何もかも話されても、きっと僕の方が混乱してしまう。時間は十分あるようだし、僕は少しずつでも彼女から聞き出していこうと思った。

「この病院なんだけど」僕は彼女に話しかけてみた。「こんな郊外じゃなくて、もっと街の中にあった方が便利だったんじゃないか?」

「立地条件に合う用地を探したら、こうなったんだろう」彼女が、玄関と反対側を指さした。「加速器と抱き合わせなら、都心に高層ビルというわけにもいかなかったのさ」

「え、ここ、加速器があるのか?」

彼女は、小刻みにうなずいた。

「と言っても、〝むげん〟みたいにデカくはない。せいぜい、直径数十メートルかな」

「でも、何で加速器が?」

「この病院の専門は?」

逆に彼女が、僕に質問してきた。

「癌センター、なんだろ?」

「そう。実はある種の癌治療に、加速器が使われることがある」

「へえ……」

正直、僕は知らなかった。

「加速器で陽子、あるいは重粒子——つまり炭素や酸素、シリコンなどの原子核を加速し、患部を狙《ねら》い撃ちするんだ。もちろん専用の設備は必要だし、ケースにもよるが、治療効果は高いと言える」

加速器にはそんな使い道もあったのかと、僕は感心しながら、彼女の話を聞いていた。

「それにも君が関係しているのか?」

「まさか」彼女が吹き出した。「〃むげん〃などに比べれば、この手の陽子線加速器や重粒子線加速器は、シンプルでオーソドックスなものだ。私の基礎理論を採用する必要は特にない。少なくとも、ここの重粒子線加速器ではね」

「つまり、他にもこういう施設はあるのか?」

「もちろんだ。巨額の設備投資が必要になるし、どこにでも設置できるというものでもないのだが、さほど珍しい設備でもない。粒子線の発生にはレーザーを用いる方法も研究されているものの、パワーや安定性で依然加速器が重宝されているわけだ」

僕はぼんやりと、その重粒子線加速器があるらしい、玄関と反対の方向をながめていた。

「珍しい設備でないと、言われてもなあ……」

「加速器なんて、メスみたいなものさ」彼女が、手術用のメスを持つ手つきをした。「ただの道具だ。使う人間によって、どうにでもなる」

その通りかもしれないと思った。加速器に限らず、科学技術によって生み出されたものは、みんなそうかもしれない……。

彼女は急に、「あっ」と短く声をあげた。

そして玄関から入ってきた、一人の男を見つめていたのだ。

行方不明者でも見つけたのかと思ったが、そうではなかった。

男は五十歳を過ぎたぐらいで、恰幅《かっぷく》がよく、ラフだが一目で高級品と分かるジャケットを羽織っていた。

「誰なんだ?」僕はその男を目で追いながら、沙羅華に聞いた。

「シーバス・ラモン」と、彼女が答える。「ゼウレトのCEO、つまり社長さ」

見ていると、そのラモンとかいう人物は、白衣をまとった病院関係者らしき男と合流し、エレベータ・ホールに向かって歩いていった。

顔を見たのは、ほんの一瞬だった。

「シーバス・ラモン……」僕は、沙羅華から聞かされた名前をくり返した。「アメリカ人には見えなかったが」

「アメリカ人には違いないさ」彼女が、小馬鹿にしたように笑う。「ラモンは、日系人だ。さっきも言ったじゃないか」

「もし、ここが〝ノアスの園〟と関係あるとするなら、ゼウレトの社長であるあの男も、事件にかかわっているということなのか?」

「行方不明者でも見つかれば、そうなるかもな。今のところ、それも証拠が不十分だ。しかし私とは、因縁浅からぬ人物であることは確かだな」

その通りなのである。あの男がゼウレトを創業したために、沙羅華が生まれたのは間違いない。

「私も物好きだな」彼女は微笑みながら、ラモンが消えたエレベータから目をそらした。

「日本にいれば、顔を見なくても済むものを……」

そして再び、ロビーを行き交う人々をながめている。

僕は、そんな彼女を横目で見ていた。

彼女はまだここで、張り込みを続ける気だろうか。彼女のひたむきさを、僕は知らないわけではない。今回の件でも、僕の理解の及ばないほど、何故かひたむきになってしまっている。そのモチベーションは一体何なのだろう、と思うのである。

少なくとも彼女にとって、それは行方不明者の安否でないことは確かだろう。いや、彼らを探していないとは言えないが、彼女の目的は、何か他にもあるようだ。この場においても、彼女はさらに、別な人物を探しているのではないかという気もしてくるのだ。

彼女が〝ノアスの園〟にハッキングして、予約者名簿を見ていたときのことを、僕はまた思い出していた。彼女は、〝ライフロスト〟というハンドルネームに見入っていた。すると沙羅華が本当に探し出そうとしているのは、むしろライフロストというハンドルネームの人物ではないだろうか。

「誰なんだ? ライフロストって」聞いても教えてくれないかもしれないと思いながら、僕は率直に聞いてみた。「知り合いなのか?」

彼女は一瞬、真顔になった。

「探してるんじゃないのか?」何も答えない彼女に、僕は問い続けた。「今度のことと、何か関係あるんだろ? ここまで来たんだ。もう教えてくれてもいいだろ」

僕は辛抱強く、返事を待つことにした。

「私がまだ、穂瑞姓を名乗っていたときだ」彼女は、落ち着いた口調で話し始めた。「私のコンピュータにハッキングを仕掛けてくる連中は、ごまんといた。もちろん、対策は講じている。それでも何人かは、何段階も設定したセキュリティ・システムを突破して侵入してきた。父はその一人だが、もう一人、何度も侵入を企《くわだ》ててきたハッカーがいる」

「ひょっとして?」

彼女は大きくうなずいた。

「その人物のハンドルネームが、ライフロストだったんだ」

僕は、少し分かりかけた気になっていた。しかし、セミナーの名簿にあったライフロストがそのハッカーだとしても、何故彼女がこうまでして追いかけるのかは、まだよく理解できないのである。

「でもライフロストなんて、自殺志願者や厭世《えんせい》的な人物なら付けそうなハンドルネームだろ」僕は彼女に聞いてみた。「お前が探している人とは、限らないんじゃないのか?」

「君には関係ないことだ」と、彼女が言う。「いずれにしても、ネットで探るには限界がある。自分で飛び込まないことにはね」

僕は、ロビーを見つめながら、彼女に聞いた。

「ところでお前、ライフロストの人相は知ってるのか?」

彼女は何も答えない。今はそれ以上、話す気はないらしい。また張り込みを続けるのかと思うと、思わずため息が漏れた。

「しかしせっかくアメリカへ来たのに、一日中病院で張り込みかよ」僕は大きく両腕を伸ばした。「夕方にはノアスの園に連絡して、次の指示を受けるんだろ。そしたらもう、観光もできないじゃないか」

「観光？」

彼女は僕に聞き返した。

「お前は先に着いてるからいいけど、僕はまだ、この病院のロビーしか見てない」

「君は何を期待して、私を追いかけてきたんだ？　そんなに見物したければ、一人で行けばいい」

「張り込むにしても、証拠も何もまだないんだろ。大体、行方不明者がこんなところで目撃されるぐらいなら、行方不明者にならないと思わないか？　〝ノアスの園〟がどんなところかは知らないけど、どこか世間とは切り離されたところじゃないのか？」

「それはそうかもしれない」沙羅華はあごに指をあてて言った。「君がそれほど言うなら、ちょっと市内見物にでも出てみるか。私が案内してやる」

彼女にしては、意外とあっさり僕の言うことを聞き入れてくれたみたいだった。

玄関を出た僕たちは、再びタクシーに乗り込んだ。

車はまた市街地へ戻り、〝日本町《ジャパン・タウン》〟といわれるあたりを走り抜けていった。そしてその先にある〝日本友好庭園〟の前で、僕たちはタクシーを降りた。

閉場までには、まだもう少し時間がある。沙羅華にチケットを買ってもらい、早速中へ入った。

ここは、日本の有名な庭園を模して作られたらしい。閉園時間が近いせいか、あまり人はいない。夕暮れも近づいてきたし、やっとデートらしくなってきた。

「いいところだろ」と、沙羅華が言う。

「でも日本庭園じゃ、何か外国へ来た気がしないよなあ」

「ちょっと離れているが、このあたりにはバラ園《ローズ・ガーデン》もあるんだ。でも今日のところは私に免じて、ここで辛抱してくれ」沙羅華はゆっくりと、周囲をながめていた。「ここはそんなに変わらないな」

「何だ、前にも来たことがあるのか?」

僕がたずねると、彼女は小刻みにうなずいた。

「ああ、何度もね」

「どうして、またここへ？　何か、手がかりが?」

僕はまわりを見回してみた。

「いや、そんなものは、ここにはない」

しかし沙羅華が、単なるセンチメンタリズムで行動するとは思えなかった。

「じゃあ、何か僕に見せたいものでも?」

「私が人にそんな気を使う人間だとでも?」

僕は首を横にふった。

するとここへ訪れたというのは、やはり彼女のセンチメンタリズムなんだろうか。いや、それも否定はできない。そのあたりが、今の沙羅華の、ブレているところなのかもしれないのである。

彼女は、僕を見て微笑んだ。

「何だ、君は私のことをあれこれ調べたと思っていたが、ここまでは調べていなかったのか？」

「何のことだ？」

「保育所もこのあたりだと、さっき言っただろう。つまりここは、私の育った街でもあるんだ」

確かに僕は、それもよく知らなかった。漠然と、彼女は生まれも育ちもアメリカだという認識ぐらいしかなかったのである。

僕は意外と彼女の生い立ちに興味をいだいていなかったことを、自分でも不思議に思っていた。彼女のファンだったら、きっとこんなことぐらいは常識問題なんだろう。ただ、そういう粘着力が僕にないからこそ、彼女の方からくっついてきてくれるのかもしれない……などと勝手な分析をしているうちに、彼女がまた話し始めた。

「私は、やはりゼウレト系列の学校で、英才教育を受けたんだ。だからジャパン・タウンもローズ・ガーデンも、それからこの公園にもよく来たものさ。こっそりと入り込んで、かくれんぼをしたこともある」

どうやら彼女、子供のころから不法侵入をしていたようである。かくれんぼは誰としていたのか、ちょっと気になったが、話の腰を折ってはいけないと思って聞かなかった。

「私はずっとこっちでも良かったんだが、母の希望で日本へ帰ることになった……」彼女は、池を見つめながら言う。「それで、何故ここへ来たのかを聞いていたんだったな」

そうだった。僕は小刻みにうなずいた。

「これから私たちは、自殺サイトかもしれないところへ行くんだろ」彼女は小石を拾うと、それを池へ放り投げた。「それまでに自分の思い出の場所を訪れておくのは、そんなに不自然なこととは思わないがね」

そう言われればそうだ。〝ノアスの園〟が自殺サイトだという可能性は、まだ消えてはいないのだ。場合によってはもう、来たくても二度と来られなくなってしまうかもしれないのである。

それならそれで、僕もこっちへ来る前に思い出の場所をあちこち旅行して、両親にもしっかり挨拶《あいさつ》してから来るべきだったのかもしれないのだ。

いろいろと後悔している僕に、彼女が話しかけてきた。

「君はこうも聞いたね。私がどうして今回の事件に首を突っ込んだのか、と」

僕はまた、軽くうなずいた。

「まだうまくは説明できないのだが、君の推察通り、行方不明者探しに興味を持ったわけではないんだ」

「すると、〝ノアスの園〟に？」

沙羅華は何も答えない。

「じゃあやはり、ライフロストに？」

「それだけじゃない」彼女は首を横にふった。「まだその先にもある」

「その先——」

僕は、彼女にこの話を持ち込んだときのことを思い出していた。するとまた、彼女自身の問題が根底にあるように思えてならなかったのである。

「やっぱり、〝自分探し〟とか、〝幸せ探し〟とか？」

彼女は、うっすらと微笑みを浮かべた。

「綿さん、人間て、何だと思う？」

そんなことを唐突に聞かれても、僕には分からない。僕は黙ったまま、首を横にふった。

彼女は、公園を行き交う人々を見ている。

「誰だって、そんなことは意識せずに生きているのかもしれない。けどそういうたぐいの問いは、意識するしないにかかわらず、すぐ目の前にぶら下がっているんだ。見えはしないがね。けど何かのきっかけがあれば、対峙《たいじ》せざるを得なくなる。問題は、向き合ってどうするかなんだろうが……」

僕はがっくりと、肩を落とした。

「やっぱりお前、相変わらずだな。少しは落ち着いたと思ったのに」

「外面《そとづら》を変えたって、自分の問題がそう簡単に解決するわけがないじゃないか。浮かれて遊んでいるように見せていても、心から楽しんでいたわけではないよ」

「この旅で、その答えが？」

「さあな」

道端に笹《ささ》の葉を見つけると、彼女がその葉っぱを、一枚ちぎった。

「しかし、期待はある」彼女は、葉っぱを器用に折り曲げている。「旅とは、そういうものじゃないのか？」

見ているうちに、葉っぱは、舟の形になっていった。笹舟の一種なんだろうが、形は個性的で、横から見ると無限大のマークにも似ている。彼女はそれを、池へ流れ込むせせらぎに浮かべた。彼女にこんな芸があるとは、僕も今まで知らなかった。

「そろそろ時間かな」彼女は、携帯をポシェットから取り出した。「連絡してみよう」

〝ノアスの園〟へは、参加者の方から電話をすることになっている。

僕は自動通訳機を取り出した。まず頭に、イヤホンと高感度マイクが一体になったヘッドセットをつける。ディスプレイやスピーカー付きの本体とは、コードでつながっている。何せ、安物である。本体の方は胸ポケットへ突っ込み、スイッチをオンにした。

まず沙羅華が、やってみるという。

彼女の携帯電話に表示された番号を見て、僕は首をひねった。

「僕が聞いていた番号と、違うみたいだけど」

「それぐらいの小細工はするだろう」

電話がつながる。

彼女は自分のことを、〝ジュエリー・アンドゥ〟と名乗っていた。そのとき初めて知ったのだが、それが彼女のハンドルネームらしかった。

彼女は急いで日本庭園のチケットの半券を取り出し、ボールペンでメモ書きすると、電話を切った。

「別な番号に、もう一度電話しないといけない」と、彼女が言う。「これも、ありがちな小細工かもね」

「お前のハンドルネームだけど」僕は聞いてみた。「ジュエリー・アンドゥなのか?」

「君は私が作ったバーチャル・アイドルを見ただろう」

「ああ。名前は確か、江藤樹里だったかな」

「それをもじった。〝アンドゥ〟には、元に戻すとか、御破算にするという意味がある。ハンドルネームっぽいし、その方がいいと思って」

沙羅華は、メモ書きした番号へ電話し、またメモを取ると、電話を切った。

「集合場所は、シアトルだ」

「シアトル?」

僕は聞き返した。

「ああ。ワシントン州の北西部にある都市。なるべく陸路で来るように言っている」

「何で、シアトルなんだ？」

「そんなこと、私に分かるはずがない。足どりを分かりにくくするためだろうとは思うが」

僕も自分の携帯で電話をかけて、女性の合成音で同じメッセージを確認した。

それから、ピグマリオンの守下さんにも連絡を入れておいた。沙羅華に、自分のことはまだ言うなと言われていたので、その通りにする。

電話を切ってから、また沙羅華に注意された。

「携帯の登録から、ピグマリオンは消しておくように」

「どうして？」

「登録を残していれば、君がその理由を聞かれるかもしれないぞ。どう答えるつもりだ。電話番号ぐらい、暗記しておくんだな。私も友だち以外は、全部消去した。それからもし聞かれても、旅費も参加費も、私からもらったことにしておけばいい」

「了解」僕は早速、携帯の登録や通話記録を抹消した。「サンフランシスコ、サンノゼ、今度はシアトルか……」

「はっきりしているのは、どこへ行こうが、自分の問題からは逃れられないということかな」

沙羅華はそうつぶやくと、シニカルな微笑みを浮かべていた。

それからホテルへ戻って夕食を食べたのだが、ロマンチックなムードでもなかったし、僕は自分の部屋へ戻ると、とにかく寝ることにしたのである。

3

バタバタと列車移動で一日が経過し、シアトルへ到着した。

市街は格子状に整然と並んでいるようなのだが、かえって特徴がつかみにくく、また広すぎて、どこがどこだかよく分からない。

「集合場所はピンポイントだ」と、沙羅華が僕に言った。「すぐに行ける」

実際に足を踏み入れてみると、観光写真なんかで見るよりも、随分ゴミゴミとした街だということに気づかされる。しかもテロでピリピリしているらしく、あちこちで警官や警備員を見かける。いずれにせよ、僕らにはあまり居心地の良いところではなさそうだった。

四月三十日の月曜日、二人で朝食を済ませた後、タクシーで指定された場所に向かうことにした。僕は何故か高いところが好きなので、せめてシアトル・センターのスペース・ニードルとかいうタワーでも見ておきたかったのだが、観光している暇は、ここでもなかった。

近くでタクシーをとめ、そこからは歩くことにする。ピグマリオンの守下さんには、すでに公衆電話から連絡を入れておいた。

ほぼ時間通り、指定の場所に着いた。中層階の古びた貸しビルである。そこの二階に行けというのだ。

僕は自動通訳機をセットし、彼女の後ろについてビルの中へ入っていった。

電話で聞いた部屋番号は、すぐに見つかった。しかし、〈ノアスの園〉みたいな看板があるわけでもない。

ドアノブに手をかけた沙羅華に、僕はたずねた。

「二人一緒に入ってもいいのか？」

「問題ないと思うが。他の参加者もいるかもしれないしな」

ドアを開け、中へ入る。部屋はかなり狭く、郵便局や銀行の支店というより、パチンコの景品交換所みたいに思えた。

カメラ撮影を警戒しているのか、ドアの正面に木製のつい立てがあり、その下に椅子が一つ置かれている。つい立てには、小さなテーブルと窓がある。

室内を見回しているうちに、僕は天井にカメラがあることに気づいた。小窓の向こうにいるのは女性のようだったが、確認できない。

沙羅華が椅子に腰かけた。

相手の声は事務的だったが、それでようやく、女性であることが分かった。まず、申し込み番号とＩＤを聞かれて、沙羅華がすぐに答える。

さらに身分証明書の提示を求められ、彼女はパスポートを出した。それをくわしく確かめるでもなく、受け付けの女性はコピーを取ると、すぐに窓口から返却してくれた。

しばらくして、向こうから参加証《パス》を渡された。見ると、彼女のハンドルネーム、〝ジュエリー・アンドゥ〟が記されている程度である。

そしてすぐに、このビルの地下駐車場に行くよう、指示を受けた。そこにマイクロバスがとまっているというのだ。

何か、スパイ映画みたいだなあと思いながら、次に僕が、同様の手続きを受けた。

しかし申し込み時に顔写真で確認したわけでもないのだから、これだと人物がすり替わっていても分からないはずである。入金さえ確認できていれば、誰が来ようがかまわないということかもしれない。僕たち二人の関係についても、特に何も聞かれなかった。

部屋を出て、階段で地下へ向かう。駐車場には、マイクロバスが一台とまっていた。

ドアの前に、三十歳前後と思われる男と女が立っている。見るからに、セミナーの応募者ではない。だとすれば、初めて見る〝ノアスの園〟関係者の〝顔〟ということになる。

しかし、別に奇抜な衣装を着ているわけでも、マスクをしているわけでもない。どちらも特徴を探すのが難しいぐらい、ありふれたスーツ姿のアメリカ人だった。

彼らは笑顔で挨拶すると、まず参加証の提示を求めた。

沙羅華と僕は、素直にそれを見せる。顔はさっきの部屋でカメラ撮りされていたはずなので、この段階ですり替わっていたらバレるかもしれない。

続いてその場で、手荷物検査を受ける。係官が男女で別なのは、空港の搭乗ゲートと似ていると思った。

それから彼らは、僕たちの荷物をサイドのトランク・ルームへ積み込み、預かり証を渡してくれた。随分、親切だなあと思いながら、僕たちはバスに乗り込むことにした。

運転席には、強面《こわもて》の男がどっしりと腰を下ろしている。

客席を見ると、すでに数人の参加者らしき人がいた。人種は様々で、今のところ、東洋人は僕たちだけのようだった。

沙羅華と並んで、バスの真ん中あたりに腰かける。

ここが地下ということを別にすれば、さして怪しい雰囲気は、感じられなかった。観光バスか、長距離バスに乗るような感覚である。

僕は中腰になり、バス内をもう一度見回してみた。沙羅華も、同じようにして見ている。きっとライフロストを探しているのかもしれない、と僕は思った。

他の連中も僕たちと同じく、年齢は二十歳前後で、男女は半々ぐらいだった。みんな黙って座っているので、僕もそうすることにする。

そうしてじっと待っていると、ポツポツと人が乗り込んできた。すでに十人ぐらいは集まっていたが、やはり日本人は、沙羅華と僕だけみたいだ。

僕は彼女に、小声で聞いてみた。

「参加者は、これで全員なのか？」

「いや」彼女もひそひそ声で答えた。「リストには、もう少しいたはずだ」

さっきの男が乗り込んできて、人数を数え始めた。何か話があるようなので、僕は通訳機に耳をかたむける。

どうやらトランクの鍵《かぎ》と一緒に、僕たちの電子機器を預かると言っているらしかった。パソコン、携帯電話、カメラ、音楽プレーヤー、ボイスレコーダーなどである。また渡すときには、電源を切るように言われた。ただし自動通訳機は、機種によっては持ち込みを認めてもらえた。僕のは通信機能のない安物だったので、ＯＫである。

いい気はしなかったが、もう荷物まで預けてバスに乗ってしまったのだし、言われた通りにすることにした。

沙羅華も、その指示に従っている。パソコンや携帯は、彼女とって武器みたいなものであるにもかかわらず、すべて押収されてしまった。見ると彼女は、ポケットから方位磁針《コンパス》のようなものを取り出し、それが持ち込み可能かどうかを男に質問していた。

男はそれを確かめ、ＯＫを出した。

僕はそのコンパスを、彼女に見せてもらう。沙羅華がこんなものを持っているのは、僕にはちょっと意外だった。キーホルダー型で、高度計や温度計、発光ダイオード《LED》ライト、おまけにホイッスルまで付いている。多機能で頑丈そうだったが、型が古く、一見しただけでは通信機能もないようだ。

「良かったな」僕は、彼女の耳元でささやいた。「秘密兵器なんだろう？」

彼女はそれを僕から受け取り、微笑む。

「いや、ただのコンパスだ」

そのとき、男が運転手に何か短く告げると、ドアが閉まり、マイクロバスが動き始めた。沙羅華が言っていたように、参加者はまだそろっていないような気がしたが、出発時間になったのかもしれない。

バスはビルの裏側へ出ると、そのまま一般道路を走り続けた。

「どうやら、北へ向かうつもりらしいな」沙羅華がコンパスを見て言う。「これで分かるのは、せいぜいそれぐらいのことだ」

男が、マイクを片手に取った。これから何らかの説明があるらしい。

僕は、通訳機のコンディションを確認した。

「〝ノアスの園〟セミナーに参加いただき、ありがとうございます」と、彼は言った。

関係者の口から直接〝ノアスの園〟と聞いたのは、このときが初めてだ。しかし、さらに詳しい説明をすることもなく、彼はマイクを元に戻してしまった。

しばらくしてマイクロバスは、また別なビルの地下駐車場へ入っていく。ここで降ろされるのかと思っていたら、バスは、やや大きめの別なバスに横付けし、停車した。

僕たちは男から、バスを乗り換えるよう、指示された。荷物は、責任をもって預かると言う。

言われた通りにするしかない。手荷物だけを持って、隣のバスへ乗り込むことにした。車内には、すでに他の参加者たちがいて、合わせて二十数名ほどになった。僕たちが座席につくと、さっきまで乗っていたマイクロバスを残し、バスは出発する。別にカーテンで覆われているわけではないので、窓の外の景色を自由にながめることができた。けど僕には、どこがどこだか、まるで分からないのである。走っているうちに、だんだんとこれが異様な集まりであることが感じられてきた。旅に出会いは付き物だ。実は僕も、密《ひそ》かに期待してはいた。確かに出会いはあるにはあったが、その先のコミュニケーションへは進んでいきそうにないのである。

バスの中には、笑い声はおろか、話し声もほとんど聞こえてこない。同じセミナーに参加を申し込んだ三十人近くが同じバスに乗り合わせているにもかかわらず、まったく盛り上がらないのだ。

みんな生きているのは確かだが、目は死んでいるとしか思えない。そんな血色のいいゾンビみたいな連中ばかりが、挨拶すらしないで、黙って座っているのである。

しかし、身だしなみはみんな良い。むしろ僕が一番、汚らしい格好をしているのかもしれない。あの高額の参加費が払えたんだから、やはりみんな、お金持ちの子供なんだろう。

「港へ行くのかもしれないな」沙羅華がぽつりと言う。「さっきから、エリオット湾を走っている」

見ると、左手に海岸線が続いていた。

「港って、港からどこへ行くんだ?」

「だから言ったじゃないか」沙羅華が舌打ちをする。「君は来なければ良かったんだ」

返事ができず、僕は黙り込んでしまった。

彼女は考え事をしている様子で、ずっと港の方を見ている。

バスは、埠頭《ふとう》を走っていた。

その先に停泊している船――フェリーに向かっているようだ。

それほど大きくはない。全長五十メートル、幅十五メートルといったところだろうか。総トン数もおそらく、五百トンに満たないのではないかと思われる。船体は白が基調ではあるものの、どことなく古い船だという感じがした。肝心の船名は、〈ノースイロニーII〉と書かれていたようだったが、僕の席からはよく見えない。

バスはそのまま、フェリーへ入っていった。

昔見たテレビドラマだと、船が潜水艦に変わったり、空を飛んだりしたものだが、これはどう見ても、何の変哲もないフェリーのようだ。

いずれにせよ僕たちは、シアトルからまた別な場所へ連れて行かれるみたいである。

「携帯は持っていても、意味はなかったかもしれない」沙羅華が窓の外を見てつぶやく。

「これから行くところは、きっと電波の届かないところだろう」

「お前、衛星回線につなげる特別な携帯を持ってたんじゃないのか?」

「昔の話さ。とにかく彼らが言っていたセミナーというのは、〝洋上セミナー〟だったのかもしれないな」

「しかし一体、この先どこへ？」

沙羅華は小首をかしげ、僕に向かって微笑んでいた。

「自殺を考えている集団がどこへ行くかを思い煩ってみても、仕方ないだろう」

男の指示で、僕たちはバスから降り、階段を使って甲板へ出た。そして他の参加者たちと一緒に、そこで待機するように言われる。

僕は甲板から、周囲を見回してみた。やはり、ただのフェリーである。どこかで就航していたのを、払い下げてきたという感じだった。

港の方を見下ろすと、荷物検査を終えたのか、さっきのマイクロバスも入ってくる。

いよいよ出港が近いようだ。

甲板をキョロキョロしていたら、救命艇を見つけた。いざとなったらあれで逃げよう、と僕は思った。

沙羅華は僕の隣で、ひどく落ち込んでいる様子だった。

「大丈夫か？」

僕がたずねると、彼女は顔を上げた。

「いや、何でもない」

彼女はそう言うのだが、いつもの強がりも感じられない。

おそらく、例の参加者のことではないかと僕は思った。僕はその人相も知らないのだが、彼女はそうした情報もつかんでいるらしい。

甲板に集められた参加者は、約三十名。多分、これで全員なのだろう。ところが彼女が探しているといった人物——ライフロストを名乗るハッカーは、きっとこの中にいなかったのだ。それに〝ノアスの園〟だって、少なくとも彼女が目をつけていた、あの病院ではなかったわけである。彼女の勘は、あれもこれも外れたみたいだった。

「ここまで来たんだ」彼女は、コンパスを指でもてあそんでいる。「〝ノアスの園〟まで案内してもらって、その正体を見極めるとするか」

しかし彼女の想像していた人物と違うとしても、ライフロストというハンドルネームの人物は、この中にいるかもしれないのだ。申し込み者の名簿に、そのハンドルネームが確かにあったのだから。キャンセルさえしていなければ、この参加者たちのなかに……。

甲板には他に船員やスタッフなど、関係者らしい人たちもいて、スタッフはおそろいの水色のジャケットを羽織っている。

その一人の女性から、僕たちはそれぞれのハンドルネームを書いた、IDカード機能付きの名札を支給された。僕もそれを、首にぶら下げることにする。これでお互いのハンドルネームが、一目で分かるようになった。何か、留学生たちの合コンみたいな雰囲気になってきた。しかしこのメンツでは、きっと盛り上がらないのである。

その女性の案内で、全員、甲板から食堂へ移動することになった。

丸いテーブルが二十個ほど並んでいて、正面には、バンド演奏などのアトラクションに使うような一段高いステージがある。

僕たちは適当に分かれて着席した。もちろん、僕は沙羅華の隣である。

彼女はさっきから、参加者たちをちらちら見ている。名札にあるハンドルネームを、一つ一つ確認していたようだ。僕も見てみる。

〝スペース・ファラウェイ〟、〝メゾ・ピアノ〟、〝ロンサム・ガンマン〟、〝ソロ・コンチェルト〟、〝ロング・ソリチュード〟、〝サンセット・ソルジャー〟、〝ロンリー・コメット〟、〝ディープ・クレバス〟……。

すると、見つけたのである。

〝ライフロスト〟の名札をつけていたのは若い女性で、しかも金髪で長身でグラマーだった。

何かこれもスパイ映画みたいだなあと思いながらも、あんまり見つめていて目が合うのも困るので、沙羅華の方を見てみた。彼女は首を横にふっている。やはり彼女が探していたハッカーとは、違うらしい。

ステージには、すでに何人かのスタッフが並んでいる。みんなニコニコしていて、とても愛想がいい。今度こそ、主催者側から何らかの説明があると思われた。

スタッフの女性が、参加者に紙を配り始める。

見ると、誓約書か同意書みたいなものが、何枚もあった。このすべてに、サインをしろというのだ。しかもハンドルネームではなく、本名でのサインを要求していた。

毎度のことであったが、何が書いてあるのか、僕にはよく分からないのである。

さらに濃いグレーのジャケットを着た男が、別な紙を掲げた。通訳機の声を聞いていると、どうも希望者にジャケットを支給するので、服のサイズを記入しろと言っているらしい。彼が今着ているのがその見本ということだったが、お世辞にもファッショナブルとはいえない代物《しろもの》で、主な目的も防寒のようだ。

沙羅華を見ると、せっせと書類にサインをしている。記入欄だけ確認してサインをしていたから、内容はまったく読んでいないみたいだった。

「おい、大丈夫なのか？」

僕は小声で聞いてみた。

「いや、知らない」彼女は次の書類をめくっている。「けどこれにサインしないと、先へ進めないんだろ」

言われてみると、その通りである。

ということで、僕もサインをすることにした。サインしながら僕は、パソコンのソフトを買ったときのことを思い出していた。買ってから今更〈同意しない〉はないのである。これもそうかもしれない。参加費は払ったのだし、もう後戻りはできない。

ステージの方が少しざわついていたので、僕は顔を上げた。

見ると、スタッフと同じ水色のジャケットを着た男が、ステージに向かって歩いている。

そして中央にある、マイクスタンドの前に立った。

いよいよ〝ノアスの園〟について、そしてこのセミナーについての説明があるようである。


その男は三十代半ばで、どちらかというと、ハンサムな部類かもしれない。シンプルなデザインのネクタイを締めて、身だしなみもさっぱりしている。

何よりセミナーに参加して以来、初めて目にする〝陽気なアメリカ人〟といった雰囲気がしていた。しかしこの場で彼がどんなジョークを飛ばしたとしても、参加者がこんな有り様では、スベることだけは間違いないだろう。

彼は参加者の顔ぶれを見渡した後、明るい調子で挨拶をした。

名前は、フレッド・ポラック。

「皆さんのセミナー・コンダクターです」彼は自分を指さし、笑顔で言った。「〝フレディ〟と呼んでください」

僕の横で沙羅華が、「どうせ偽名だ」とつぶやいた。

いずれにせよ、今回のセミナーで名前を聞いた人物は、彼が初めてだった。またセミナー・コンダクターというのがどういう仕事をするのかは知らないが、事実上、最初に登場した主催者サイドの〝顔〟と言ってよいのかもしれない。

フレディは、まず船内の説明から始めた。

しかしこの人、何がそんなに楽しいのか知らないが、ずっと笑顔をキープしている。

少し間を取ると、彼は「さて、〝ノアスの園〟セミナーへ、ようこそ」と言った。

僕は沙羅華と顔を見合わせた。ようやく責任ある人間の口から、〝ノアスの園〟について聞けるらしい。

「皆さん、もちろんホームページは、見ていただけましたね」彼はそう呼びかけて、話を続けた。「なかには自殺サイトと、思っている方もいるかもしれません。我々は否定しない。ある意味では、死ですから。そして死は、すべてを清算してくれる」

確かホームページにそんな記述があったことを、僕は思い出していた。

「しかし私たちは、死を超えてさらに素晴らしいところへ、皆さんをご案内いたします。それは精神の昇華であり、すなわち〝生まれ変わり〟を意味します」

僕は話がどこか宗教じみてきたように感じ、やや戸惑っていた。

しかし参加者たちは、真剣なまなざしで彼の話を聞いているようだった。

「ではまず、セレモニーを」と、彼が言う。

生まれ変わりの話を聞いた後にいきなり儀式かと思っていると、スタッフが紙コップをみんなに配り始めた。

見ると、水のような透明な液体が、ほんの少し入っている。いわゆる〝聖水〟というやつかもしれない。紙コップは、スタッフたちには配られていないようだった。

フレディが、両手を前へ突き出す。

「すべきことは、お分かりいただけると思います」

確かに何も言われなくても、飲めということぐらいは分かるのである。僕は上から液体をながめて、つばを飲み込んだ。

これが劇薬でないという保証は、どこにもないのだ。さっきのフレディの話でも、〃ノアスの園〃が自殺サイトとの噂《うわさ》を、否定してはいなかったのだし……。

「ご心配いりません。長旅の前に飲む〃酔いどめ〃薬だと思っていただければ」と、フレディが言う。「幸福な生まれ変わりのための、ほんの第一歩。その後のフォローは、私たちにおまかせください」

酔いどめ薬と言われても、素直に信じる気にはなれなかった。

「いえ、強制ではありません」彼は突き出した両手を、左右にふった。「これは契約と同じ。お飲みにならない方はキャンセルと見なし、お帰りいただくだけのことです」

ここでキャンセルはしたくない。しかし飲むと死ぬかもしれないものを、すんなりとは飲めないのだ。

こんなことなら家を出る前、本棚に隠したアダルト《A》・ビデオ《V》を処分しておくべきだった。あれを誰かに見られたら、恥ずかしくてとてもじゃないが死に切れないのである。

「飲むんだ」沙羅華が小声で僕に言った。「男だろ」

この際、男か女かは関係ないと思うのだが……。

「本当に大丈夫か?」

彼女がしっかりとうなずいた。しかし僕は、彼女の勘が外れるのをさっき見たばかりだ。躊躇《ちゅうちょ》している僕の目の前で、彼女はそれを、一息に飲んで見せた。

仕方ない。僕も覚悟を決めて、飲むことにした。

味も何も、分からない。しばらく口に含んでいたのを、思い切って飲み込む。

ゆっくり、目を開けてみる。これと言って、何も変化はない……。

見ると、他の参加者たちも飲んでいるようだった。

するとこれはフレディが言っていたように、ただの酔いどめ薬だったのかもしれない。他の成分が何か入っていたとしても、合法ドラッグのたぐいだったのだろう。いずれにしても、この〝聖水〟で僕たちをどうこうするわけではなく、ただのテストだったようだ。

「死なせる気なら、船内の説明なんかしないさ」

僕の横で、沙羅華が微笑んでいた。

「間もなく出発です」フレディは、説明を続けた。「皆さんの船内での移動は制限されています。基本的に甲板、客室、この食堂のみ。車庫や機関室、通信室などへは入れませんのでご注意ください。さて、水分を吸収したことですし、トイレへ行きたい方は今のうちに。しばらく休憩にしましょう。それからまた食堂へ。昼食後、セミナーを開始します」

僕はトイレへ行き、戻ってから、沙羅華と甲板へ出てみた。

汽笛の音が聞こえる。別に、こそこそと出港する様子もない。

僕は手すりにもたれかかっている沙羅華の腕を、肘《ひじ》でついた。

「おい、これからどうすんだよ」

「どうもこうもない。船に乗っているしかないじゃないか」

彼女は、自分が推理していたライフロストがいなかったことを、いまだに悔やんでいるようだった。

僕もどうやら、この落ち込んだ沙羅華とともに、自殺サイトかもしれない〝ノアスの園〟へ向かって航海を続けるしかないようである。

沙羅華はぼんやりと、海鳥の群れを見ている。自由に空を飛び交う鳥たちを、うらやんでいるようにも思えた。

しかし船というのは、不思議な乗り物だという気がした。人生の転機に乗る人も多いのである。結婚とか、旅立ちとか、別離とか……。この旅も、何かの転機になるのだろうか。

僕はそんなことを考えながら、徐々に遠ざかっていく港をながめていた。

4

しばらくして僕たちは、昼食をとった。味は悪くはないと思うのだが、周囲で話し声も聞こえないし、何か食べた気がしない。

休憩をはさんで再び食堂へ戻ると、ステージには、ホワイトボードと教卓が置かれていた。

フレディがその中央に立ち、さっきと同様の微笑みを浮かべる。

「では、セミナーを開始します」

まず彼は一人一人のハンドルネームを呼び、改めて挨拶した後、これからの予定について説明した。この洋上セミナーは二日間で一旦《いったん》終了し、その後の日程については、その後説明するという。

説明になってない気が、しないでもない。つまり三日目、僕がどこで何をしているかは、この時点では分からないということなのだ。

とにかく、一日目のセミナーがようやく始まった。参加者の荷物は、今日のセミナーの後に引き渡すという。

最初に言ってしまうと、フレディの話はそう難しくはなかったのだが、かなり漠然としたものだった。それは彼の話し方がどうこうというより、こういうたぐいのセミナーでは、ありがちなことなのかもしれない。

ざっとした流れは、こんな具合だ。まず彼は、参加者に向かって質問をしたのだ。

「皆さんは、自分のことが好きですか？」

参加者は、返事をしない。彼は二、三度うなずくと、話を先へ進めた――。

自分に対する不安や孤独感といったものは、程度の差はあっても、誰もがいだくものである。いくら考えても癒《いや》されないし、その間にも日々の生活はやってくる。

さて、どうすればこの〝生の苦しみ〟から解放されるのか？

課題は、世の中にもあるし、自分にもある。つまり社会が変わるか、あるいは自分を変えるかになる。ただし社会が変わることは、まずあり得ない。少なくとも、急激に変わることはないだろう。病んだ社会から分離脱却することも難しい。すると、自分を変えるしかない。それも極端に。〝生まれ変わり〟に相当するぐらい——。

ところが自分を変えたいと思ってみても、それさえ思うようにならないのである。だからいつまでたっても、生きるのが辛い。何故苦しまねばならないのかと、思い悩む。しかし考えているだけでは、何も変わらない。行動を起こさないと！

「では、具体的にどうすればいいでしょう」と、彼は呼びかけた。

自殺する？　世の中を壊してしまう？　あるいは、その両方？　そもそも、あなた方は、本当に死にたいのか？

「もし、速やかに自分を作り直す方法があれば？」微笑みを浮かべながら、フレディが言う。「するともう、死ななくてもいい。あり得ないと思われるかもしれない。しかしそれを可能にするのが、〝ノアスの園〟なのです」

彼らは、その方法を開発したのだという。それにより、辛い過去や現在にとらわれなくなり、新しい気持ちでこれからの人生を生きていけるようになる。何より、誰もが願ってやまない〝至福〟を得ることができる——。

「幸福《ハッピー》ではなく、至福《ブリス》」だと、彼は言った。つまり幸福の、さらに上ということらしい。

「私どもは、皆さんにその境地をご理解いただくための〝通訳〟のような役割を果たさせていただくつもりです」

〝至福〟という言葉に、沙羅華はピクリと反応していた。僕はそのとき、彼女が以前、月並みな幸せでは満たされないと言っていたことを、ふと思い出した。

しかし僕は彼の話を聞いていて、どうして至福が得られるのかと疑問に思っていた。それができるのなら、誰も苦労はしないのである。偉い人の説教を聞いたぐらいでは、きっと駄目だろう。

「そのための拠点を、用意しています」と、彼が言う。「アラスカ州、アレクサンダー諸島の一つに、施設を建設しました」

アラスカって、おい……。僕は、思わず声を出しそうになった。そんなところまで行くのなら、防寒服がいるわけである。もっともアラスカの南端で、カナダ寄りだと彼は補足したが……。

一日目のセミナーは、以上だった。ただし五時から夕食と懇親会があるので、自室で荷物整理などを済ませた後、また食堂に集合せよとのことだった。

僕たちは預かり証と引き換えに、トランクとその鍵を受け取る。

部屋番号は、すでに割り当ててあった。もちろん、沙羅華とは別々の部屋である。

歩きながら僕は、さっきのセミナーの話を思い出していた。何やら宗教じみた話で、具体性もなく、やはりよくは理解できなかったのだが。それでもこの船の行き先が、アラスカにある島の一つらしいことは分かった。しかし、それからどうなるかが分からない……。

いや、まったく想像できないわけでもなかった。

考えられるのは、アメとムチの使い分けによる〝洗脳〟だ。この洋上セミナーがアメとするなら、島で待っているのはハードな合宿などのムチだろう。どちらかというと僕は、ムチは苦手な方である。

やはりある時点でギブアップして帰してもらえるなら、そうしようと思った。さもなければ、逃げ出すしかない。しかしその前に、行方不明者たちのことを調べないと……。

一旦沙羅華と別れ、僕は自分に割り当てられた部屋の鍵を開けた。参加費が高いだけあって、全員に個室が与えられている。て言うか、このメンバーで相部屋というのは、あり得ない気もした。何せ、自分のことで目一杯な連中ばかりの集まりなんだから。

部屋にはベッドと机、シャワールームがある程度で、かなり狭い。まあ個室を与えてもらえるのだから、文句は言えないのかもしれない。僕はトランクの鍵を開けて、中身を確認した。携帯はすでに預けてあるし、特に押収されたものはないようだった。奥にある小さな窓から、外の景色が見える。これからのことを考えると不安は不安だったが、船旅をしているという実感を、僕はしばらく味わっていた。

食堂へ行くと、立食パーティの用意が、すっかり整っていた。

場所は自由だったので、僕はもちろん、沙羅華の隣である。他の参加者も数人、同じテーブルを囲んでいる。

みんなキョロキョロしているが、やはり積極的に会話しようとはしないようだ。

セミナー・コンダクターのフレディが、さっきまで締めていたネクタイを外してステージに上がった。

彼は懇親会の開始を告げ、みんなで乾杯をする。

早速、僕は飯を食うことにした。

食事はうまい。しかし何か、丸々と太らされているブタのような心持ちがしないでもないのである。この先、僕たちを一体、どうする気なのだろう。

しばらくしてフレディは、ここで参加者たちの自己紹介を始めると言い出した。といっても、多くを語る必要はない。このセミナーに参加した動機もプライバシーに関することも、あえて聞かない。何かスピーチがしたければかまわないが、一人ずつ前に出て、挨拶をしてハンドルネームを言うだけでもいいのだ。

それは僕も、正解だと思った。ここに集まった連中に身の上話を語らせたら、きっとパーティにならないのである。

ステージに近いテーブルにいる人から、順に自己紹介が始まる。フレディがアドバイスしたように、みんな名札のハンドルネームを自分で言う程度だった。

僕たちの番がまわってきたので、沙羅華は自分のことを〝ジュエリー・アンドゥ〟と、次に僕が〝パリティ・バイオレーション〟と言って、ステージを下りた。

自分の役目を終えた僕は、例の〝ライフロスト〟というハンドルネームの女性の自己紹介に、注目していた。服装はラフだし化粧気《け》もないが、やはり奇麗《きれい》な人だと思う。それでもここへ来たからには、何らかの悩み事をかかえているのかもしれない……。

そうこうしている間に全員の自己紹介は終わり、懇親会がさらに続けられた。

僕は再び、食べることにする。明日の我が身も分からないのだし、とにかく食べておくしかないのである。

まわりを見てみると、みんなも食べるのは食べているようだったが、やはり他の人とはあまり喋《しゃべ》りたくなさそうだった。スタッフたちが話しかけても、「ノー・サンキュー」とか言って、ひたすら食べている。何というパーティなのかと思う。

大体、宴会とかやると、隅の方でポツンと飲んでいるような奴は、一人か二人はいるものだ。ここにはそんな奴ばっかりが集まってきている感じで、盛り上がるわけがないのである。BGMがあるからまだいいが、ないと本当に、お通夜みたいだった。

さて、食べるだけ食べて、することもなくなった。仕方ないので、沙羅華に今後のことを聞こうかと思ってそばへ行くと、彼女に言われた。

「肝心なことだが、これから人前では、私を〝ジュエリー〟と呼ぶように。私も君のことを、〝パリティ〟と呼ぶ」

「よし、分かった」僕は軽くうなずいた。

「それとこういう場で、あまり私に話しかけるな」

「どうして?」

「この場で君は、浮いている。私から見れば、みんなと目的が違うのが丸分かりだ。そんな奴と、仲間だと思われたくない」

僕は口をとがらせながら、黙って彼女とは違うテーブルへ行くことにした。しかしどのテーブルへ行っても、親しく話せそうな人は、いそうにないのである。

こうしてパーティで人と打ち解けないでいる参加者たちを見ていると、彼らのかかえている問題に、強烈なリアリティを感じないでもなかった。

僕は、別なテーブルにいるライフロストの方を、ちらりと見た。沙羅華は僕のことを浮いていると言うが、僕から見れば、あのライフロストという女性もここでは異質な気がした。〝陰り〟のようなものを感じないわけではないが、彼女の顔立ちは凛々《りり》しく、何故か僕なんかは〝たくましさ〟すら感じてしまうのだ。

彼女は一人で、何やら歌を口ずさんでいるようだった。僕は通訳機のマイクレベルを上げ、イヤホンを耳の穴に押し当てる。

ところが通訳機は、うんともすんとも言わない。本体を見るとエラー・メッセージを表示していた。よく分からないが、彼女の歌は、どうやらドイツ語か何からしかった。僕が英語専門の安物の通訳機を買ったから、翻訳してくれないのだ。

しかし、メロディはいい。僕はうっとりとしながら、彼女の歌を聴いていた。

ふいに彼女が、僕の方を見た。目が合ってしまう。

たじろいでいる僕に、彼女は声をかけた。そしてそれは、自動通訳機がちゃんと通訳してくれたのだ。

「私の顔に、何かついてる？」

僕はあわてて、両手をふった。

「いえ、あの、いいハンドルネームだなあと思って……」

僕は、彼女の名札を指さした。

その後、会話が続かない。僕は、沙羅華が言っていたハッカーのハンドルネームもライフロストだったことを思い出した。それで彼女に、こう聞いてみた。

「あの、コンピュータには詳しいんですか？」

「それほどでも」彼女は微笑みながら答えた。「どうして？」

「いや、別に」

それでまた、会話が途切れる。何か他のことを聞けば良かったと僕が後悔していたとき、沙羅華がこっちへ近づいてきたのだ。

そしてライフロストに「ジュエリーです」と挨拶をした。

彼女は、沙羅華を見て微笑んだ。

「ライフロストです」

「実は私、あなたの他に〝ライフロスト〟というハンドルネームの知り合いがいるの」

随分と単刀直入に聞くんだなあと思って、僕は少し驚いていた。

ライフロストは、「え、そうなの？」と言って肩をすぼめた。

「でも、あなたとは関係ないことね。私の知っているライフロストは、男性なんだし」

「同じハンドルネームなら、関係なくはないわ。しかもこのハンドルネームを耳にするたびに、あなたはその男性のことを思い出すんでしょ」

沙羅華が、軽くうなずいた。

「まあ、そうね」

「私のハンドルネームが気になるなら……。〝アリア〟はどう？　名札を変えるわけにはいかないけど、あなたは、そう呼んでくれていい」

「じゃあ遠慮なく、そう呼ばせてもらいます。よろしく、アリア」

「アリア……」僕はその名前をくり返した。「G線上の？」

「さあ、何線かしら。まあ、境界線《ボーダーライン》にいることは確かね。ひょっとすると、死線《デッドライン》かも」

彼女は笑いながら、「さしつかえなければ、あなたたちのことも聞かせてくれる？」と聞いてきた。

「もちろん」沙羅華がいきなり、僕の肩に手をかける。「見ての通り私たち、親友同士なんです」

アリアは、僕に顔を近づけた。そして〝へえ、この男と？〟みたいな顔で、僕のことを見るのだった。

沙羅華が説明を続ける。

「私が先にここへ申し込むと、彼も追いかけてきたんです。彼、私と一緒ならどうなってもいらしくて」

彼女の隣で、僕は黙ったまま首を横にふった。

「私、あなたのことをどこかで見た覚えがある」アリアが、今度は沙羅華の方をじっと見つめた。「ネット・ニュースか何かだったかしら」

「きっとそうでしょう」と、沙羅華が言う。「私の旧姓は、サラカ・ホミズ」

僕は、彼女の脇腹《わきばら》を小突いた。

「おい、いいのか？　こんなところで」

「かまわない。知ってる人は、知っているんだから」

確かにそうかもしれない。僕のことはともかく、沙羅華の顔を知っている人間は、他にいるかもしれないのである。何せ、〝元〟有名人なんだから。

「心配しないで」と、アリアが言った。「私、人のことを言いふらしたりするつもりはないから。それと私のフルネームは、〝アリア・ドーネン〟。私だけあなたのフルネームを知っているのは、不公平でしょ」

二人は顔を見合わせ微笑み合うと、握手を交わしていた。

懇親会を終えて、僕は沙羅華と甲板へ出てみた。

船は海峡を抜けて、さらに北へ向かっているようだ。寒かったが、景色は素晴らしかった。沙羅華の話では、このあたりではザトウクジラが見られることもあるらしい。

結局懇親会では、ライフロスト——いや、アリア・ドーネンを別にすれば、他の参加者とは、ほとんど会話することがなかった。言葉の壁もあるとは思うが、やはりみんな、他の人とはあまり話したくないようだった。

僕は、隣にいる沙羅華に目をやった。手すりにもたれかかり、黙ったまま、海をながめている。沙羅華も、そうなのかもしれないと思った。

甲板にいるのは寒いので、中へ入ることにする。僕は、何とかこのまま、彼女の部屋へ行けないものかと考えていた。

「おい、トランプでもするか?」僕は彼女に聞いてみた。「持ってきたんだけど」

すると彼女に、「一人にしてくれ」と言われた。

沙羅華とババ抜きをしている姿を想像した僕は、自分でも馬鹿な提案をしたなあと思って後悔していた。

結局僕は、自分の部屋へ戻った。ドアを閉めてすぐ、ベッドへ倒れ込む。疲れが一気に噴き出してきたのである。船の揺れのせいもあるかもしれないし、例の〝聖水〟に睡眠薬の成分も入っていたのかもしれない。とにかく僕は、そのまま寝込んでしまったのだ。

5

五月一日の火曜日。メーデーである。そんな俗世間とは関係なく、セミナー二日目が始まった。ステージには昨日同様、ホワイトボードと教卓が置かれている。

フレディは軽く前回のおさらいをした後、一つ咳《せき》払いをすると「自分を作り直すことは、社会を作り直すことにもつながります」と言った。

自分を変えることは困難だが、成し得た人間が集まらなければ、社会の問題も解決しないというのだ。たとえば環境問題がそうだ。一人一人の意識が変わらないと、解決しない。それが変えられないまま、人類は自滅への道をひた走っている。

自滅を回避するには、やはり人間そのものを制御するしかない。しかも、個人の自制心には頼れないのである。だからこそ、誰もが制御不能の欲望に翻弄《ほんろう》され、絶望的現状のなかでうごめいている。しかし、本当に何ともならないのだろうか——。

午前中の話はそのへんまでで、昼休みになった。

「だんだん、ハードになってきたなあ」僕は飯を食いながら、沙羅華に話しかけた。「こういうことを続けている間に、洗脳されるのかもしれない」

「洗脳カリキュラムは、もっと強烈さ」沙羅華が微笑む。「これは単なる予備知識じゃないか？　目的地での処置が、スムーズに進行するように」

「処置？」

僕は聞き返したが、彼女は何も答えてくれなかった。

午後のセミナー開始の時間になり、フレディがまたステージの中央に立った。

「自分で自分を好きになれない。なかなか、幸せにはなれない。あるのは悩み多き人生。

何故だと思います?」

フレディは、参加者たちを見回した。そして、教卓をたたく。

「問題の根源は、〝自我〟にあります」

この世界で起きている解決困難な問題は、自我が引き起こしている、と彼は言った。

誰もが自分のことしか考えられず、自分勝手な考え方を、人に押しつける。こんな人間が変わらなければ、争いもなくならないし、環境も悪化し続ける。それだけではない。すべての問題の元凶は自我であり、そんな自我を基盤としている限り、混迷は続き、人類は指針さえ見いだせない。

この状況を突破するには、自我を改変するしかないわけである。その呪縛から解放されないことには、未来はないのだ。

しかし、あなた方は何も悪くない。何故なら自我は、生まれたときから備わっていたものだからだ。しかも自分の意思では、変えることができない。

「そんなふうに生まれてきた我々人間は、進化における失敗作だといえる」と、フレディは言う。「しかし、自分を作り直す方法があれば!」

フレディの声は、急に穏やかになった。

「楽になろう。人との関係や世の中のことで、苦しんだりしなくてもよくなる。そう、嫌なことは、自分を変えさえすれば、消えていくのです。自分が変われば、この宇宙の見え方さえ変わってしまう。そこに待っているのは、至福に満ちた新たな世界なのです」

彼の話には、元凶が自我にあるというくだりなど、僕にも共感できるところもあった。それで具体的にどうするのかというのが一番の疑問だったが、それはまた目的地に着いてから説明するらしい。明日にはその施設に到着することを伝えて、フレディはステージを下りた。

休憩の後、また全員が食堂に集まった。僕はライフロストを名乗っていた女性、アリアと同じテーブルである。

しかし夕食会そのものは、相変わらず盛り上がらない。余興で〝王様ゲーム〟をやったりもしないのである。ただしフレディの提案で、食後にフリー・ディスカッションをすることになった。このセミナーに参加した動機などについて、語り合おうというのだ。

セミナーも二日目になると、若干打ち解けてきたのか、何人かが自分のかかえている問題について、口を開くようになっている。それで参加者たちの事情が、少しは僕にも理解できるようになった。

アリアも手をあげ、職場の人間関係についてグチっていた。上司がワンマンで、パワー《パワ》・ハラスメント《ハラ》行為を受けたこともあるという。

しかし彼女には悪いが、隣で聞いていた僕からすれば、それはあまり大した悩みには思えなかった。他の参加者たちにしても、失恋とか人間関係とか、孤独とか将来の不安とか、その程度の悩みばかりなのである。失恋なんか僕はしょっちゅうだし、将来の不安にしたって、就職した今でも感じている。それでも僕は、こうして生きているのである。まあ、自分の置かれている状況について深く考えられないだけなのかもしれないのだが。

僕はそのことを、小声で沙羅華に言った。

「みんな悩んでいるようだけど、大した悩みじゃないよな」

彼女は、僕の耳元でささやいた。

「それが本人には、一大事なのさ」

司会役のフレディは、それらの問題をさらに深めようとはせず、参加者たちの悩みのあらましを聞くだけで、フリー・ディスカッションは終了した。

僕は自分の部屋へ戻り、ベッドに腰を下ろした。思い返せば、昨日はここで寝てしまったのである。一息ついてから、僕は沙羅華の部屋へ行ってみることにした。作戦会議だと言えば、入れてくれるかもしれないと思いながら。

食堂の自動販売機でホット・カフェオーレを二本買い、再び客室へ向かう。

ドアをノックすると、部屋着に着替えた彼女が出てきた。そしてすんなりと、僕を中へ入れてくれたのである。

「いいのか？」

ドアを閉め、僕は手に持っているカフェオーレを一つ彼女に渡した。

「廊下で立ち話はできないだろう」彼女が、ベッドに腰かけて言う。「もしスタッフに問い詰められても、自暴自棄になって君の言いなりになったという方が、怪しまれない」

「自暴自棄って……」僕は、椅子に座らせてもらった。「お前、僕と二人きりになるには、自暴自棄にならないといけないのか？」

彼女は返事をせず、小窓から海をながめている。

「何を考えている」僕はカフェオーレに口をつけた。「〝ノアスの園〟の正体か？」

「考えても仕方ない。明日には施設とやらに到着するんだろ。そうすれば、何もかもはっきりする」

「じゃあ、何を考えてるんだ？」

「だから、何も考えていない。何か考えていれば、邪魔になる君を、今すぐ追い出している」

確かにそうかもしれない。様子を見ているうちに、彼女は考えているというより、何か悔やんでいるようにも思えた。

そもそも、ライフロストを名乗るハッカーを見つけることが彼女の目的だったみたいなのだが、乗船した時点で、彼女の勘が外れていたことははっきりしている。ライフロストというハンドルネームを名乗る人物はいるにはいたが、彼女の探していた人とはまったくの別人らしかったのだから。

しかし、彼女が探しているライフロストとは、一体どういう人物なんだろうか。沙羅華がこれほど執拗《しつよう》に追いかけるには、何か理由があると思えてならない。しかし僕はいまだに、そのハンドルネームぐらいしか教えてもらえずにいたのである。

「誰なんだ、ライフロストって……」僕はそのことを、彼女に聞いてみた。「ただのハッカーじゃ、ないんじゃないのか？　お前、知ってるんだろ、その正体を」

彼女は何も答えず、海をながめている。

「いいから話してみろよ。話しているうちに、気持ちの整理がつくかもしれないじゃないか」僕は横目で、彼女を見つめた。「ひょっとして、ボーイフレンドとか？」

「そう言えなくもない」沙羅華が顔を伏せ、微笑みを浮かべる。「広い意味でだが」

「昔からの付き合いなのか？」

「気になるか？」

僕は大きくうなずいた。

「私の頭を冷やすのに、君のキャラは丁度いいかもしれないな。船旅の退屈しのぎにもなる。少し長い話になるが、いいか？」

僕はまた、うなずいた。

「まず、話しておかないといけないことがある」彼女が、ポシェットからスティック菓子、〝スイッキー〟を取り出す。「母さんは、一人しか子供を産んでいない。つまり私だ。しかし私は、一人っ子じゃないんだ」

「え？」

僕はカフェオーレをこぼしそうになった。

「兄弟がいる。兄が一人」

「兄さんだと？」

かなり前だが、ネットで彼女について調べたときも、確か兄弟のことは書かれていなかったと思う。また僕は彼女からも、お母さんからも、今までそんなことは聞いた覚えもなかったのである。

「どういうことだ?」と、僕はたずねた。

「驚くことじゃない。精子バンク事業では、よくあることさ」彼女はスイッキーを一かじりする。「何でもそうじゃないか。優秀な商品は、よく売れるだろう。優秀なドナーの精子だって。だからドナーが同じで、母親が違う。そういう兄弟が、私にもいるんだ」

「つまり、森矢先生の?」

「そういうことになるかな。父さん、今は准教授でくすぶっているけど、IQは相当高い。学生時代には、将来を嘱望されてもいた。それでゼウレトの創業者に、目をつけられた」

「病院にいた、あの男か?」

「そう、シーバス・ラモン。前に言った通り、父が留学の際に借りを作ってしまい、ドナーの話を断り切れなかったらしい……。父も変な男でね。ドナーになってしまってからは、自分を優秀だと思わせない努力をしていたようだ。しかしIQまでは隠せない。母もドナーのプロフィールを見て、キャリアには少し不満だったようだが、日本人だということと、高いIQにひかれて精子を買った。そんなお客は、母だけじゃなかったということさ」

「君のお母さんの前にもいたということか……」

「だから、少なくとも一人の兄がいることは間違いない。年は私より、五つ上だ」

ということは、二十二歳……。僕より一つ年下ということになる。

「名前は知っているのか？」

「聞いてどうする」彼女が呆れたように言う。「まあ、別に隠す必要はない。兄の名前は、〝アスカ・ティベルノ〟」

アスカ・ティベルノ……。僕は頭のなかで、その名前をくり返した。

「お母さんは、日本人じゃないのか……」

それに変な先入観かもしれないが、何か女の子みたいな名前に思えた。

「兄は私より、事情がややこしい」

沙羅華がカフェオーレを一口飲んだ。

僕は、少し気をひきしめて彼女の話を聞こうと思った。何せ沙羅華の事情も、僕にはかなりややこしかったのだから。彼女が再び話し始める。

「その母親は計画通り出産しながら、兄の引き取りを拒否したと言うんだ」

「拒否だと？」

「理由は分からない。出産後、そんなゴタゴタがあって連絡も取れなくなり、母親はそのまま消息不明になったらしい。契約上、ドナーの父に養育の義務はないし、このことは一切、父には報告もされなかった。それで兄は、まだ赤ん坊だというのに、孤児になってしまったんだ。しかし天才の子供なのは確かだし、何らかの利用価値はあるに違いない……。

ゼウレトはそう考え、系列学校付属の保育所で面倒をみていた。そこには、私もしばらくいたことがある」

「同じ保育所に？」

僕は彼女の顔をのぞき込んだ。

「保育所だけじゃない。幼稚園も小学校も同じ系列の付属で、私は彼の後を追いかけるようにして進んでいった」

「ということは……」

「彼とは面識もある。それどころか、よく遊んでもらった」

「じゃあひょっとして、サンノゼの日本友好庭園でかくれんぼして遊んだというのも？」

「ああ。兄だ。本当に楽しかった。私は兄の事情も、自分のこともよく知らなかったしね。けどそのころから、私と母さんの関係は、おかしくなり始めていた」

「どうして？」

「母さんは、彼と遊ぶなと。最初は理由が分からなかった」沙羅華はまた、スイッキーをかじった。「まったく、あの人らしいエピソードさ。彼が私の本当の兄だと気づいたのは、実はそれが原因だったんだ。私はただ、彼が年上だから〝お兄ちゃん〟と呼んでいただけだったのに。とにかく、それで私は、随分泣いたらしい。よく覚えていないんだが、お兄ちゃんと遊ぶと言い張ってな。そのたびに、母さんにはよく叱《しか》られた。けどそんなことを続けるうち、母が怒る必要もなくなってしまった」

「君が折れたのか？」

「まさか」彼女は吹き出した。「母さんが私を連れて、日本へ帰ったんだ」

僕は、それでようやく、例のハッカーの話とつながったような気がしていた。どうやら沙羅華は、彼女のコンピュータにたびたびハッキングを仕掛けてきたライフロストが、兄のアスカではないかと疑っているに違いない。そしてさらに……。

「ひょっとして、その兄さんが、名簿にあったライフロストだと？」

彼女は突然、声を上げて笑い出す。

「兄であるはずがない」

「どうして？」僕は聞いてみた。「兄さんだと思ったからこそ、こうまでして追いかけてきたんじゃないのか」

「兄さんは、すでに死んでいる」彼女が首を横にふる。「ある事情で、みんなの前から姿を消した、その直後にね」

「ある事情？」

僕は聞き返した。

「順番に説明する」沙羅華が、窓の外に目をやる。「ただし今からする話は、なるべく他の人には言わないように」

僕は一つうなずいた。この備忘録には書いても、ピグマリオンに出す報告書には記載しないことにして、彼女の話に耳を傾けた。

「ゼウレトが系列の学校を整備していたのにはいくつか理由があるが、一つは自分たちの会社から生まれた天才児たちのネットワークを作っていこうと考えていたんだ。そうしてできたのが〝アポロン・クラブ〟であり、学校はその基盤としての役割を果たしていた」

「アポロン・クラブ……？」

「ある種の能力集団みたいなものなんだが、それで分かりにくければ、ゼウレトの天才児学級生とそのＯＢ会だと考えてもらってもいい。あるレベル以上のＩＱが確認できれば、ゼウレト側の審査はあるものの、ほぼ自動的に加入させられる。そして入会後は、ネット上で会合をもち、そこで自分の研究を披露するなどして、お互いを刺激し合うんだ。原則的にやりとりはハンドルネームなんだが、どこの誰かは、大体察しはついていた」

「君も、そのクラブに？」

「もちろん。確かに主旨はご立派さ。そして自社が製造した天才たちが活躍するほど、ゼウレトの株も上がるというわけだ。事実、アポロンのメンバーたちは、実に様々な分野でその才能を発揮している。私のような科学者だけじゃない。政治家や実業家になった連中もいれば、音楽や絵画など、芸術の分野で活躍している人もいる」

「へえ、そうだったのか……」

「知らないのも無理はない。世界的に知られている天才たちのクラブもあるが、アポロンは秘密結社みたいなものなんだから。肝心のゼウレトも、存在を認めてはいない」

「どうして？」

「精子バンクを利用して生まれたということについて、なかには公表を希望しない人もいるんだ。それがもしクラブが公《おおやけ》になり、そこに参加していると分かると、自分たちがゼウレト出身の天才だと知れてしまう。またアポロンには、私と兄のような異母兄弟が結構いる。オープンな組織だと、そうしたプライバシーが暴露されてしまうリスクも高くなる。その他諸々《もろもろ》の理由で、秘密組織にしたようだ」

「するとナニか？」僕は彼女に顔を近づけた。「そこにはお前みたいなのが、何百、何千人もいるってか？」

うなずく沙羅華を見て、僕は椅子にもたれかかった。それはエラいことである。

「オープンな組織ではない、もう一つの理由はそこにある」

「どういうことだ？」

「才能は、決して万能ではない。たとえば音楽ができるからといって、社交的な人間とは限らない。そんな回りくどい言い方をしなくとも、私を見れば、少しは分かるだろう」

僕は小刻みにうなずいた。彼女と同じように、本人が望んでもいないような歪《いびつ》な能力に戸惑い、悩み、もてあましている連中は、他にも大勢いるということのようだ。

沙羅華が一度、カフェオーレを口にする。

「もしアポロンが公の存在で、そんなメンバーたちの誰かが問題を引き起こせば、当然、クラブ全体がその責任を問われる。創設したゼウレトも」

「それで、秘密組織に……」

「実はその手の問題があまりに多く、また深刻なので、ゼウレトは今、精子バンク事業そのものからの撤退を検討しているらしい……」

彼女は軽く、膝《ひざ》をたたいた。

「アポロン・クラブに話を戻すが、そんなわけで私と兄はクラブに入会させられた。兄と離ればなれになってからも、ネット上でのやりとりは続いたんだ。私は兄の影響もあって、物理へ進んだ。しかし兄はオールマイティで、あらゆるジャンルを自由に研究していたようだ。精力的に論文を執筆し、クラブに提出していた。そして今から五年ほど前、兄が新たな論文をクラブのネットワークに掲載した。事実上、それが彼の最後の論文ともなったわけだが。その論文の題名が、〝ノアス論〟だったんだ」

「ノアス……」僕は顔を上げ、聞き返した。「〝ノアスの園〟の、ノアスか?」

「リストに〝ノアスの園〟を見つけたとき、私もそう思った」彼女がスイッキーを一かじりする。「〝ノアス〟なんて、もう忘れかけていたのにな……。しかも彼の論文と〝ノアスの園〟のホームページの説明には、似ている部分もあった」

「本当に?」

「ああ。特に〝至福〟を得ることができるというあたりは。もっとも、違うところも多いが。たとえば兄の論文では、人類救済という壮大なテーマを掲げていた。一方〝ノアスの園〟は、どちらかというと個人救済。そのウェイトに、大きな違いがある」

「けど可能なのか？　人類救済なんか……」僕は首をひねった。「そもそも何なんだ、〝ノアス〟って……」

「さあな。兄の論文にも、そのネーミングについてまでは書かれていなかった。クラブのメンバーには、妙な推理をする奴もいたが……」

「かまわない。聞かせてくれ」

「〝自分〟を意味するラテン語は、〝ego〟。それに対して〝我々〟を意味するラテン語、〝nōs〟をもじってつけたというんだ」

「なるほど……」

「それが正解かどうかは分からない。私は単に兄の名前、〝アスカ・ティベルノ〟の一部をピックアップしたのではないかと思っているんだがね」

「ティベル〝ノ・アス〟カ……」僕は名前と名字を入れ換えてみた。「しかし、実際にどうやって人類を至福にするというんだ？」

「説明すると長くなる」彼女が首を横にふる。「それに兄の論文も、机上のものでしかない」

「論文の概略だけでもいい。やはり洗脳なのか？」

彼女は何も答えてくれない。

ひょっとして手術をするんじゃないか、と僕は思った。それで沙羅華は、〝ノアスの園〟が病院だと疑ったのかもしれない。

「それとも、開頭手術をするとか、穴を開けるとか」僕は彼女に聞いてみた。「確かそんな方法も、昔からあっただろう」

「頭部穿孔《せんこう》——トレパネーションか」彼女が素っ気《そけ》なく答える。「そうすることで幸せになれると、一部で信じられていた」

そう、よく覚えてないが、そんな名称だったような気がする。

「下手《へた》すると、僕たちもそれを受けることになるのか？」

「手術ねえ……」彼女は首をかしげた。「セミナーの参加者程度なら不可能でもないが、大多数には無理だろう。兄の論文に書かれてあったのは、もっとイージーな手法だ」

「それだけでは、何のことか分からない」僕は頭に手をあてた。「その、トレパネーションとかいう技法とどう違うんだ？」

「そんなこと、分かっても仕方ないかもしれない」

「どうして？」

「あり得るとは思えないからだ」彼女は大きく息を吐いた。「私は、兄の考え方が反映された、いい論文だったと思っている。しかし実現するかどうかは、はなはだ疑問なんだ」

「どこかに無理があるのか？　お金がかかり過ぎるとか……」

「いや、経済的にも技術的にも、その他の面でも、さほどハードルは高くない。それで人類のかかえる問題の多くは解決するかもしれないし、至福も得られるだろう。それでもやはり、あり得るとは思えなかったんだ。クラブのメンバーでも議論されたが、結論は出なかった」

「けどそれが、現実化しようとしているのかもしれないんだろ」僕は彼女を見て言った。

「〝ノアスの園〟によって」

「しかし〝ノアス論〟というのは、アポロン・クラブに出された論文であって、外部に出ることはなかったはずだ。しかもそれは、今はもう存在しないはずなんだ」

「どうして？」

「兄がすべて消去した。ネットでクラブのメンバーにまわした分についても、消去を指示してきた。言われるまま、私は消去した」

「どうしてなんだ？」

僕はまた、彼女にそう聞いた。

「いや、分からない。理由を彼の口から聞くこともできなくなってしまっていた。というのも、消したのは論文だけではなかったからだ。兄はアポロンから脱退し、失踪した」

「失踪？」

「その原因も、よくは分からない。とにかくそれ以来、行方知れずさ。私もネット内をあれこれ探してみたが、駄目だった。そのおかげかどうか、コンピュータの扱い方には随分くわしくなったがな」

沙羅華は苦笑いを浮かべていた。

「兄さんとは、それきりなのか?」と、僕はたずねた。

「ああ。けど噂《うわさ》なら、ちょくちょく聞いた。しかもその一つは、かなり信憑《しんぴょう》性がある——。アポロン脱会後、仲間と新たなクラブを立ち上げたというんだ」

「新たなクラブだと?」

「彼のように、アポロンをドロップ・アウトした連中を集めてな。またゼウレト出身者に限定せず、他の会社で生まれた天才児たちも入会させていた。名前は、〝ディオニソス・クラブ〟。あくまで噂だが」

「ディオニソス……」僕はくり返した。

「やはり地下組織だ。しかもアポロンより、沈んでいる。ネットで検索したぐらいでは、出てこない。私もゼウレト関係者から聞いた程度で、その実体については詳しくない」

「アポロンは分からないでもない。天才児たちの親睦団体だと思えば」僕は、腕を組んだ。

「しかしディオニソスは、何をするんだ?」

沙羅華が一瞬、話したくなさそうな表情を見せる。

「根本的にはアポロンと同じと考えていいだろう。しかしその一方で、ゼウレトなどの民間企業や、政府の暴走を監視しているとも聞く。しかも提言の手段というのは、時として過激なものらしい」

「つまり、テロリズムか?」

「私がディオニソスについて詳しくないというのは、そうではないと思いたいだけなのかもしれない」彼女は一度、唇をかんだ。「しかし実際、ゼウレトではテロ対策を強化している」

「でも君の兄さん、いや、ディオニソスはどうしてそんなことを？」

「さっき言った通りさ。私たちは、うまくいっている人間ばかりじゃない。人工的に生み出されたことに苦しみ、恨みに思う連中もいるだろう。そんな連中は、ゼウレトのやることも、アポロン・クラブのやることも気に入らないはずだ。しかし騒ぎを起こしてわざわざ〝ディオニソス〟を名乗るほど、彼らは馬鹿じゃない。だから彼らが何をしているかは、よく分からない。しかも肝心の兄さんは、死んだことになっている」

「死んだ……」

「これもさっき言ったじゃないか。ある日、兄の名前を調べてみたら、そうなっていた。交通事故らしい。信じたくないが、死亡診断書も出ている」彼女がスイッキーを一かじりする。「しかしディオニソスは、活動を続けているらしいが」

「じゃあテロ対策だけじゃなく、ゼウレトが精子バンク事業からの撤退を検討しているというのも、ディオニソスが？」

「それはどうかな」彼女が首をかしげる。「否定しないが、ディオニソスが圧力をかける必要もなかったんじゃないか？　話した通り、事業には問題が多すぎる。大体、私がそうじゃないか。母さんは、私の誕生を心から喜んでいると思うか？」

僕は、一旦横にふろうとした首を制止した。それを見て、彼女が続ける。

「そもそも、疑問に思わないか？　お望みどおりの子供を作るなんて。車やマンションを買うんじゃあるまいし。生命なんだよ。人間なんだよ。それをずっとずっと先のことまで読み切れずに、実際にはあり得ない幸せを空想して契約するんだ。ゼウレトだけじゃない。他社の多くも、同時期に撤退を検討し、実際に撤退したところもある。ディオニソスが手を下すまでもないさ」

彼女はこみあげてくる怒りを抑えきれない様子で、さらに続けた。

「綿さん、天才とは何だと思う？　ある人にとっては、羨望《せんぼう》の存在なのかもしれない。しかしそんな人は、天才の一面しか見ていないんだ。日差しが強ければ当然、影も濃いはずなのに……。とにかくゼウレトは精子バンク事業につまずき、それが経営を圧迫しているのは確かさ。おそらくいずれ事業を清算する気だろう。私たちを生み出しておいてね。ただ、ゼウレト・グループそのものは存続している。アポロン・クラブも。だからこそ、ディオニソスが存在する意味があるのかもしれない」

僕はようやく、彼女がどうして旅に出たのかが、分かりかけた気がしていた。兄さんが生きていると信じて、探しに出たのに違いないのである。彼女がこの旅を〝自分の運命〟だと言ったことも、うなずける。

「お前、その兄さんに会いたくて？」

僕は聞いてみた。

「そうかもしれない」彼女が苦笑いを浮かべる。「けど、馬鹿な話さ。会えるはずもなかったんだ。それに付き合っている、君も馬鹿だ」

「いい兄さんだったんだろうな」

「さあ、どうかな……。兄とは、仲が良かったわけではない。むしろ、いつも喧嘩《けんか》していた。特にネットでやりとりするようになってからはね」

「そうなのか？　今までのお前の話からは、想像できないけど」

「君には理解してもらえないかも。兄と私は、話はかみ合うんだが、意見の一致をみることはまれだったんだ」

僕は軽くうなずいた。沙羅華と僕の話のかみ合わなさを思うと、何となく分かる気がしたのだ。要は天才同士、相手に申し分はないが、考え方は違うし、お互い譲らなかったということらしい。

「兄とは、その論文――〝ノアス論〟のことでも、意見が合わなくて喧嘩した」

「でもお前、さっき、いい論文だと言ってたんじゃないのか？」

「いや、私がいい論文だと言うと、兄は怒るんだ。最後の会話も、実は喧嘩さ。それきり、メールもしてない」

「何が理由だったんだ？」僕の質問に、彼女は何も答えなかった。「研究のこと以外だと、話は合うんじゃなかったのか？」

「だから、仲がいいわけじゃない。たとえるなら、そうだな」彼女は、両手の人さし指を立てた。「〝物質〟と〝反物質〟のようなものかも」

物質と反物質——。つまり、接触すると爆発するということらしい。それは物騒なたとえである。

「しかし、間違いなく影響は受けている」と、彼女は言う。「物理学への道を開いてくれただけではない。私にとって兄は、自分というものが今ここに存在する理由そのものであり、自分と同じほど、大切でかけがえのない存在だったんだと思う。物質と反物質というたとえは、冗談めかして言ってはいるが、本心には違いないんだ。そしてまさに反物質のごとく、彼は私の前から消滅してしまった……」

何となく、彼女の言いたいニュアンスが、僕にも分かったような気がした。それに彼女は、長い間、父親を知らずに育った。兄さんは彼女にとって、父親代わりでもあり、それ以上の存在であったのかもしれない。

彼女はポシェットから、コンパスを取り出した。

「これも、お兄ちゃんが貸してくれたんだ。日本友好庭園やローズ・ガーデンで、探検ごっこをしたときにね。それを磁石が面白くて、私が取っちゃった。返してくれと言われても、返さなかった。結局、返すきっかけがないまま、別れてしまったが」彼女は手にしていたコンパスを、僕の方に突き出した。「これは、君が持っていてくれ」

「そんな……。君の大切なものなんだろ」

「私がこんなものを持ち歩いているのは、不自然だ。それに手元にあると、余計なことを思い出す」

一度自分から言い出したことを撤回しない彼女の性格は、僕はよく知っているつもりだった。僕は、彼女からそのコンパスを受け取ることにした。

沙羅華は、小窓から海をながめていた。また、自分の世界にひたり込んでいるようである。この部屋に僕がやってこなかったとしても、きっと彼女はそうしていたはずだ。

僕はコンパスを、ズボンのポケットにしまった。

「君が兄さんを思う気持ちは、分かる」僕は彼女に、話しかけた。「でも、兄さんは、兄さんだろ。いくら分かり合えても」

「そんなことは分かっている」

彼女が、ベッドをこぶしでたたいた。

僕は、彼女の顔をのぞき込むようにして言う。

「兄さんも大切だけど、君には、友だちが必要じゃないか？　君のことを理解してくれる人が」

彼女が僕を見て吹き出す。

「君が？」

「いや、僕でなくても」僕は両手をふった。「でも昨日、アリアには僕のことを、親友だと紹介してくれたじゃないか」

「あの場では、そうとでも言っておくしかないだろ」彼女は、両手を頭の後ろで組んでいる。「そういう程度の友だちなら、私にもいるさ。君に心配してもらわなくてもね」

「僕も、そんな程度の友だちの一人にすぎないと?」僕は彼女にたずねてみた。「それでも、特別な友だちには違いないだろ。今だって、自分の部屋に入れてくれているじゃないか。何か危険なことが起きるかもしれないのに」

「君からは、そんな危険な香りはしてこないな。貧乏くさいだけだ」

これからムード作りをしようと思っていたのに、何か急に、ムカムカしてきた。

「じゃあ僕は一体、君にとっての何なんだ」

「さあ……」沙羅華は小窓から、また水平線を見ている。「〝空気ボンベ〟みたいなものかなあ」

「空気ボンベ?」

「ああ。時と場合によっては必要な道具《ツール》だが、そうでないときはかさばって、始末に困る」

「何も人をモノ扱いしなくても……」僕は怒りをこらえて言った。「お前、どうしてそんな、人の嫌がることを言うんだ」

「そうさ。私は嫌な奴なんだ」彼女が微笑みを浮かべる。「そして欲深い。特に〝知〟に関してはね。なまじキャパがあるだけ、余白も大きいのさ。それを埋めるために必要なものは利用するし、邪魔なものは切り捨てる。もっともうまく切り捨てられないものもあるが。それだけのことだ。大体、私が嫌な奴だと分かってるのなら、もう私にかかわるな。

君が嫌な思いをするだけだろ」

何も言い返せず、僕は黙って彼女を見ていた。

彼女は自分の言いたいことだけを言うと、小窓の方に顔を向けている。

〝邪魔なものは切り捨てる〟と彼女は言っていた。彼女にとって、僕もそうしたものの一つなのだろうか。それとも僕は、〝うまく切り捨てられない〟ものの方なんだろうか。

そんなことを考えているうちに、〝うまく切り捨てられない〟ものとは、彼女自身のことを言ったのではないかと思えてきた。たとえば彼女は、自分の〝知〟に関する欲深さなどを、自分でもうとましく思っているのかもしれない。

彼女が今のままだと、この現実と交ざり合うことはないのは確かなようである。そして彼女は、自分の特異な才能を消去しないと、自分が思い描くような幸せにはなれないと、気づいている。

問題は、彼女のコアな〝穂瑞沙羅華〟の部分を、彼女自身が本当に消し去れるのかどうかなのである。しかし彼女は、自分を変えられずにいる。こうありたいと願う自分が見えていても、そうはなれないのだ。

かと言って、人間が自分の性格や考え方を、自分の意思で変えてしまえるのかどうかは、僕には疑問だった。これはきっと、沙羅華に限らないことだと思う。

「綿さん」彼女は小さな声で、僕のことを呼んだ。「人間て、何だと思う？」

「え？」

彼女と、目が合った。

「いくら考えても、それが分からないんだ」

いきなり何を言い出すのかとも思ったが、しかし彼女と行った日本友好庭園でも、同じことを僕に聞いていた。

返事に躊躇《ちゅうちょ》していると、彼女は急に笑い出し、ゆっくりと立ち上がった。

「いや、忘れてくれ。それと、さっきはすまなかった。言い過ぎたなら、許してほしい」

そしてドアを開け、僕の方を見た。「今日はもう寝よう。今は体を休める時だ——」

自分の部屋へ戻った僕は、そのままベッドに倒れ込んだ。天井をぼんやりと見つめながら、自分は一体、何をしにこんなところまで来たんだろうと思った。まあ、沙羅華を連れ戻しに来たのであるが。そもそも彼女が何故このセミナーに申し込んだのかを、僕はまた考えていた。

さっきの話からすると、彼女が兄さんを探していたのは確かなようだ。しかし、兄ではないかと疑っていたライフロストを名乗る参加者は、まったくの別人だった。

かと言って僕には、彼女が完全に目的を喪失しているようにも見えなかったのである。ひょっとして彼女には、兄さん探しの他に、〝ノアスの園〟を目指す理由がまだ何かあるのかもしれない。

その心当たりが、僕にないわけでもなかった。つまり〝ノアスの園〟のホームページに書かれていた通りのことだ。

彼女は他のセミナー参加者と同じように、本当に自分を作り直したいと思っているのかもしれないのである。そして真理の探索や諸々の苦しみから解き放たれ、〝至福〟とやらを得たいと……。

そんなニュアンスのことを、彼女自身が言っていたような気がする。もっとも、船に乗っているしかないのも事実だし、彼女の本心は僕にもよく分からないのである。

僕は僕で、そんなことをぐずぐず考えているうちに、またぐっすりと寝込んでしまったのだ。

6

五月二日の水曜日、目が覚めて窓から外を見てみたら、景色が変わっていた。そこら中、島だらけなんである。

とにかく食堂へ行って、朝食をとることにした。すでに沙羅華がテーブルにいたので、挨拶をする。

僕は彼女に「島が増えたな」と話しかけた。

「目的地が近い証拠だ」と、彼女が言う。「アラスカ南東フィヨルド。観光名所の一つさ。無数の島々には、イヌイットたちが暮らしているところもあるし、無人島も多く残されている」

さらに彼女の話によると、イヌイットとは〝人〟あるいは〝真の人間〟という意味らしい。そのイヌイットたちを西洋諸国が追い詰めた歴史も、このあたりにはあるのだという。人間、いつでもどこでも同じようなことをやっているんだなあと僕は思った。

そのとき、アリアを見かけたので挨拶をしたのだが、その後沙羅華は、話をやめてしまった。

「どうした?」と僕は彼女に聞いた。「もっといろいろ教えてくれよ。これから行くところのことを」

「君に一つ言っておくことがある」彼女が僕を見つめる。「この先さらに、集団で行動することが多くなるだろう。だから君とも自由に会話できなくなる。そのつもりで」

僕は口をとがらせた後、「分かった」と言ってうなずいた。

朝食の途中、全員そろっていることを確認したフレディが、ステージに上がった。僕は急いで、自動通訳機をセットする。

彼はみんなに、食事を終えた人から下船の支度をするように指示した。トランクは食堂に出しておけばいいという。

さらに彼は目的地について、初めて具体的な名前をあげて説明してくれた。セミナーでも言っていたが、これから行くのはアレクサンダー諸島にある島の一つで、〝北イロン島〟というところだそうである。また島は、〝ノースイロニー〟という会社の所有地なのだという。

　ノースイロニー……。僕はその名前を、頭のなかでくり返していた。この船の名前と同じみたいだが、〝ノアスの園〟のホームページでも、見かけなかった社名である。

　フレディは「そこで皆さんのお悩みを解決するとともに、生まれ変わってもらいます」と言って、ステージを下りていった。

　さっき「自由に会話できなくなる」と沙羅華に言われたばかりだったが、僕は彼女に今の話について聞いてみた。

　彼女もやはり、北イロン島のこともノースイロニーという会社のことも知らないという。

「ベンチャー企業だとは思うが……」

　彼女はそうつぶやきながら、首をかしげていた。

　パソコンか携帯があれば、調べられるのにと僕は思った。場所だって、地図検索すれば一発で分かるのに……。

　荷物整理を終え、他の参加者と一緒に食道でスタンバイしていると、目的地である北イロン島が見えてきたことを、フレディが教えてくれた。

　端から端まで、二、三キロというところだろうか。中央が小高い山のように盛り上がっていて、島全体に木々が生い茂っている。見たところ、他の島とさほど変わった様子もなく、ただの島のように思えた。

　接近すると、点在する建物がはっきり見えてくる。そのほとんどが白っぽく、何か工場のような印象を受けた。

さらに港へと近づき、フェリーはようやく接岸した。フレディの指示で、甲板へ出ることにした。とにかく寒いのである。どうせ船旅なら、南の島あたりにしてくれれば良かったのに……。

僕は、じっと島の方を見つめている沙羅華に目をやった。やっぱり彼女はすごいと思う。一時期ずっと引きこもっていたくせに、プイッと自分探しの旅に出ると、アラスカまで来てしまうんだから。

フレディから下船するように言われ、タラップの前に全員が並んだ。

しかし僕は、正直躊躇していた。このままいくと〝ノアスの園〟の正体は突き止められても、結局、島から出られなくなるかもしれないのである。

一瞬、沙羅華と目が合う。君がいつまでも付いてくるからこういうことになるのだ、とでも言いたげな眼差《まなざ》しに思えた。

彼女がどんどん先へ行くので、仕方なく僕もその後ろについて、タラップを降りていった。

岸壁にしっかりと着地し、周囲を見回してみる。

意外と植物が多いことに、気づかされる。施設のあるところは森林を切り開いて作ったらしく、その他の場所は海岸線のあたりから島のずっと上の方まで、まだ針葉樹の森が広がっているのだ。

寒いのは寒いが、環境はまあまあで、保養地としてはいいところかもしれない。

フレディが、「これからバスで島内をざっと見学しながら、まず宿舎へ向かいます」と言った。

歩き始めてすぐ、彼は海岸線を指さした。

「あれは、クマ避《よ》けの高電圧フェンスです」

言われてみると確かに、島の周囲には高さ二メートルほどの柵《さく》が張りめぐらされている。またカヌーとかでやってきて、勝手に入ろうとする人もいるので、フェンスはそういう人たちの侵入を防止する役目もあるそうだ。ただしクマ避けというだけあって、柵と柵の間隔はかなり粗い。感電死が怖くないのであれば、何とか通り抜けられるかもしれない。

フェンスの周辺には、シダ類や、笹のような形をした草も見られた。

バスに乗り込むと、フレディが全員そろっているのを確認し、出発する。

港のすぐそばには、大きな石油タンクがあった。発電施設らしき建物もあるので、どうもこの島では風力や太陽光より、火力発電がメインのエネルギー源らしい。

島の施設はまだ工事中のところもあるようで、開けっ放しのプレハブ倉庫から、工事関係者と思われる人が出入りしていた。

実はここに到着してから、すでに何人もの人を見かけている。ただし大体は白衣を着ているか、ライトブルーの制服らしきジャケットを着ていて、私服の人はほとんどいないようだった。この島で働いている人らしいのだが、別に強制労働をさせられているふうでもない。むしろ何と言うか、どこかのテーマパークに一歩足を踏み入れたときのようで、みんなにこやかにしていて、かえって違和感を覚えてしまうのである。

港から続くゆるやかな坂を、バスはゆっくりと上っていった。

一番前の席に座っているフレディがマイクを取り、話し始める。

「ご安心を。ここは秘密基地ではありません」

するとクスクスと笑う人もいたりして、バスの中はなごやかな空気になった。

彼の説明によれば、島全体が新設の医療施設になっているとのことだった。

名称は〝ノースイロニー療養所《サナトリウム》〟で、専門は癌だという。その治療、療養、さらにターミナルケアなどで事業申請をしていて、すでに認可も受けている。現在、メインの施設はほぼ完成し、開業へ向けての準備を進めているところだそうだ。

「設備には最新のものをそろえています」

彼が指し示す方向には、病棟やトリートメント・センター――直訳すると〝処置棟〟などが並んでいた。バスの中からではよく分からなかったものの、かなり広そうな施設なのは確かだった。

道路の脇の駐車場には、ブルドーザーなどの工事車両が止められている。

道は、さらに島の上の方へ続いていたが、その行き止まりのあたりに、大きな建物があるのが確認できた。見えたのはほんの一部だけだが、他の施設と同じく白っぽい色で、ドーム状をしているように思えた。フレディの説明では、島の最上部にあるのは給水塔と、彼らが〝サナトリウム・ドーム〟と呼んでいる施設だという。

「私どもが始めた新しい処置に関係しますが、それはまた後ほどお話しします」と、彼は付け加えた。

まさにそれが、僕の疑問だった。一体これらの施設が、どうして参加者たちの生まれ変わりに関係してくるのかということである。

バスは、宿舎前の駐車場に停車した。狭い島なので、港からはほとんど離れていない。この島の施設全体を統括する事務所も、同じ棟にあるという。

フレディがマイクで、荷物のある人は宿舎のロビーへ預けておくように言った。トランクも、ここへ届けておくという。

「皆さんにはこれから、オリエンテーションを受けていただきます。施設内も簡単にご案内しますが、その前に、所長から一言ご挨拶させていただきます」

彼の言った〝所長〟という言葉が、僕には気になった。つまりその人物は、〝ノアスの園〟の責任者なのかもしれない。ひょっとして〝ノアスの園〟をめぐる謎も、その人物から聞けるかもしれないのである。

僕はみんなに続いて、バスを降りた。

沙羅華は、いつもの無表情で宿舎のロビーのあたりを見つめている。

同じ方向に顔を向けると、スタッフとおぼしき人たちが、作業しているのが見えた。ユースホステルかどこかの施設と、さほど変わらないようにも思える。

沙羅華を見ながら、僕はサンノゼの〝張り込み〟のことを思い出していた。場所は違ったが、〝ノアスの園〟が医療に関係する施設という彼女の勘は、当たっていたのである。彼女は、それができるのはゼウレトのような企業グループであり、ゼウレトならやりかねないとにらんでいたのだ。

それを思うと、これが〝ノースイロニー〟とかいう会社にできることなのかという疑問は、確かに芽生えてくる。

いろいろ分からないことだらけだったが、沙羅華は島に上陸してからほとんど口をきいてくれないし、僕一人で考えても分かるわけがないのである。

僕はみんなの後ろについて、処置棟とやらへ行くことにした。


処置棟は、通りをはさんで、宿舎と反対側にあった。少し行き過ぎているので、バスで通ったゆるい下り坂を、戻ることになる。

歩道からも、処置棟は見えていた。四階建ての、白いビルである。

フレディの説明によると、その奥にあるのが、〝機械棟〟だという。周囲には、隣接している処置棟の他に建物はなく、多くの木々に覆われていた。高さは処置棟よりも低いが、四角くて広く、大体五十メートル四方といったところだろうか。窓もほとんどない。機械棟というネーミングからしても、何かの工場のようでもあった。

そんなことを考えながら歩いていたとき、自分で何か、他の参加者と同じ陰鬱《いんうつ》な顔をしているような気がしてきて、僕は両手で頬をさすってみた。

数人のスタッフらしき人たちが、僕たちの方に向かって坂道を上ってくる。見ると、そのうちの一人は髪が黒く、東洋人らしかった。

ひょっとして、日本人……と思いながら目で追っているうちに、それはネオ・ピグマリオンが探している行方不明者の一人、佐藤一郎にそっくりだということに気づいたのだ！

いや、間違いない。僕は思わず彼に近づき、声をかけようとした。

その僕の腕を、沙羅華がつかみ、制止した。僕をにらみつけ、首を横にふっている。

「でもあれは、例の件の……」

「聞くわけにいかない」声を殺して彼女が言う。「どうしてそんなことを知っているのか、聞かれるぞ」

フレディが、僕たちの方に目をやった。

「どうかしましたか？」

「いえ」僕はとっさに、作り笑顔を浮かべた。「同じ日本人がいらっしゃるみたいなんで、ちょっと挨拶をと思って……」

そうしたやりとりが耳に入ったのか、その佐藤さんそっくりのスタッフが、僕の方を見た。何かシレッとした顔をしていて、とても悩み事があるようには見えないのである。ついさっきまで船内で参加者たちの憂鬱な顔を見続けてきたせいもあるが、彼はとても元気そうだった。そして微笑みを浮かべながら、僕の方をじいっ、と見続けているのだ。

気まずくなった僕が顔を伏せようとしたとき、彼の横にいた男が、「ボヤボヤするな」と言って、彼の頭をこぶしでたたいた。

彼は抵抗するどころか、たたいた男の方を見て笑っていた。

ひどいことをするなあ、無抵抗な人間をたたくなんて……。そんなことを考えながら見ているうちに、彼は他の職員とともに、僕たちの目の前を通り過ぎていった。

とにかく、彼が死んでいなかったことは、これではっきりした。行方不明になって以来、ずっとこの島で働いていたようだ。

僕は沙羅華に向かって、親指を立てた。〃やったね〃の合図である。

彼女もゆっくりと、小さくうなずいた。

しかし、呆気ないほど簡単に見つかるものだと思った。おそらく他の二人も、島のどこかにいるに違いない。連れて帰れば事件は解決、いや、報告するだけでもいい……。

しかし、それができないのである。携帯を返してもらったとしても、このあたりなら圏外かもしれない。

それにしても、腑《ふ》に落ちないのは佐藤さんの笑顔だった。顔は写真で見た顔と同じなのだが、違っているのはその表情なのだ。もっと落ち込んでいる人だと思っていたのに、悩んでいる様子もなければ、むしろ生き生きとしている。

当然のように、僕はまず〃ノアスの園〃による何らかの処置を疑った。しかしそれは、僕の先入観なのかもしれないとも思う。ここでの仕事に、何か楽しみを見いだしたのかもしれないのだ。

そんなことを考えながら歩いていると、別な行方不明者、山本愛さんらしき人物ともすれ違った。やはり何とも言えないような幸せそうな笑顔を、周囲にふりまいている。

しかし彼女にも、不思議な印象を覚えた。ふと彼女の微笑みが、到底届かないような高見から僕らを見下ろしているようにも見えたのだ。

これはやはり、〝ノアスの園〟の処置によるものなのだろうか。一体どういう処置をしたのだろうかと考えているうちに、僕たちは処置棟の前に着いた。

受け付けブースの前を通り、カンファレンス・ルームの一つへ案内された。

カンファレンス・ルームと言っても会議室みたいなもので、長机とパイプ椅子が並んでいて、正面にホワイトボードがある。窓からは、島の一番高いところにあるサナトリウム・ドームを見ることができた。

全員、着席して待っていると、ドアから初老の紳士が入ってきた。ワイシャツの上から白衣を着用している。どちらかというと痩《や》せ型で、髪はロマンスグレー。僕はB級映画なんかによく出てくるマッド・サイエンティストを思い浮かべていた。どうやら彼が、ノースイロニー療養所の所長らしい。僕は、自動通訳機のマイクレベルを調節した。

フレディが彼を、所長の〝フォン・ベルガー〟だと紹介した。

ベルガー所長はホワイトボードの前に立つと、「ようこそ、ノースイロニー療養所へ」と言った。「そしてようこそ、〃ノアスの園〃へ」

さらに彼は、短くこう述べた。

「この施設は、癌の治療をメインに申請しています。しかしお気づきのように、それは表向き。真の目的は、皆さんの救済であり、再生です。それこそ、皆さんがここに来られた目的でもある。そして私どもは事業を円滑に進めるため、新会社〃インナー《I》・インタープリター《I》〃を設立する準備も進めているところです。では、具体的にどうやって救済を実現するのかは、この後、担当のヘインズ博士から説明をお聞きください」

そして彼は参加者たちの顔を見回し、「どうかご協力をお願いします」と言った。

〃救済〃と言っておいて〃ご協力をお願い〃とはどういうことかと僕が考えているうちに、ベルガー所長は、本当に挨拶程度で引っ込んでしまった。

それで彼は所長とはいっても、〃雇われ所長〃程度ではないかと僕は思った。ノースイロニー社の代表は別人で、それはどうもこの場にはいないようだ。またその別人は、〃ノアスの園〃のために、インナー・インタープリター——つまり〃心の内の通訳者〃というような意味を社名に掲げた別会社を設立するつもりらしい……。

いずれにせよ具体的な説明は、担当者に聞くしかない。僕はヘインズ博士とかいう、担当者の到着を待つことにした。

しばらくしてドアが開き、その〃ヘインズ博士〃が登場する。

僕は率直に驚いた。他の参加者たちも、一瞬ざわめいていた。そして我が目を疑いながら、ヘインズ博士を見つめていたのだ。

担当のヘインズ博士というのは、女の子だったのである。年齢は、沙羅華と同じぐらいだろうか。白衣の下には、フリルのついた黒衣を着ている。さらに黒ストッキングに黒の丸靴と、服装は白黒のモノトーンでコーディネートしているようだった。金髪のロングヘアーには、バラの髪飾りが挿してある。瞳《ひとみ》はブルーだが、両耳や下唇にはピアスがあり、口紅は何というか、静脈血の色にヌメッていた。

うわっ、ゴスロリ……。思わず声に出しそうになるのを、僕はぐっと飲み込んだ。

いや、ルックスそのものは、悪くない。むしろ僕の好みで、何年か前に自殺未遂騒ぎを起こした、アイドル歌手のようでもあった。しかし秋葉原《アキバ》ならともかく、こんな島でコスプレしなくてもいいと思うのだが……。

彼女は愛想笑いも浮かべず、ホワイトボードの前に立ち、自己紹介を始めた。

「ティナ・ヘインズです。〝ティナ〟と呼んでください」

僕はまた、自動通訳機のマイクレベルを上げた。彼女の声は低くて小さくて、おまけに暗いのである。性格も何か暗そうと言うか、心が半分、アッチへ行ってしまっているみたいだった。どういうわけか、隣の沙羅華がフツーの女の子に見えてくるほど、いろんな意味で手強《てごわ》い相手かもしれない。

沙羅華は相変わらず無表情で、ティナ・ヘインズ博士の顔をじっと見つめていた。

ティナは、低く小さな声でみんなに言う。

「どうやって自分を作り直すかは、実際に見ていただいた方が、説明しやすい。これから施設をご案内します。まず〃再生〃のための心臓部、機械棟へ――。移動しますので、フレディの誘導に従ってください」

ティナの横に、フレディが立った。

「では、これから私について来てください」と、彼が大きな声で言う。「ここまでがそうであったように、ここから先も強制ではありません。説明を聞き、同意できない方は、またフェリーでお帰りいただく。とにかく、一緒に見学しましょう」

フレディが廊下へ出たので、僕たちも席を立った。

ぞろぞろとドアへ向かって歩き出したとき、ティナが無言で、僕たちの方へ近寄ってきた。それに気づいた沙羅華も彼女に近づくと、二人はカンファレンス・ルームの真ん中で、抱き合ったのだ。

僕は呆気に取られて、そんな二人をながめていた。しかし〃感激の対面〃と言うには、どちらも異様にテンションが低いような気もした。

沙羅華の名札を見たティナが、「あなた、ここでは〃ジュエリー〃なのね」とつぶやく。しかし沙羅華のことを〃沙羅華〃とは言わないのだが、どうやら沙羅華だと知っているらしい。しかしサインをするとき、みんな本名を書かされている。沙羅華が来ることを連中が気づいていたとして、何も不思議はないわけである。

「知り合いなのか?」

僕は沙羅華に聞いてみた。

「ああ」軽くうなずきながら、彼女が答えた。「幼なじみだ」

ティナは、いぶかしげに僕を見ている。

そんな彼女に、沙羅華は僕のことを紹介してくれた。

「ここでの名前は、〝パリティ〟。私の友だちだ」

ティナは、沙羅華の顔をのぞき込む。

「ひょっとして、カレシなの?」

「そんなふうに見られてたのか?」沙羅華は心外だとでも言いたげだった。「付き合いたいなら紹介するよ」

「まさか……」

しばらく二人は、僕のことをダシにして薄ら笑いを浮かべていた。

「そんなことより、どうしてここへ?」ティナが沙羅華を見つめて質問する。「ここに申し込むぐらいだから、何か悩み事でも?」

そんなことを聞かれても、本当の理由を言えるはずがないのである。僕は何もかもバレてしまうのかと思って、ビクビクしていた。

すると沙羅華は、「あなただって、どうしてここへ?」と言い、ティナの左腕に目をやった。

見てみると、彼女の手首には黒のリストバンドが巻かれていて、そこから幾筋かの傷跡がのぞいている。

直感的に僕は、リストカットの跡ではないかと思った。彼女がどうしてそんな傷を負ったかは知らないが、これには何か、分かりやすいが複雑な事情がありそうである。

見られていることに気づいた彼女は、白衣の袖《そで》を引っ張って、リストバンドを隠した。そして沙羅華の耳元で何かをささやいていたのだが、小声でブツブツ言うもんだから、僕の通訳機がうまく拾ってくれなかった。しかし、お互い事情は聞かない方がいいということで、話は一致した様子だった。

「ごめん。私、急いで機械棟へ行かなくちゃ」ティナがドアに目をやる。「じゃ、あとでね」

彼女は右手を軽くあげると、小走りに行ってしまった。

そんなティナの後ろ姿を見ながら、沙羅華が「以前はもうちょっと、明るい子だったんだけどね」と、つぶやく。

僕はせめて一時でも、ティナに明るい時期があって良かったなあと思っていた。しかし沙羅華と幼なじみ、ということは……。

「ひょっとして二人とも、例のアポロン・クラブの?」

「ああ」沙羅華は二、三度うなずいた。「彼女は脳科学の分野へ進んだようだが」

やはりティナは、アポロン・クラブの一員……。つまり沙羅華と同じく、ゼウレトが作り出した人工天才の一人ということらしい。

僕はもう一度、頭のなかで彼女のゴスロリ・スタイルを思い描いていた。どうやら沙羅華の仲間には、ああいう連中がうじゃうじゃいるようである。大体、沙羅華の幼なじみの天才児というだけで、十分危険な人物なように僕には思えたのだ……。


僕たちは処置棟の廊下を通り、その奥に隣接している機械棟へ向かって歩いていた。こうして真新しい建物の中にいると、今アラスカにいるという実感すらなくなるのである。

廊下では、ティナやベルガー所長の他にも、白衣を着た連中を何人も見かけた。他にも、技術者らしい人や、事務員らしい人もいる。バスで宿舎へ行くときにも出会ったし、歩道を歩いてここへ来たときにもすれ違った。そんな関係スタッフは、島内にざっと数十名はいるのではないかという気がした。

僕にはやはり、それだけの資金がどこから出ているのかが疑問だった。あることに気づき、僕はそれを、沙羅華に小声で聞いた。

「おい、アポロン・クラブのティナがいるということは？」

「そう」彼女も声をひそめて答える。「やはりゼウレトの関与を疑うべきだろう。ノースイロニー社にしろ、インナー・インタープリター社にしろ、そのダミーかもしれない」

僕は、周辺にいるスタッフたちを見回してみた。この島にいるのは、実働部隊にすぎないようだ。ティナは言うに及ばず、フレディも、所長のベルガーさえも何者かの手駒《てごま》でしかない。そして黒幕は、どこか別なところにいる……。

しかしスタッフたちとすれ違っても沙羅華が淡々としているところを見ると、彼女が探している兄さんというのは、やはりここにはいないようだった。

機械棟に到着した僕たちは、フレディからまず階段で二階へ行くように言われた。そこから、室内全体を見渡せるらしい。二階という割には、階段が三階分ぐらいはあるような気がした。

二階へ着いた参加者から、フレディが開けたドアの中へ入っていく。そこには回廊状の通路があり、室内がよく見えるようにして、僕たちは並んだ。下のフロアからは、ザーッという音とブーンという音とが入り交じったような、低周波のノイズが聞こえていた。

参加者のなかには、そこで見たものを分からない人もいるかもしれない。けど一目見て、僕には大体分かった。これとよく似たものを、嫌《いや》というほど見た記憶があるからだ。

むろん、大きさは〝むげん〟ほどデカくはない。しかし基本的なシステムは同じはずである。

間違いない。この機械棟にあるのは、加速器だ。

立夏……(りっか)

1

回廊の角に、ティナ・ヘインズ博士が立った。

「ここにあるのは、加速器の一種です」

彼女の説明に、みんなが注目する。

「名前は〝トレラス〟。〝寛容〟を意味する〝トレランス〟と、ギリシャ神話に登場する天空を担ぐ巨人、〝アトラス〟を合成して名付けました。これは複合《マルチ》粒子線加速器で、加速する粒子は陽子と重粒子。重粒子とは、炭素などの原子核ですね。トレラスにはいくつもの新技術が用いられていて、世界でも類を見ない、独自の加速器だといえます。もちろん、放射線安全監視委員会《RSSA》など関係各機関の正式な認可も得ており、何らかの異常がみられた場合は査察を受け入れた上で必要に応じて改善する態勢になっています……」

ティナの解説を聞きながら、参加者と一緒に、僕も感心してトレラスをながめていた。

僕はちらりと、隣の沙羅華に目をやった。しかし彼女、自分探しの旅に出て加速器と出会うんだから、よくよく加速器に縁がある女みたいだ。

一方、僕は何でここに加速器があるのかが分からなかった。彼らが〝人を作り直す〟と言っているのだからそのために使うのだろうが、一体加速器をどう使うのか、まだよく理解できないのである。

ティナの横に、セミナー・コンダクターのフレッド・ポラック——フレディが並ぶ。

「さて、生まれ変わりと加速器がどう結びつくのか、疑問に思っている方もいらっしゃるかと思います」

まったくその通りである。僕は彼の話を聞くことにした。

「そもそも人は何故《なぜ》、悩み苦しむのか？　進化の頂点にあっても、ちっとも幸せじゃないのは何故なのか——？　洋上セミナーを思い出してほしい。すべての元凶は〝自我〟であると、お話ししましたね。確かにそれは生きる原動力でもあるのですが、悩みの源ともなるわけです。この社会が変わらないのであれば、自分の方を変えてしまうしかない。しかし自分の意思で、自分はなかなか変えられないものです。ダイエットもそうでしょう？」

フレディの一言に、クスッと笑う参加者もいた。

「自分の意思には期待できない。しかも根本から変えてしまわなければ、問題は解決しない。だったら、〝物理的〟に変えてしまえばいいじゃないですか。そしてそれを可能にするのが、トレラスなのです。この新たな手段によって、人は人の在《あ》り方そのものを、変えてしまえる。人の定義が変われば、もう自分について悩まなくてもよくなるわけです。

それだけではない。皆が求めているにもかかわらず、私たちの誰《だれ》もが、答えからはほど遠い。トレラスは、そのためにも人を作り直します。至福へいざなうとともに、人を限りなく〝真理〟へと近づける。それこそが、私どもが提案する〝ノアス〟なのです」

沙羅華は、フレディが〝真理〟という言葉を口にしたとき、軽く目を閉じていた。彼女からはよく聞かされた言葉だったが、〝ノアスの園〟サイドから直接聞いたのは、これが初めてだったかもしれない。

一旦《いったん》、話を終えたフレディが移動を指示したので、全員、再び隣の処置棟へ戻っていった。

フレディは、処置棟の待合室にある大型モニターの前に、みんなを集めた。ここはまったく病院の待合室といった感じで、壁も天井も、床も白っぽい。

ティナが、モニターの前に立った。

「これから皆さんをご案内するのは、処置照射室です」

モニターに、その処置照射室の映像が映し出された。

「加速された陽子や重粒子を、ビームラインを経由してここで照射します。処置照射室は、処置の程度や照射方向の違いなどによって、〝α《アルファ》〟から〝δ《デルタ》〟まで四室あります」

その後僕たちはフレディに先導されて、待合室の向こうにある処置照射室に入っていった。四つの処置照射室は一列ではなく、〝コ〟の字形に配置されているようだ。僕たちはそのうちの一つ、〝β《ベータ》〟を、順番に見学した。

部屋はさほど広くない。中央には可動式の小さなベッドがあり、透明のカバーでカプセル状に覆われている。頭部には、ヘルメットを前後に二分割したようなパーツがあった。ベッドの上部と側面には、加速粒子を照射するらしい円筒状の構造物が張り出している。またモニターや操作パネル、パソコンなどがベッドを取り巻いていたが、その他《ほか》には目立つ機材類も見られず、かなりきちんと整理されている。

僕たちが入ってきたドアの反対側の壁には大型ガラスがはめ込まれていて、その向こうに制御室らしきやや広めの部屋があった。そして健康診断のX線撮影のように、照射室とはドアで直接行き来できるようになっている。とにかくこの照射室を見て、彼らの考えている〃処置〃の一側面が、少し理解できたように思えた。

見学した者から順に、また待合室へ戻っていった。ティナがモニターにCG映像を映し、説明を始める。

「一般に加速器は素粒子などを加速し、粒子同士を衝突させるかその放射光を利用することで、主にターゲットにおける物理的イベントを観測するものです。また応用として、癌《がん》の治療などに用いられることもある。そして、この新たな加速器トレラスにおけるターゲットは、〃脳〃です。脳内に粒子線を照射することで、新たなイベントを起こすのです」

ティナは突然、詩のようなものを朗読し始めた。しかし通訳機《インタープリター》が翻訳してくれず、僕には意味がよく分からない。それもそのはずだった。今の詩はドイツ語で、ニーチェの『ツァラトゥストラはこう語った』の一節だという。

朗読を終えると、彼女が英語で大意を説明してくれた。どうやら、「大宇宙も、それを認識するものがなければ、そこにあるかどうかは分からない」というような意味だったらしい。それを聞いて、これから彼女が言おうとしていることは、大体分かる気がした。

彼女はしたり顔で、参加者たちを見回して言った。

「自分とは何かと問えば、この〝脳〟で生じている現象に他ならない。宇宙さえ、脳の中で再構築され、認識されている。もちろん〝自我〟も、基本的に脳機能と考えられるのです。そして自我こそ、自分にまつわるすべての問題の、元凶――。するとターゲットは、もう明らかです。

具体的には、開頭手術が困難なほど奥まったところにある、自我形成にかかわる脳内の作業記憶《ワーキングメモリ》――前頭連合野、大脳辺縁系の扁桃体《へんとうたい》、さらに間脳、視床下部などの特定スポットですね。照射はその部位に応じて、複数の方向から同時に行うこともあります。そしてトレラスにより射出された粒子は、脳を通過するのではなく、ターゲットに留《とど》まるよう計算されている。そのために狙《ねら》った脳細胞を、効果的に破壊することができるのです」

ティナは、画面を機械棟の透視図に切り替えた。

「施設の使用目的を癌治療として申請していることでも分かるように、このトレラスは、癌治療用の加速器と似ている面もあります。しかし、トレラスで癌の治療は可能ですが、現在の癌治療用の加速器では、人をノアス化することは困難と言わざるを得ません。それほどノアス化には、高い精度とコントロール技術が要求されるのです。しかしトレラスは、当初からノアス化処置を目的に開発された加速器であり、ほぼピンポイントで、ターゲットを狙うことが可能です」

参加者たちのなかには、大きくうなずきながら聞いている人もいたが、ほとんどの人はまだよく理解できない様子で、ティナの顔を見つめていた。沙羅華は相変わらず、無表情である。

ティナは苦笑いを浮かべて言った。

「まあいろいろと難しい話もありますが、かいつまんで言うと、〝加速器による頭脳改造〟ですね」

僕は腕組みをして、大きく息を吐いた。このゴスロリ娘、あっけらかんと凄《すご》いことを言うのである。

フレディがフォローするかのように、彼女の横に立った。

「要するに私たちは、自我があるから自分について考えるわけです。我々はトレラスを使って、その自我を書き換えようというのです。そして宇宙を認識しているのも、この自分ですから、自分を作り直せば、宇宙の見え方まで変わるわけです。これはいくら修行をしても、到達できる境地ではない。まさに、〝自己改造の裏技〟です」

参加者たちは、真剣な顔でフレディの話を聞いていた。複合粒子線加速器とか大脳辺縁系などというと確かに小難しいが、要は陽子や炭素核の粒々をうまく飛ばせば、人の心を変えられるということらしいのである。つまり加速器というのは、自己改造マシンにもなるというのだ。加速器にはそんな使い道もあったのかと、僕は感心してしまった。

仕様も精度も違うようだが、似たような施設は、ゼウレト癌センターにもあった。それで沙羅華は、ゼウレト系列の総合病院ではなく、癌センターの方を疑っていたのだと僕は気づいた。

次にティナが、処置の手順について説明した。大型モニターに、フローチャートが映し出される。

「まず事前検査です。核磁気共鳴診断《MRI》などで脳を3Dデータ化し、ターゲットの位置を特定、照射方針を決定します。処置に際して、坊主頭にする必要はありません。キャップも必要としない場合がほとんどです。その他諸々《もろもろ》の検査を経て、処置が開始されます」

モニターは、さっき見学した照射室の映像に変わった。

「クライアントは手術着に着替えていただき、照射台――つまり可動式ベッドに固定されます。ベッドを覆う透明カプセルには、外界からの隔離とともにギプスとしての機能も備わっています。またベッドのクッションは、クライアントの体形に合わせて沈み込むようになっていて、これも位置固定のための仕掛けですね。頭部も当然、フェイスマスクで固定されます……」

どうやらあそこに寝かされたら、身動き一つできないみたいである。ティナは説明を続けていた。

「次にベッドが、照射ノズルの高さに合わせてスライドします。正確な位置決めのために、レーザーポインタを用いています。位置決めが完了すると、いよいよ照射開始です。心配はいりません。皆さんには非常停止ボタンを握っておいていただきます」

画面には、ナースステーションを呼び出すときのような、コード付きのボタンが映し出された。

「何かの理由で処置を中止したいとき、このスイッチを押してください。それで一切の処置は、中断されます」

フレディが、モニターを消して言う。

「さて、ノアスについてさらにご理解していただくため、次に皆さんを制御室へご案内しましょう」

僕たちは処置照射室〝α〟の中を通りながら、今度は制御室へ入っていった。

2

大きなガラス窓が〝コ〟の字形に並んでいて、そこから四つの処置照射室の様子を直接見ることができる。窓のすぐ下には、制御卓《コンソール》が整然と据えつけられていた。

部屋の中央には作業机があり、パソコンなどが置かれている。四つの処置照射室の他に、実験用の照射室などを一元管理していることもあって、制御室は結構広く、何とか全員が入れるぐらいのスペースはあった。

ティナがコンソールにあるキーボードを操作し、ガラス窓の上にあるモニターの一つに、脳の断層映像を映し出す。僕らがそれを見上げると、彼女は話し始めた。

「この部屋から、脳に陽子や重粒子という〝メス〟を入れるのです。処置はデリケートで、ある意味、彫刻のようなものかもしれません。どの部位にどれだけの量をどれだけの強さで照射するかは、すべてコンピュータ制御です。ノアス化は、一度の処置でほとんど完了させることも可能ですが、通常、数ステップに分けて、様子をみながら進めるようにしています」

僕は彼女の話を聞きながら、制御室と処置照射室をながめていた。SF映画か何かで、怪しげなマシンを使って脳を操作し、他人の記憶を注入するというような話を見たことがある。彼らがやろうとしているのは脳機能の一部消去だから、もっと素朴《プリミティブ》だと言えるのだが、それだけ現実的な感じがする。

ガラス越しに処置台の照射ノズルを見ながら、僕は改めて驚愕《きょうがく》していた。人間の心とは、何と物理的なものなのかと。加速器というツールは必要ではあるものの、〝自分〟という認識の基盤は、こんなにも簡単に書き換えられてしまうものだったのか……。もっと揺るぎないものであってほしいと、思わないでもない。自分について悩むときも、僕はそれなりに〝重み〟を感じて向き合っていた。そりゃ、人から見れば大したことじゃないかもしれないが、自分なりに真剣に取り組み、悩んで悩んで、もがき苦しんでいたのだ。それさえ、スイッチポンで消し飛んでしまうというのである……。

参加者の一人、〝ロンサム・ガンマン〟が手をあげた。ハンドルネームに似合わず、神経質そうな男だ。

「質問があるんですが」

ティナが、彼の発言を認めた。

「粒子線を照射すると脳細胞は破壊されますが、破壊でいいんですか? 〝書き換え〟ということではなかったのですか? 破壊だと、単に〝自分〟でなくなってしまうだけのように思えるのですが」

ティナが、即座に答える。

「破壊により、書き換わるのです。これら複数のスポットの破壊、その相乗作用で……」

フレディが口をはさんだ。

「あの、専門的な話はなるべく省略して、皆さんにも分かる範囲で、まず私から説明させていただきましょう――。確かにトレラスの処置によって、脳内の自我をつかさどる部位に、ダメージを与える。当然、それにより〝個〟の概念はなくなるか、希薄になる……。しかし処置による作用は、それだけではないのです。壊すことで、生まれるものもある。ここが肝心なポイントです」

彼は一度、咳《せき》払いをした。

「〝代替性〟と言えば、お分かりいただけるでしょうか。脳の一部の機能が損なわれることで、他の部位がそれに代わろうとする。しかし通常とは異なった部位が機能を始めることで、本来なら顕在化しないはずの特殊な能力を獲得することがあるのです。つまりトレラスによる破壊は、結果的に脳の潜在能力を引き出すことにもなるわけです。それが〝自我〟に相対する概念、〝全体我〟です」

「全体我？」

ロンサム・ガンマンがくり返した。

「そう、全体我。それは〝無我〟ともまた異なります。我々の自我の総和、とお考えいただければよいかと思います。その全体我こそ、ノアスの根幹をなす概念なのです。そもそもノアスとは、〝自分〟を意味するラテン語〝ego〟に対して、〝我々〟を意味する〝nōs〟にちなんで名付けられました」

僕は、フェリーで沙羅華から聞かされた〝ノアス〟のネーミングにまつわる話を思い出しながら、フレディの説明に耳を傾けていた。

「この全体我は、処置によって新しく生まれるものというより、本来、人間に備わっていたものと考えられます。しかし生命の歴史における激しい生存競争のなかで、それがあると生きにくいために、潜在化してしまった……。まあ、盲腸みたいなものと思っていただいた方が、分かりやすいかもしれませんが。とにかくトレラスは、自我を消し去るだけではない。その眠っていた全体我を、呼び覚ますのです」ロンサム・ガンマンは首をかしげる。「それで何故、救われるのか」

「まだよく理解できないのですが」

他の参加者のなかにも、うなずいている人がいた。フレディが説明を続ける。

「簡単なことですよ。たとえば〝何故自分か？〟というような疑問。言うまでもなく、これは自分が〝個〟であるから生じるものです。個でなければ、つまり全体の一部であるという〝自覚〟があれば解けていく疑問なんですよ。我々には、その自覚がない。だからいつまでも分からないのです。

また、〝死〟は避けられない。〝自分〟とは、はかなく滅してしまう存在でしかない。だから恐れもする。しかし全体我は、滅ばないのです。何故なら個人が死んでも、滅することのない〝永遠の自我〟だからです。つまりノアスに死はない。永遠に在り続ける。このように自我を滅して全体我を芽生えさせることで、〝自分〟という壁に風穴を開け、より大きなカテゴリーへ溶け込んでいくことができるのです」

フレディは、大きく両腕を広げた。

力強くそう言われると、僕もそんな気がしないでもなかった。心理学で、〝集合的無意識〟というのを習った記憶があるが、これは〝集合的意識〟とでも言うべきものなのかもしれない。しかし自我の一部を壊すと、潜在化していた全体我が呼び起こされるという話には、何か人間存在の奥深さのようなものを感じてしまうのである。

金髪の女性が手をあげ、質問した。名札を見ると、〝ディープ・クレバス〟とある。

「しかし自我を壊すと、もう〝個人〟ではなくなってしまうように思うのですが。つまり、あなた方の言う″至福″を感じるべき″自分″が、消えてしまうのでは?」

ティナはフレディと顔を見合わせた後、話し始めた。

「それは完全に自我を消去した場合ですよね。しかし照射の条件によって、当然、変化にも違いがあるわけです。私たちはこのノアスを、大きく三つの段階に分けています。簡単にご説明しましょう」

ガラス窓の上にあるモニターが、フリップの映像に切り替わった。

「まずカテゴリー1。″准″″疑似″を意味する″パ《P》ラ・ノアス″とも言います。その名の通り、弱い自己改造ですね。次にカテゴリー2。あるいは″ス《S》タンダード・ノアス″とも言っています。カテゴリー3は、″高次″を意味する″メ《M》タ・ノアス″。ただしこれは、理論的にしか存在できないため、処置は行われません」

「何故ですか?」と、ディープ・クレバスが聞いた。

「ノアスの理念に照らし合わせると、カテゴリー3の個体は、一瞬しか存在できないからです。だから実際に処置するのは、他の二段階ですね」

僕はフリップを見つめていた。要は電気コタツの温度調節みたいに、トレラスという加速器にも″弱・中・強″の三段階があるということのようである。しかしその三段階の違いについては、電気コタツほど明確な違いを理解できずにいた。

「まだよく分かりません」ディープ・クレバスは、首をひねっている。「カテゴリー3のノアスについては、存在できないのはノアスの理念によるとおっしゃっているようですが、一体どういうことなんでしょうか?」

ティナとフレディが顔を見合わせると、今度はフレディが話し出した。

「一言では説明し難いのですが、自我を弱め、全体我を顕在化させるというような操作で何が起きるのか、考えていただくといいかもしれません」

フレディは中央にあるテーブルの引き出しを開けると、中から何かを取り出し、指でつまんで高くかかげた。見るとそれは、三センチぐらいの大きさで、周囲の形からしてジグソーパズルのピースのようである。絵柄は黒っぽく、人物の後頭部のようにも見えたが、何が描かれているのか、僕にはよく分からなかった。

「ジグソーパズルのピースであることは、お分かりいただけると思います。しかし一つだけだと、何の絵だか分からない。形も歪《いびつ》。しかしこれが、我々の姿です。自分にまつわる疑問は数限りなく、答えが出るかどうかも分からない。いや、いくら学問をしても修行を積んでも、我々が今のままの人間であり続ける限り、答えには届かないのかもしれない。

理由は、洋上セミナーでお話しした通りです。

我々が真理を目指すにあたって、自我はモチベーションでもあるが、障害でもあるのです。もともと真理というのは、考えて得られるものでもなければ、それを言葉にして説明できるようなものでもないのではないでしょうか。つまり、体感的に得るものなのです。しかも真理体得に立ちはだかる自我とは、脳内における特定部位の組み合わせに過ぎないことが分かっている。するともう、次のステップは明快です。自分ではどうにもならない変化をトレラスによって人工的に起こし、変えてしまう。そして全体の一部であるという自覚が得られれば、自分が何なのかも見えてくる」

フレディは、引き出しからジグソーパズルを取り出すと、それにさっきのピースをはめ込んだ。完成した絵柄は、僕もどこかで見たことがあった。近世のオランダの画家、フェルメールの、『画家のアトリエ』とか『絵画芸術』とかいう作品だったと思う。絵の中に画家の姿が描き込まれた、不思議な絵である。フレディが僕らに見せたピースは、その絵に描かれた画家自身だったようだ。

「これがノアスです」彼は、組み上がったパズルをかかげた。「まず、カテゴリー1と思っていただきたい」

フレディがあまりに手慣れた様子だったので、過去にも何度か、同様の手法で説明をしているのだろうと僕は思った。

「さらに個人と個人を隔てている障壁を排除し、融合してゆく状態――。このパズルで言えば、裏面が接着され、すべてのピースが一つのフレームの中でくっつき合ったようなものでしょうか。それがカテゴリー2です」

フレディはパズルをひっくり返して見せたが、一つのピースも落ちることはなかった。さっきのピースも、裏に糊《のり》でも付いていたのか、フレームにしっかりとくっついている。

「ここには争いがない。何故なら、敵と呼ぶものさえ、自分の一部と見なされるからです。また、疑問からも解放される。宇宙も自分も、まるで違って見えてくるでしょう」

みんなと同じように、僕は彼が掲げるジグソーパズルを見つめていた。

次にフレディは、一枚の絵を引き出しから取り出した。見るとそれは、ジグソーパズルとまったく同じ絵柄だった。

「そしてカテゴリー3になると、人は〝パズル〟ですらなく、〝絵画〟になる。個人というピースは、もはや存在しない。そして〝全体我〟は、宇宙に存在するすべての生命を、自分だと感じている。すると、どうなるか。

至福感を得る一方で、死を恐れなくなるわけです。何故なら〝全体我〟にとって、一個人の死は、〝死〟にならない。我々の肉体にとっての細胞のようなものと言えばいいでしょうか。生命が宇宙のどこかに存在している限り、ノアスにとっては、死の恐怖すらない。よって、カテゴリー3は、処置が完了すると、もう自己保存をしないのです。けどそれは、理論上の存在でしかあり得ない」

僕は彼の言っていることが、何となく分かった気がしていた。

フレディは、話を続ける。

「個人を救済するだけではない。ノアスは未来の人類の在り方といったものの、モデルケースともなり得るのです」

僕は沙羅華の方をちらりと見た。それは彼女が前に言っていた、兄さんの論文と同じではないか。

しかしフレディは、それ以上そのことには触れず、カテゴリーの話を続けた。

「ただ、こうしたノアスが既存の人間社会に受け入れられるのかといえば、多くの困難が予想されるのも事実です。社会とのギャップを埋め、共存の道を探るため、カテゴリー3以外のノアスも、さらに二段階に分けています。つまり、カテゴリー1、および2です」

僕はまた、沙羅華に目をやった。

しかし彼女の兄さんが論文をすべて撤回しているということは、その二つのカテゴリーにも問題がないとは言えないのではないだろうか。

「補足ですが」フレディの説明は続く。「〝ノアス〟に対して従来の人間を、〝エゴス〟と呼んで区別することもあります。またそれは、カテゴリー・ゼロとして位置づけています。そして皆さんには、実質二段階のどれかを選択していただく予定です。そのためにもこの二つのカテゴリーについて、もう少しお話しさせてください。〝おさらい〟だと思って聞いていただければ結構です」

フレディはパソコンを操作し、モニターにフリップを映した。

「我々は、実際にノアスの生命維持が可能で、またエゴスとも共存していける社会の在り方について考え、それを二つのモデルケースに集約しました。その一つが、カテゴリー2です。処置に関しては、ノアスの特徴をキープしつつ、自我もある程度残しておくことになります。

カテゴリー2のノアスの特徴としては、言うまでもなく、自我の境界が曖昧《あいまい》になることです。つまり、どこまでが〝自分〟で、どこからが〝他人〟なのかは、はっきりしなくなる。しかしカテゴリー2においても、ノアスは真理とともにあります。そのため、自分に執着することはなくなる一方、自己保存しない傾向は、カテゴリー2にも強く出てしまう。また我々の目から見れば、奇行としか映らない行動もみられます。たとえば、彼らは挨拶《あいさつ》しない。皆さんも、たとえば朝、鏡を見て〝自分〟に挨拶しますか？」

参加者たちはイエスともノーとも言わず、フレディの話を聞いていた。

「また我々の道徳観では、理解できないことも生じます。恋愛の概念も異なる。我々人間は、原則的に一対一で愛し合う。しかしノアスのカテゴリー2では、我々から見ればフリーセックスなんです」

フリーセックス……。僕は頭のなかで、その言葉をくり返した。まだ実態を見ていないので、かえって想像がふくらんでしまう。ノアスというのは、いろいろと面白そうである。

参加者の一人、〝ロング・ソリチュード〟の名札を付けた女性が手をあげた。

「それで彼らは、本当に幸せなんですか？」

フレディは、ゆっくりと首を横にふる。

「言ったでしょう？　頭で考えても、我々には彼らの至福を理解することはできない。我々のモラルに反しているからといって、裁くこともできません。また彼らは、知的活動もほとんど行わない。何故なら、もはや多くを知る必要がないからです。これは、知ることで真理は得られないということでもあるのかもしれません。もちろん、死に対する考え方も、大きく違います。彼らは種族——つまりノアスを保存するためには、自ら死を選ぶこともある」

そう聞いただけではよく分からないのだが、たとえば人間社会でも、食糧が不足しているときなど、子供を生かすために成人が死ぬというようなことが、かつてないわけではなかった。おそらくそういうことを言っているのだろうと、僕は思った。

フレディが、話を続ける。

「医療も、実は皆無に等しい。カテゴリー2は、あるレベル以上の文明の利器を、必要とはしないのです。細かく見ていくときりがないのですが、彼らの社会システムは、我々とはかなり異なっている。彼らとのコミュニケーションは、不可能ではないが、少なからず齟齬《そご》が生じるでしょう。他にも、我々には予想もできないことが起きるかもしれません。これはある意味、ロケットの設計者と宇宙飛行士の関係に近いかもしれない。エゴスである設計者には理解できない真理に、彼らノアスは届いてしまうのです。本来、それを体験しない限り、真の理解には至らない」

フレディは一度、制御室の天井を見上げた。

「お話ししましたように、カテゴリー2も真理とともにあるにもかかわらず、いや、真理とともにあるが故《ゆえ》、自分たちの生命を保存する能力は弱い。また、彼らをエゴス——つまり我々と無造作に接触させるわけにもいかない。社会のルールが異なるために、必ず問題が起きてしまいます。

そのため、カテゴリー2のノアスは、我々エゴスの社会からは隔離しておく必要がある。かつ彼らの生命維持は、我々のサポートが前提となるのです。つまり我々の誰かが、彼らの面倒をみなければならない」

「まるで絶滅危《き》惧《ぐ》種のようですね」と、ロング・ソリチュードが言った。「しかし、彼らの面倒をみるエゴスは、彼らから何かをもらえるんでしょうか？」

フレディは、首をひねる。

「さあ。お金に換えられるようなものではないのかもしれませんね。エゴスとノアス。何をもらい、何を与えるのか。それもやってみないと、分からない。実際、完全にノアスだけでは、生きていけないのです。何故なら子供は、未処置のエゴスとして生まれてくるわけですから。それもエゴスがサポートしてやらねばならない。そのノアスとエゴスのバランスも、模索しているところです。しかしそれが実現し、継続するようであるなら、それこそ人類が永続していくための一つの提案ともなり得るわけです」

フレディが、島の頂上あたりを指さした。

「そのための施設を、私どもはすでに用意しています。この島の最上部にあったサナトリウム・ドームがそうです。あのドームは、カテゴリー2のノアスたちのコロニーであり、また彼らと我々エゴスとの接点を探るための準備室でもあるのです。そしてあのドームは、ノアスにとってもエゴスにとっても、楽園となるはずの場所なんです」

モニターに、ドームの映像が映し出された。

「何故なら我々は、進化によって獲得した知恵と引き換えに、あの楽園から追放されたようなものだからです。あのドームは、今はまだ空《から》っぽですが、そこにいつか我々が〝帰れる〟よう、準備を進めているところです。ドームにおける社会の在り方こそ、未来の人類のあるべき姿だと、私は信じています。カテゴリー2とは、このどうしようもない人類が生き延びる、数少ない方策の一つなのです。そのためにまず、あのドームで自給自足の生活を始めることを予定しています」

自給自足の生活、ということは、どうもドームですることは、農業のようである。

しかしフレディの言うことにも、一理あるのかもしれない。確かに人間、このままだと自滅するしかないようなのだ。随分《ずいぶん》、突飛だという印象もあるが、ノアスのようなカンフル剤が必要な気もする。

沙羅華の方を見てみると、さして驚いたような顔はしていない。いつもの無表情だ。個人救済、そして人類救済と、フレディやティナが説明したことのほぼすべてについて、すでに彼女は知っていたのかもしれない。

考えてみれば、それらは彼女の兄さん、アスカ・ティベルノが書いたという論文の通りなのだろう。また昨日の彼女の話からすると、おそらくこのカテゴリー2というのは、彼女の兄さんが提出したアイデアに、かなり近かったのではないかと思えるのである。

もちろん彼の論文のことは、フレディもティナも、所長のベルガーたちも知っているに違いない。そして沙羅華の兄さんが提案した楽園を、ここで現実のものにしようとしているのかもしれない。

けどその論文を、兄さんは消去してしまったのだという。それが引っかからないでもないのだ。発案者である彼自身が、その内容を全面的には肯定していなかったということだろうか。そのことについて考え出すと、僕はさっきのフレディの話と似たことを、前にどこかで聞いたような気がしてならなかった……。

沙羅華の顔を見ていて、ようやく思い出した。彼女が以前パソコンでやっていた、〝進化シミュレーション〟だ。

去年、僕が初めて彼女に会ったとき、彼女は人類のような知的生命体のなかに、本能レベルで自分の行動を制御できる知的生命体をあるバランスで交ぜ合わせ、それで自滅が回避できるかどうかというようなシミュレーションをやっていた。ひょっとしてあれは、兄さんの論文を検証していたのかもしれない。

しかし沙羅華のシミュレーションは、知的生命体がその種の命脈を幾分《いくぶん》長らえさせることはできても、最終的には確かみんな絶滅していた。長らえさせることはできるのだから、無駄な努力とは言わないが、仮に人類をノアス化したとしても、やはり自滅を免れることはできないのかもしれない。兄さんが論文を消去したというのも、やはりノアスでも人類自滅は不可避、という判断があったからだろうか……。

僕が顔を上げると、フレディは、すでに次のフリップに切り替えていた。

「さて、最後にカテゴリー1ですが、これはもうお分かりの通り、簡単に言えばごく微弱なノアス化ということになります。カテゴリー2では、このエゴスの社会と交ざり合うにはリスクが高すぎる。ノアスがいかに寛容であっても、エゴスの不寛容によって、どんな軋轢《あつれき》が生じるか分からない。我々の側に寛容が求められるわけですが、人間同士でもあり得てないのに、あり得るわけがない。それでカテゴリー2では、〝特区〟を設けて、ノアスの社会に我々エゴスを合わせることにしているわけですが、それだとノアスは、ある条件の中でしか成立しないことになる。

そこで、我々の社会システムにノアスの方を合わせることはできないかと考えた。それがカテゴリー1です。トレラスによる処置は、我々エゴスの社会に順応できる程度にとどめる。それにより、十分、社会生活を営むことが可能であり、しかも悩みは解消されている。現実の辛《つら》さも孤独も、感じなくて済むようになる。ただ、被暗示性は強くなります。つまり、人の言うことを素直に聞き、人にはあまり逆らわなくなる。そのため人間関係では譲歩の度合いが大きく、競争も積極的にはしなくなるでしょう」

〝ソロ・コンチェルト〟の名札をつけた女性が、手をあげた。

「それだと、余計、順応できないのではないですか？」

「しかし、至福感が得られる」と、フレディが言う。「競争とそれによる成功だけが、人間の幸せではないはずです。それはノアスたちを見れば分かる。実はカテゴリー1については、すでに処置を始めているのです。処置後、特に問題の認められないクライアントには、経過観察を兼ねながら、ここでの仕事を手伝ってもらっている。スタッフとしてね」

僕はここに着いて以来、道路や施設ですれ違った人のことを思い出していた。カテゴリー1とはいえ、彼らのうちの何人かが、ノアスだったのか！

確かに、特別変わった様子は見受けられなかった。研修教育の行き届いた新人みたいで、みんな妙に愛想が良いなあとは思ったが、大きな違和感ではなかったのだ。むしろ幸せそうなので、少しうらやましく思ったぐらいである。

彼らが、ノアスのカテゴリー1……。そう思って彼らの表情を思い出してみると、赤ん坊のようでも高僧のようでもある気がした。何より、その瞳《ひとみ》に濁りがない。行方《ゆくえ》不明者リストにあった写真の表情と比べれば、確かに処置の効果はあるように思えるのである。かつて自分の悩みにとらわれていた人も、ここでノアスとなり、至福を得て暮らしていたわけだ。

フレディが、説明を続けた。

「みんな従順で、よく働きます。折りをみて社会復帰させることを考えていますが、直《ただ》ちに戻すと、順応できない可能性もある。そのタイミングを探りながら、研究を続けているところです。ただ、私どもの事業開始後は、このカテゴリーの需要が最も多くなると期待されています」

僕は改めて制御室をながめ回し、お悩み解決にはこういう方法もあったのかと思って感心した。

しかしこのカテゴリー1というのは、沙羅華の兄さんの論文にも記されていたのだろうかと思う。こうしたカテゴリーの分類も、カテゴリー1というのも、彼女からは聞かなかったのである。

それにカテゴリー1は、どちらかというと個人救済であって、論文に掲げていたという人類救済ではないような気もする。するとひょっとして、このカテゴリー1は、彼女の兄さんの構想にはなかったものなのかもしれない。

そして彼らノースイロニー社は、兄さんの論文を応用して、現在の社会にも順応するノアスのレベルを設定し、個人救済として事業化することを考えた、という想像はできるのである。

「見学は以上です」と、フレディが言った。「昼食後、引き続きこれからの処置についてご相談したいと思います」

僕らは彼に案内されるまま、制御室を後にし、処置棟の食堂で昼食をとった。

3

午後からは全員、カンファレンス・ルームへ移動した。

着席してしばらく待っていると、フレディ、ティナ、数名のスタッフに続いて、ベルガー所長も入ってきた。

フレディが、ホワイトボードの前に立つ。

「皆さんにこれからお願いすることは、カテゴリーの選択です。施設の見学でご理解いただけたように、選んでいただくカテゴリーは二種類。一つは社会復帰可能な個人救済レベル、もう一つは個人救済であると同時に、新しい社会を構築し人類救済の方向も探ります」

積み残しにした議論がまだいっぱいあるような気が僕はしていたのだが、フレディが話を先へ進めた。

「それで現在の状況ですが、実はようやくカテゴリー1の処置を始めたところでして、カテゴリー2に関してはこれからとなります。また処置の性質上、カテゴリー1から2への移行は可能ですが、2から1へは困難と言わざるを得ません。なお、カテゴリー2の希望に関しては、私有財産の処理についてもあらかじめ決めていただくことになりますが、書類はこちらで作成させていただきます」

ベルガー所長が、参加者全員を見回して言う。

「ご覧いただいたように、処置は簡単です。じっくり考えて、結論を出してください」

僕は、窓から島の最上部にあるサナトリウム・ドームをながめた。要するにカテゴリー1を選べば施設のスタッフとして働き、カテゴリー2を選べばあのドームへ入るということのようである。

フレディがみんなに、「何か質問は?」と聞いた。

ライフロスト……じゃなくて、アリア・ドーネンが手をあげる。

「システムはすでに完成しているんですか？　そして私たちへの処置は、事業としてのサービスと考えていいんですか？」

ティナが、一度ベルガー所長の方を見てから発言を始めた。

「ハードは完成していますが、今はテストの段階です。脳は複雑で、それに対応したシステムを完成させるためには、様々なサンプル・データが必要になります。照射の量、位置、それらの組み合わせを変えることで、ノアス化にどのような違いがみられるのか。あるいはその副作用なども、長期にわたって観察を続ける必要がある。しかしまだサンプルは、百例にも満たないのです」

どうやら彼らの目的は——少なくとも我々に関しては〝お悩み解決〟よりも、データにあるらしい。つまり、モルモットである。彼らは正式な事業化を前に、人体実験をやっているわけだ。

僕は独自のファッションで着飾ったティナを見つめていた。きっと彼女には、罪を犯しているという意識すらないに違いない。横目で今度は、沙羅華を見てみる。服のセンスはともかく、その点では彼女もどっこいどっこいかもしれない。彼女たちにみられるアブない倫理観も、天才集団〝アポロン・クラブ〟の大きな特徴といえるのだろうか……。

「しかし事業化は、可能と判断しています」フレディが一度、咳払いをした。「確かにカテゴリー2については、ドームのような施設が必要になりますし、スタッフが世話をしなければならないなどの課題がある。事業化の軸足は、当面カテゴリー1になるでしょう。ただカテゴリー1を成功させるためにも、カテゴリー2を研究しておく必要はある」

しかし僕が考えても、ノースイロニーみたいなベンチャー企業に、すべての問題をフォローできるのかどうかは疑問だった。ただしゼウレト社が関与しているなら、話は違ってくる。精子バンク事業でつまずいたゼウレトが、新たなビジネスチャンスを模索しているという推理は、成り立つかもしれないのである。

「他に質問は?」

フレディがそう呼びかけると、〝サンセット・ソルジャー〟の名札をつけたスキンヘッドの男性が手をあげた。

「申請時は癌治療などの医療目的とうかがっていますが、申請と違う処置を行うことに、問題はないのですか?」

フレディは、ベルガー所長の方を見てからその質問に答えた。

「正直に申し上げて、申請時にかかげた目的は、カムフラージュです。でないと、研究さえできませんから。折りを見てノアスの事業申請を図り、将来的にはノアスに特化した施設にする予定です」

サンセット・ソルジャーが、引き続き質問する。

「しかし、申請しても正式な事業として認可されるのでしょうか?」

「認可はいただけるものと確信しています。やはりカテゴリー2に関しては困難が予想されますので、まずはカテゴリー1から」

「1も困難では？」

フレディは、じっとサンセット・ソルジャーを見つめた。

「どうしてですか？」

「人が生命についてよく理解しないまま、〝自分〟を書き換えようとしているからですよ。これは根本的な問題だと思いますが。早急な処置より、まず議論すべきでは？」

「書き換えてからでも、議論はできます」

「しかし書き換えれば、今の〝自分〟の一部は消えてしまうわけでしょう？　ある意味、死にも等しいのでは？」

「しかしあなたは、もともと自殺願望を持っていたのではなかったのですか」と、フレディは言った。「これは自殺願望を、ノアス願望に切り替えられるかどうかなんです。確かに議論は必要でしょうが、それはきっと果てしなく続くだけで、結論など出ない。そう思いませんか？　それにそうした議論で、あなたの悩みは解決するのでしょうか？」

サンセット・ソルジャーは返事をせず、黙り込んでしまった。

フレディが続ける。

「ニーズも、我々を後押しするでしょう。私どもでは自殺志願者対策の一つとして提案することも考えています。また怠りなく、認可に向けての政治的働きかけもしているところです」

次にベルガー所長が、参加者に向かって言った。

「申請など、事務的なことについては、我々にまかせていただきたい。皆さんが心配することではない。皆さんに考えていただきたいのは、どちらのノアスを選択するかです」

しかしどちらか選べと言われても、困るのである。カテゴリー1なら、分からないでもない。ここへ来るまでに、何人か見かけている。彼らが満足しているらしいことは、その表情からもうかがうことができた。一方、カテゴリー2に関しては、実際にノアスになった人を見てもいないのだ。

確かにこのままだと、人類が自滅するのは間違いないと僕も思う。しかしその答えがノアスなのかどうか、僕には分からないのである。カテゴリー1における個人救済もそうだ。果たしてノアスがベストなのかどうか……。

僕は、ホワイトボードの前に並んだベルガー所長やフレディ、ティナたちを見てみた。実のところ、彼らのやろうとしていることはあまりにシンプルで、分かりやすい。炭素原子や陽子を、脳味噌《みそ》にぶつけるだけなんだから。それにひきかえターゲットである人間の、何と複雑でデリケートなことかと思う。

そんなことをぼんやり考えていると、〝スペース・ファラウェイ〟の名札を付けた男性が手をあげて質問した。

「処置後、参加者を島に留めておくことに、問題はないのですか?」

即座にフレディが「すでに誓約書は提出してもらっています」と答えた。「問題が起きるとすれば、ビザがあるかないかぐらいですが、それもフォローさせていただきます」

そう言えば、これまでにいくつもの書類にサインした気がする。その中のどれかに、そういうことも書かれていたのかもしれない。

「さて、処置は、意思の固まった方から進めます」フレディが続けてみんなに言う。「しかし処置を望まないのなら、キャンセル扱いとし帰還していただきます。またどこか他のサイトでもあたればいいということですね。ちなみに今までは、カテゴリー1ですが、全員がノアス化を承諾しています。また返金には応じられませんので、ご了承願います」

そういう連中を集めているのだから、そうなるのももっともかもしれないと思いながら、僕は彼の話を聞いていた。ここへ申し込むような人にとって、きっとノアス化はある意味で〝新たな希望〟のようにも映っているのだ。

「回答は明日で結構なんですが、その前に〝一次回答〟をお聞かせいただきたい」

彼が目で合図をすると、スタッフたちは記入用紙をみんなに配ってまわった。

見ると、ハンドルネームを記入の上、カテゴリー1か、2か、あるいはキャンセルかについて、レ点を入れればいいようになっている。

僕は記入用紙を見つめて、躊躇《ちゅうちょ》していた。

いろいろ難しい話もあるが、つまりは加速器で、人を幸せにするというわけである。随分直接的な使い方だと思わないでもないが、まさに自分を作り直す裏技と言えなくもない。ベッドに寝ているだけで悩み事が解決するなら、結構な話なのである。その反面、自分という境界線が曖昧になることには、得体の知れない忌避的感情のようなものはある。それと同時に、体感できるらしい全体我というものに対する関心もないわけではない。

さて、どうしよう……。僕はボールペンを握りしめたまま、固まってしまった。希望するとしても、カテゴリー1だろうか？　僕にだって、悩み事はある。この際、やってもらおうかとも思う。僕は記入用紙のカテゴリー1に、レ点を入れようとした。

その直前で、手が止まる。何か引っかかるのである。スイッチポンでお悩み解決。確かに有り難いとは思うが、あまりに話がうますぎる。

いや、そもそも僕は、沙羅華を連れて帰るために来たのではなかったのか。ネオ《N》・ピグマリオン《P》が探している行方不明者たちも……。

OKするのは簡単だ。しかしここにレ点を入れれば、ノアスとなりこの島で暮らすことになってしまうではないか。

〝ノアスの園〟が自殺サイトでないことも分かったし、命の心配をする必要はもうなくなったといえる。フレディもさっき、キャンセル者には帰還してもらうと言っていた。

しかし帰ってどうするのかという思いもあった。ピグマリオンに報告した後は、相も変わらぬ日常のくり返しにどっぷりと埋もれてしまうだけなのである。

回答用紙を見つめているうちに、僕は大学の期末試験のことを思い出してしまった。こんなふうに白い紙を見つめているだけで制限時間一杯となり、落とした単位は数知れないのであった。

そんなことを考え込んでいると、スタッフが回答用紙を回収し始めた。それで結局、僕は白紙のまま提出してしまったのである。

フレディは、回答用紙をスタッフから受け取っていた。

「さて、明日は皆さんに、カテゴリー2のための、サナトリウム・ドームなどを見学していただきます。その後で、最終的な回答を聞かせていただくことにしましょう。お疲れと思いますので、本日のオリエンテーションは、ここまでといたします。どうぞ宿舎で、ゆっくりお休みください。夕食も、そちらでご用意いたします」

みんなが席を立ち、カンファレンス・ルームを出ていこうとしている。

それでも僕はまだ、思案していたのである。しかしはっきり意思表示しないと、ズブズブのめり込んでいくだけのような気もした。

よし。僕はこぶしを握りしめた。

僕はノアスにはならない。キャンセルだ。明日の最終回答のときには、そう返事をしよう……。いや、早い方がいいかもしれない。今の一次回答にしても、白紙で出したのはやっぱり良くない。

腰を上げると、僕はホワイトボードの前にいるフレディのところへ歩み寄った。そのことを彼に言おうとしたとき、誰かが後ろから、僕の肩をつかんだのだ。

ふり返ると、沙羅華だった。

「あの、すみません」

そして今まで黙っていた彼女が、僕がより先に、フレディに話しかけたのだった。

「その回答用紙なんですけど、私、白紙で出してしまったんです」彼女は肩をすぼめ、舌を出した。「カテゴリー1か2か迷っちゃって。でも決めました。私、カテゴリー1を希望します」

僕はぽかんと口を開けて、彼女を見つめた。

「本気か?」

「イエス」

しっかりとうなずきながら、彼女が答える。目がマジである。

別に沙羅華のことを忘れていたわけではない。彼女とは今晩にでも、ゆっくり話し合ってみるつもりだった。しかし彼女の目的が兄さん探しなら、キャンセルするのではないかという思い込みはあったのである。

「これも一つの、〝宇宙の作り方〟さ」彼女は微笑《ほほえ》みを浮かべて、僕につぶやいた。「ただし、内宇宙だがね」

僕は、彼女が以前、巨大加速器〝むげん〟を使ってとんでもない実験をやろうとしていたことをまた思い出した。トレラスみたいな小さな加速器ならそんな心配もないと思っていたが、彼女は今、その加速器で自分の内宇宙を作り直すことを考えているらしいのだ。

「〝外〟を変える必要など、最初からなかった。そう、私一人がノアスになればいいだけのことだったんだ。この宇宙の何が壊れるわけでもないし、誰にも迷惑はかけない。そして自分が変われば、宇宙も変わる。灰色がバラ色にでもなってしまうし、氾濫《はんらん》する不必要な情報に翻弄《ほんろう》されることもなくなる。何も悩むことはなかった。〝自分〟など、簡単に作り直すことができたんだ」

僕は彼女に聞いてみた。

「本当にそう思うのか？」

「もちろん。それより何より、私が追い求めていた真理まで、一気に跳躍《ジャンプ》できるんだ。ノアスとは、科学によって人が真理に届くことができる、新たな方法でもあったんだよ。おまけに至福まで体感できる。月並みな幸せでは満たされない、欲深い私にはもってこいのサービスだと思わないか？」

「でも、実際ノアスがどんなものかは、まだよく分からないだろ」

「経験すれば分かる」

「今までの自分を、捨ててしまうことにもなるぞ」

「じゃあ、この旅に出たときに、死んだと思えば……。君なら分かってくれると思っていたが？」

「いや、分からない」

僕は首を横にふった。けど本当は、かなり分かっていたような気がしていたのだ。

これは彼女にとって、答え探しのもう一つのベクトルなのである。彼女はずっと、それを知りたかった。その目的のためにかつては外宇宙を向いていたベクトルが、今、内宇宙に向きを変えているということだ。そして何の因果か、そのためのツールは、またしても加速器なんである。こんなふうに整理すると、確かにシンプルな話なのだ。

「私には分かる」ティナが口をはさんだ。「ジュエリーの……いえ、サラカのモチベーションは、きっと私と共通している」

見ると、フレディもベルガー所長も、軽くうなずいていた。どうやら沙羅華と同じような疑問に突き当たり、内なるベクトルへ向けて答えを見いだそうとしている人たちが、ここにいるということのようだ。そして今、沙羅華もそれに関心を示しているらしい……。

カンファレンス・ルームのドアのあたりに、セミナーの参加者たちがたむろし、僕たちのやりとりをながめていた。ここまで引率してきたフレディが、まだ動き出さずにいるためらしかった。

フレディは、沙羅華と僕を見た。

「さあ、あなた方も宿舎へ」

「いや、少しお話ししたいことがあります」と沙羅華が言う。

僕は沙羅華とフレディの顔を見比べた。

「僕も白紙で出したので、意思表示しないと」

「じゃあ、その件は所長とティナに」フレディがドアの方へ歩き出した。「あとでまた戻ってきます」

スタッフも、彼について行った。カンファレンス・ルームには、ティナ、ベルガー所長、そして沙羅華と僕の四人が残った。

「お聞きしましょう」と、所長が言う。

「まずお話ししたいのは、私の選択が何故カテゴリー1なのかについてです。より真理に近い、カテゴリー2ではなく」

沙羅華は、窓の外のドームに目をやった。

「一刻も早く、今のこの苦しみを取り除いてほしい。そして真理を得たい。だから本当は、カテゴリー3と言いたいところです。どうせノアスになるなら、中途半端は嫌《いや》。社会に迎合しようとも思わないし、たとえ一瞬でも真理を感じ取って、こんな世間とはおさらばしたい。けど、そういうわけにもいかないみたいだから」

「どうしてなの?」と、ティナが聞いた。

「果たして私は、私のなりたいノアスになれるのかどうかということよ。私には、システムの完成度がとても気になる」

「完成度……?」

「さっき、いろいろと見学させてもらったけど、私に言わせれば、随分と雑な作りね。粗悪品というと言い過ぎかもしれないけど、残念な思いがする。もっと良くなるのに……。

それに、カテゴリー2が存在しないというのは、事実じゃないんでしょ?」

ティナもベルガー所長も、返事をしない。代わりに僕が、沙羅華に質問した。

「どういうことだ?」

「あのドームは、きっと空じゃない。すでに2のノアスもいるかもしれないんだ」

「でも、カテゴリー2のテストはまだしてないと、言ってたじゃないか」

「簡単なことさ。1のテストをしているのに、2みたいになってしまった被験者もいる。いや、どのカテゴリーにもあてはまらないような被験者だって、いるかもしれない。つまり彼らや我々の意に反した処置が起こりうるということだ。特に初期実験ではね。そこまでデリケートなトレラスのコントロールが、まだ彼らにはできていない」

「さすが、サラカね」と、ティナが言った。「その通りよ。実際には、目標の精度にはなかなか届いていない」

「私だって、狙いを外されるのは御免こうむりたい。だから処置の前に、トレラスの精度を上げておきたいと思ってる。少なくとも、もう一桁《けた》……。そこで相談がある」

沙羅華は、ベルガー所長とティナに向き合った。

「私に加速器トレラスのチューンナップをさせてくれませんか? 精度を上げれば、ノアス化の処置時間も減らせるし、副作用もかなり軽減されるはずです。またそれができる人間は、そんなに多くない」

「確かにサラカは、その一人ね」ティナが腕組みをする。「私、専門は脳科学だし、はっきり言って加速器は、業者まかせ」

「一方私は、脳科学は詳しくないけど、加速器なら大体のことは分かる。巨大な〝むげん〟に比べたら、ここのトレラスなんて、私にとってはオモチャみたいなものだ。本来、システム全体を見直すべきなんだが、それだと時間がかかり過ぎる。しかしプログラミングでのフォローなら、今からでもすぐにできる。それだけでも、かなりビームは絞り込めるし、粒子も正確にターゲットで静止させることが可能になるはずだ」

「やってくれるの？」

沙羅華は大きくうなずいた。

「プログラムを見て問題点を改善するぐらい、朝飯前だ。私がノアスの真理を体得したいにもかかわらず、希望がカテゴリー1なのはそういう理由です。まず、カテゴリー1で私の苦しみを緩和してもらえれば、その後、スタッフとしてシステムの成熟にかかわることもできる。そのためにも、きっちりと私をカテゴリー1のノアスにしてもらいたい。ティナも、いずれノアスになるつもりなんでしょ？」

「もちろん」ティナは軽くうなずいた。「だからこそ今、テストをしているわけ」

「だったら、私を実験台に、精度を上げればいい。私も、私のなりたいノアスになるために、実験には協力する。悪い話じゃないと思うけど」

ティナと所長は、顔を見合わせていた。

「あなたのことは、存じています」と、ベルガー所長が沙羅華に言う。「ティナからも聞いています」

彼は、少し思案しているようにも見えた。

「考えてみればいいじゃないですか」ティナが所長に話しかける。「彼女は自分で実験台を買って出ているのよ。小細工をすれば、全部自分に返ってくるわけ。何より彼女は、ノアスになりたがっている。だから別にいいんじゃないですか？　お願いしても」

「確かに、加速器の権威に見てもらえるなら、ありがたい」

所長がそう言うと、ティナと沙羅華は握手をしていた。

「協力はするが、私は処置をしてもらいにきたんです」沙羅華が二人に言う。「お金もちゃんと払っている。それを忘れないでください」

所長は微笑みながら、沙羅華の肩を軽くたたいた。

「だったら早い方がいいだろう」

「ええ。私を一番先に処置してもらって、他の参加者は後回しに。その方が確実だと思います」

「じゃあチューンナップと並行して、予備検査もやらないと」と、ティナが言う。「マスクの型取りや、プロテクターの作製も」

「忙しくなるわね」沙羅華は、ティナを見て微笑んだ。「何かわくわくする。自分で作ったロケットで、宇宙へ行くような気分……」

沙羅華とティナは意気投合したらしく、何か暗いが、妙に話ははずんでいるようである。

「じゃあ、制御室へ」ティナが沙羅華の肩に手をかける。「できるところから始めてもらいましょう」

ティナ、所長、そして沙羅華は、ドアの方へ歩き出す。

しばらく三人の背中を見つめていた僕は、彼らを呼び止めた。

「いや、ちょっと待ってくれ」

4

ふり向いた沙羅華に、僕は問いかけた。

「いいのか?」

「何が?」

彼女が聞き返す。

「だからお前の選択だ。彼らに手を貸し、自分もノアスになる。それでいいのか?」

「それが私自身のためでもある。君だって、君自身のためになる選択をすればいいじゃないか」

僕をにらみつける彼女の目は、〝ここでうかつなことは喋《しゃべ》れないぞ〟と言いたげに思えた。確かに、疑われてはいけない。そんなことは分かっているけど、黙っていられないのである。このままだと、沙羅華がノアスになってしまうのだ。

僕は取りあえず、自動通訳機をオフにし、なるべく発言に注意しながら彼女に話しかけることにした。

「けど沙羅華……、いや、ジュエリー……」

所長とティナが、僕たちをながめている。

「沙羅華でいい」彼女は右手を横にふり、日本語で答えた。「もうバレてんだから」

「とにかく、もう一度よく考えてみてくれ。ノアスは良いことばかりじゃないだろう」

「たとえば?」

「夫婦関係も成立しなければ、親子関係も成立しないじゃないか。だって、フリーセックスだなんて……」僕は、さっきの説明を思い出していた。「それに種族を保存するために自分が死んでいくというのなら、大昔の姥捨《うばす》て山と変わらない」

「我々とは、社会のシステムも個人の在り方も違う。我々の理屈では考えられないと言ってただろ。結果的に種は守られるし、至福感も得られる。それでいいじゃないか。大体、君がフリーセックスを嫌がっているとは信じ難いんだが」

うなずきかけた僕は、あわてて首を横にふった。僕が説得されてはいけないのである。

「そもそもノアスって、違法じゃないのか? 倫理的にも問題があると思えてならない。社会のルールが違うと言っても、人間である以上、法に照らして判断されるべきだろう」

「違法というより、法的に整備されていないんじゃないか? 倫理に関しては明確な基準を示せないと思うが、少数《マイノリティ》であっても支持はされるだろう」

「だったら法的に未整備な状況での処置に、問題はないのか? 秘密裏に人体実験を進めているのは、事業認可のための既成事実を作ろうとしているようにも思える」

「今は確かに、解釈が難しい。彼らも誓約書を取るなど、ガードは固めているようだが。しかしいずれ法整備が進み、事業認可されると思う」

「そうだろうか。大体、僕ら参加者がかかえる心の問題というのは、病気とはいえないと思うんだが。病気じゃないのなら、治療もくそもない。認可以前の話じゃないか」

「君の言う通り、病気未満のケースもあるかもしれない。しかしそのグレーゾーンこそ、現代の病とは言えないか？　それが肥大しているにもかかわらず放置され、深刻化している部分でもある。今すぐに救われたい人間が救われないというのでは、社会や法律の方に問題があるという気もする。それに彼らも言っていたが、そういうことはノースイロニー社の方で、クリアにすべく努力していることだ。私たちが心配することじゃない」

「でもノアス化で、問題は本当に解決するのか？　個人の問題にしろ、社会との関係にしろ……」

「どういう意味だ？」

「ノアスに対する人間たちの扱いは、必ずしも適切とはいえない。ここへ来る途中に、お前も見ただろう。カテゴリー1のノアスが、頭をたたかれていた。ノアスになれば、エゴスたちからああいう扱いを受けるんだ。ノアスが本格的に僕たちエゴスの社会と接触すれば、きっとあれよりもっと、ひどい目にあわされるぞ」

「私は時として、ああいう扱いを受けていた。精神的にだが」沙羅華は唇をかんだ。「ノアスになれば、その悔しさを感じなくて済むということだ。君だって、酒で憂さ晴らししているだろ。それと大して違わない。私は飲めないけど、ノアスにはなれる」

僕がストレスを酒で紛らわせているというのは、まったくその通りだった。

また彼女が世間からどういう扱い方をされていたのかは、ほんの一端だが、僕もそばで見て知っていた。彼女がそれをどう受け止めてよいのかも分からず、苦しんでいる姿も。

それでも僕は、ノアスになりたいという彼女を説得しないわけにはいかないのである。

「いや、これはもっと根源的なことだろ。何か、触れてはいけないものに触れようとしているような不安感が僕にはある」

「不安感だと?」

「ああ。技術的に操作できるからやればいいというものでもないだろう。自我というのは、果たして人間が触れて良い領域なのかどうか。これは自分を生み出したものの存在の意思に、抗《あらが》う行為ではないのか?」

「そんな雲をつかむような議論で、救われたい人間を放置していいのか。君だって今まで生きてきて、〝死んだ方がまし〟と思ったことはないのか?」

僕は返事をしなかったが、確かにそれはある。実際、沙羅華にもそうグチッたことがあった。彼女はそれを覚えていたようだ。

「死んだ方がましなはずはないのに、そう思わざるを得なくなる。それがこの世の中さ。ノアスはそこから、人々を救済してくれるんだ。その道を阻むような理屈が、どうして正当化できる? 私にしてもそうだ。今の自分を変えるのに、ノアスの他にどんな方法があるというんだ。またそれを阻む、どんな理由があるというんだ」

沙羅華は僕から顔をそむけた。

「ノアスになるということは、人間じゃなくなるということじゃないのか?」

僕は彼女に、そう声をかけた。

「人間じゃなくなる、だと?」沙羅華が顔を上げる。「じゃあ、人間て、何だ?」

「え?」

そう聞き返されても、僕は答えられずにいた。

「よくエゴイストや凶悪犯罪者に、『人間じゃない』と言ったりする。人間なのにね。果たしてエゴスとノアス、どちらが人間的なのか。我々が〝人間らしさ〟を言う場合、人にはあまり備わっていないものを指している場合があると思わないか? しかし、ノアスにはそれがあるんだ。すると我々が言う〝人間らしさ〟の意味においては、ノアスの方がよっぽど人間らしいことになるじゃないか。

だからノアスになるということは、人間じゃなくなるわけじゃないと思う。人が〝人間的〟という意味においての、人間になるということなんだ。人が理想とする状態になろうとすることが、何故いけない? 私だって、エゴイスティックじゃなくなるし、君とだってもっと分かり合えるかもしれない」

僕はどう返事してよいか分からなかったが、彼女の最後の一言について言い返すことにした。

「しかし、それは僕とだけ分かり合えるんじゃないだろ。他の誰とも区別なく、みんなと分かり合えてしまう」

「それじゃ、嫌なのか?」

「今は受け入れられない」

「だったら君も、ノアスになればいい。とにかく君と話している時間はないんだ。残念ながら私は、まだノアスのように寛容ではないのでね。制御室へ行かないと」

沙羅華は、ティナと所長に目で合図すると、再びドアへ向かっていった。

沙羅華を追いかけて、僕もカンファレンス・ルームから廊下へ出た。

所長とティナも、沙羅華のすぐ前を歩いている。

「もうちょっと待ってくれ。だからといって、安直にノアスを肯定できないだろ。〝人間とは何か〟の答えがノアスだとは、決めつけられない」

僕は沙羅華に追いつき、彼女の横に並んで歩いた。

「じゃあ、何なんだ? 君が教えてくれるのか? その答えを」

そんなもの、教えられるわけがないのである。それでも僕は、とにかく何か言わなければいけないと思っていた。

「しかし……、しかし、人為的に作り直すことで人間になると言うのなら、作り直す前の僕たちは、一体何なんだ? 人間じゃないのか?」

「そうじゃないのか?」と、沙羅華が素《そ》っ気《け》なく言う。

「いや、そうじゃなくはないだろう。とにかくノアスについて考えると、人間の定義について考えざるを得なくなるように思う。そして〝人間とは何か〟は、きっといくら時間を費やして考えても、答えが出ない問題の一つなんだ。ノアスをきっかけにしてこの問題を掘り下げて考えていくと、いくらでも深くなる。これはすごいことじゃないのか?」

「そんな議論に付き合っている暇はない。救われるのが先だ」

「いや、自分を書き換えることは、技術的には簡単かもしれない。しかしそれはそれで、深い深い疑問の扉を開けることになる。それを無視して得られた救いが真実の〝救い〟であるかどうかも、僕には疑問だ。とにかくはっきりしているのは、ノアスになるということが、お前が言ったみたいな〝人間になる〟ということではないということだ。脳の書き換えは、疑問そのものを解いてはいない。この操作は〝人間とは何か〟という根本的な問いへフィードバックし、さらに疑問を深めることになっているんだ。そして、誰もすぐには答えられない」

沙羅華は、僕の言っていることがまるで聞こえていないかのように、ティナと所長の後ろについて、どんどん歩いていった。

僕は仕方なく、彼女の耳元で〝彼〟の名前を出すことにした。

「アスカさんは……。君の兄さんは、どうだったんだろう。本当に悩める人間をノアスに改造すべきと考えていたのだろうか?」

彼女は一瞬立ち止まったが、すぐにまた歩き出す。そんな彼女に、僕は話し続けた。

「そもそも彼は何故、こんな論文を出したんだ？　自分を作り直すということは、自分一人の問題にとどまらず、人間の在り方、社会の在り方そのものを考え直すことになる。彼は、フィードバックしてくるこれらの難問に、気づかなかったのか？　いや、気づいていたはずだ。気づいて、考えていたはずだ。そして彼自身は、答えを出すことができたのか？　ノアスが真理だという確信を得たのか、それとも……」

僕は話しているうちに、自分であることに気づいた。

「それとも行き着いたのは、自ら提案したノアス論の否定だったのか……」

ティナがふり返り、僕に向かって話し始める。僕はあわてて、自動通訳機をオンにした。

「あなた、知っているようね。アスカ・ティベルノのこと」

おそるおそる、僕はうなずいた。

「ああ。サラカに聞いた」

「真実は分からない。彼はもういないんだから。それで私の考えだけど」ティナが僕の横にきて言う。「アスカはやっぱり、ノアスが答えだと信じていたんだと思う」

「じゃあどうして、彼は自分のノアス論を実現させようとしなかったんだ？」

「それはアスカが、一科学者だったからじゃないかしら。論文は、あくまで理論。Eイコールmcの二乗を思いついたからといって、利用しようとしないようなものよ。それを我々が、カテゴリー2として、実現可能な形に整理した」

やはり、と僕は思った。アスカの論文は、主にカテゴリー2について書かれたもので、カテゴリー1の設定は、その論文にはなかったようだ。

ベルガー所長が、ふり向いて言った。

「しかし彼の提案など、理想に過ぎない。もっとも現実的なのは、我々が提示したカテゴリー1の、サイコセラピーだ。Eイコールmc二乗のままだとただの理論だが、平和利用だってできる。我々は、それを示そうとしているのだ」

所長の話に、僕は納得しかけていた。

しかしひょっとして、沙羅華の兄さんが論文を消去したのが、事業化の話が持ち上がったころだとも考えられる。すると彼の世界観が具現化するプロジェクトなのに、彼の返事は〝ノー〟だったということにもなるのである。

僕は思い切って、そのことを聞いてみた。

「けどアスカさんは、その論文を消去したんでしょ」

「そんなことまで知っているのか？」と、所長が言う。

「それもその、サラカに聞いて……。それはやはり、アスカさん自身が自説を否定したとも考えられるのでは？」

「彼の考えまでは分からないが、全面否定にはならないと思う。何故ならノアスはもう、彼のノアス論からどんどん派生していってるんだからな。だから否定だとしても、彼が書いたノアス論に関して——つまり我々がカテゴリー2として整理する前段階の部分であって、ノアスのすべてではない。

さっきも言ったように、彼のノアス論に難点があるのは事実だ。論文の通りに実行しようとすれば、我々の社会も大きく変わらざるを得ない。それはとてもじゃないが、現実的には困難だ。彼も公開後にそのことに気づいて、消去したのではないか？　しかしもう、彼の気持ちは関係ないんだ。我々は彼の論文をアレンジし、カテゴリー2として可能性を探っている。また別途、実現可能なカテゴリー1を提示した」

僕はつぶやくように言った。

「いや、逆かも……」

「逆？」

「アスカさんはその困難を承知で、論文を提出したとは考えられないでしょうか」

「どういうことだ？」

「つまり、こういう議論こそが、彼の目的だったのではないかということです。ノアス論を提案すれば、それが〝人間とは何か〟という問いかけにフィードバックし、議論のきっかけになることを分かった上で……」

「ふん、議論で何が変わるというの」ティナが横を向く。「所長の言う通り、発案者のアスカの本心など、もう関係ないのよ。それにもう、考えている余裕はない。私たちは始めてしまったのだから」

確かにその通りだった。今回も、沙羅華を手始めとして処置が始まるのである。しかしそれは、何とか止めないと……。

「確かにアスカさんのノアス論は、今やノアスのすべてではないかもしれないが、もっとコアな部分じゃないのか？　実行するなら、議論はしておくべきだと思うけど」

「しかしその議論には、答えが出ないんだろ」と、沙羅華が言った。「答えが出ないなら、先に進めないことになる。それでは困るんだ。まず、救ってもらわなくては」

いつの間にか、制御室に到着した。

ティナがドアを開ける。所長と沙羅華に続いて、僕も中へ入ることにした。

5

早速、沙羅華は、ティナにあれこれ教えてもらいながら、コンソールを見つめている。

ベルガー所長は、内線でフレディか誰かに連絡を入れているみたいだった。

パソコンの前に座ると、沙羅華がマニュアルを猛スピードで読み出した。それを頭にたたきこめば、チューンナップに取りかかるつもりだろう。それまでに何とか、彼女の気持ちが変わるといいのだが。

僕は沙羅華のそばに立ち、声をかけてみた。

「おい、もう一度考え直してくれないか？」

自分の言いぐさが、別離を迫られている男みたいに思えて、何だかみっともない気がした。

彼女は、ディスプレイに表示されたマニュアルを読み続けている。

「今、話しかけないでくれ」

そうするしかなさそうだと思って僕が黙っていると、彼女は急に、鼻歌を歌い始めた。声が小さくて聞き取りにくいのだが、どうやらベートーベンの第九、『喜びの歌』みたいだった。何だか楽しそうである。ノアスになるのが、そんなに楽しみなのかと思う。

しかし僕も、いつまでもここにぼんやり立っているわけにはいかないのである。遅くともフレディが戻ってきたときには、自分の意思表示をして宿舎へ行かなければならない。

そんなことを一人で考え込んでいたら、ティナが僕に話しかけてきた。

「サラカのことを、知らないの?」と、彼女は言う。「説得は無意味。彼女、頑固なんだから」

「でも……」

僕はそうつぶやいたまま、口ごもってしまった。

「それに彼女、間違えてないもの。もちろん私だって、ノアスが答えだと確信している。確かに理屈や倫理は追いついてないかもしれないけど、経験則のようなものね。それで救われるのなら、答えとみなしていいわけでしょ」

僕はティナに聞いてみた。

「君はどうして、ノアスの研究を?」

「だって世の中、ちっともマトモじゃないじゃない。エゴイストばかりがのさばって、いい思いをしている。何とかしないといけないと思わない？」

けどこんな世の中だって何か良いこともあるはずだ、と僕は言いかけたが、突っ込まれると返事できそうにないので、言わなかった。その代わり、僕は彼女にまた質問をした。

「だったら、君が先にノアスになればいいのに」

「できるなら、そうしたい。でもシステムは未完成だし、自分がより完全な状態のノアスになるには、こうして研究を続けるしかないわけ」

「他の人間を実験台にして？　それこそ、君が嫌っているエゴじゃないのか？」

「だから自分も嫌い」ティナは、こぶしでテーブルをたたく。「今は苦しい。でもノアスになれる日のために、辛抱しているの」

僕は、そんな彼女のこぶしを見つめていた。社会がどうのこうのというより、どうやらティナのモチベーションも、まず自分の問題にあるようだ。やはり沙羅華だけではない。彼女の仲間たちも、天才ゆえの苦悩を味わっているらしいのである。

沙羅華はパソコンから離れ、コンソールと向き合っていた。そして黙々と、システムをチェックしている。いよいよチューンナップを開始したようだ。

ティナが沙羅華のそばへ行き、その作業を見守っている。

また僕は、ポツンと一人、制御室の中で立ちつくしていた。僕だって、この現実がこのままで良いとは思ってない。また自分が今のままでは、何がどうなるわけでもないことも痛切に自覚している。ノアスになりたいという彼らに対して、反論できるような人間ではないのである。

けど、賛成もできない。確かに結構なサービスではあるが、心の奥深いところで、何かが違うと思えてならないのだ。

沙羅華はそんな僕の思いにかまうことなく、プログラムのチェックを続けている。何とか彼女に、ノアス化を思いとどまらせる方法はないものだろうか……。

よし、こうなったら邪魔《じゃま》者扱いされようがどうしようが、ノアスが投げかける問題とやらを思いつくまま彼女にぶつけるしか、ないのかもしれない。

僕はプログラムをチェックしている沙羅華に近づき、ささやくように話しかけてみた。

「しかし沙羅華、考えてみろ。ノアスというのは、現実逃避じゃないのか?」

彼女は作業の手を止めず、コンソールのディスプレイを見つめている。そんな彼女の後ろから、僕は語り続けた。

「自分を作り直すと言ってみたところで、社会と切り離されたところでするのであれば、現実から逃げているだけだ」

「そんなことはない」と、沙羅華が言う。「フレディの説明を聞いていなかったのか? カテゴリー1にしても2にしても、社会との接点を探ろうとしているじゃないか」

「僕に言わせれば、カテゴリー1は社会と迎合し、2のノアスの姿勢そのものは、拒絶に近いと思う。現実が過酷なことに変わりはないし、ノアスはその現実と向き合い、変えていこうとはしていない。人が生きるというのは、そういうことじゃないだろう」

「何も社会の変革が、私の目的ではない。それに君は〝逃避〟と言うが、走っている人間がすべて逃避しているわけではないよ。私は、真理が知りたい。そこへ向かって疾走しているだけだ。加速器トレラスは、私を確実に目的地まで連れていってくれる」

「しかしそこが、本当に人間の行き着くべき場所なのか。そこに真の答えがあるのか？」

「じゃあ一体、我々と我々の現実の、どこに答えがあるというんだ？」彼女は横目で僕の方を見た。「ノアスは、答えに違いない。言っておかねばならないのは、ノアスは〝体感真理〟なんだ。考えて分かるものじゃない」

「けど、体感しないと分からないからといって、それが真理とは限らんだろう」

「もちろん、論理的にも正しいと見なしていいものだ」

「どうして？」

「自他の区別がなくなるんだよ。哲学や宗教が到達した境地じゃないか。ノアスとは、それを体得できるようにするシステムなんだ。だが真理とのリンクなど、思考を超えていて理解も想像もできない。ノアスになってみないと、感じ取ることはできないんだ。だから私は、ノアスになる。行かないと分からないのであれば、行ってみるまでだ」

「かといって、今の自分の人生を捨ててまで……」

「捨てるんじゃない。作り直すんだ」彼女は微笑みを浮かべた。「とにかく私が、ノアスを真理だと信じ、それを得るための手段を支持している。それでいいじゃないか。人の信念について、君にとやかく言われる筋合いはない」

「しかしノアスが真理だとしても、そこへ至る方法は妥当と言えるのか？　大体、物理的操作で得られるようなものが答えであっていいのかよ」

「人工ダイヤでも、ダイヤはダイヤじゃないか」

「そんなものと同じには考えられない。いいか？　脳は、生命進化の結晶だぞ。宇宙認識の要《かなめ》であり、基準じゃないか。お前が言ったみたいに、脳に何かあれば宇宙の見え方が変わるかもしれないし、自分を作り直すというのは宇宙を作り直すことに匹敵するのかもしれない」

沙羅華は舌を出した。

「あれはちょっと言い過ぎた」

「いや、そうでもない。要はそんなものに、安易に手を加えていいのかということだ。確かに技術そのものは、ある意味シンプルだし、脳が物理的に操作可能なものであることも事実だろう。けど自我を書き換えるというのは、計り知れないぐらい大変なことなんじゃないのか？」

「どうしてだ？」

「人間にとって脳は、まだまだ未知の領域じゃないか。どこに触れるとどうなるか完全には分かってないし、触れてよいかどうかも、本当は分かっていない。大体、人間とは何かさえ、人間には分かってないんだぞ。ノアスがもたらすものについてもそうだ。ここにいる連中も、十分に理解しているとは言えない。一体、何が起きるのか……。簡単に自分を作り直せるとしても、それで自分の世界観を変えてしまうことができるとしても、本当にそんなことを実行していいんだろうか？」

「だから、私が自ら実験台になる。それなら文句はないだろう」

「お前一人の問題じゃないだろ。人道上、許されるものではないんじゃないかと言ってるんだ」

「その人道さえ、変えてしまおうというのだよ」

僕は彼女の後ろで、ため息をもらした。

「そんなこと、机上での議論なら、まだかまわない。けどノアスは、行き過ぎだろう」

「行き過ぎているのは、どっちだ。人間の方じゃないか。自滅へ向かってひた走る自分たちを制御できず、真理も見えていない。だからこそ、ノアスが必要になるんだ」

「いや、真理探究はかまわない。しかし真理への到達にしろ、平和な社会の構築にしろ、マシンを使ってすることなのかと言っているんだ」

「じゃあ、届かなくてもいいのか？　人間は、人間であり続ける限り、答えには届かない。これは許されるアシストなんだ」

「アシスト？」

「そんなに難しく考えるな。脳を傷つけると思って躊躇しているのかもしれないが、ノアスは耳にピアスをするようなものだ。そういう自己改造なら、アリだろう」

「いや、やっぱり、違うと思うけど」僕は首をかしげた。「人格ごと変えてしまうんだろ。美容整形なんかと同じには考えられない。何もそこまでしなくても……」

「しかし、そうまでしないと届かないものなんだ。それが人間さ。真理に焦がれつつも、真理には届かない。人工的なアシストがなければね」

「だったらそれはそれで、辛抱して生きるしかないんじゃないのか？」

「そうは思わないな。技術的に可能な物理的インパクトで脳を未知の領域まで飛ばすことができるのなら、利用しない手はない。乗り物と同じさ。宇宙飛行士が宇宙を体感するのに、ロケットが必要なようにね。このろくでもない人間が真理に至るには、そういうアシストを使う以外に手はないんだ。至福も体感できる」

「それも疑問だ。人間の幸福というのは、物理的手法で得るものなのか？」

「心そのものが、物理的なものじゃないか」

「それは〝基盤〟についてだろ。基盤が物理的なものであるが故、心が何なのかはかえって分かりにくくなっていると思うけど。そんなものを変えていいのか？」

「いや、これは〝人間の幸福に対して物理学は何ができるのか〟という問いに対する、数少ない回答の一つでもあると思う。だから、やらないと」

沙羅華にそんなふうに言われると、そんな気もしてしまうのである。

彼女の後ろ姿を見ながら、僕は彼女の兄さんのことを思い描いていた。アスカさんは、自分が提案した〝ノアス論〟について、どう考えていたのだろうか。ノアスが本当に真理と信じ、処置を肯定していたのか。それとも他に、何らかの答えを見いだしたのだろうか？　そんなことは、やはり本人でもない限り、知る術《すべ》はないのである。

　僕だって、分からない。沙羅華には何とか思いとどまってほしいけれども、僕は彼女をふり向かせるような答えを、示してやれないのだ。自分の感じている素朴な疑問を、彼女にぶつけることしかできないのだが、それでも、このままあきらめるよりはましかもしれない……。

「しかし何割かにせよ、自我がなくなる——つまり、自分が自分でなくなるんだぞ」僕は彼女の背中に向かって語りかけた。「今現在の自分が消えてしまうなんて、死にも等しいじゃないか。果たしてそれで、幸せなのか？」

「失うことで、得るものもある」と、彼女が言う。「自分でなくなる分だけ、〝すべて〟になるんだから」

「全体我か？」

　彼女は、僕の方を見ようとはしない。

「エゴスとノアス。どちらがより真理に近いかは、明らかだ。それで今の自分に固執する理由など、どこにもないじゃないか。自分を捨て去るほど、宇宙を、そして自分を生み出した存在とも一体になれるんだよ。〝人間とは何か〟と君は言うが、そんな重大な問題でもないだろう。脳への物理的インパクトで、それさえ解消してしまう。君がこだわってい る人間なんて、そんなものさ。マシンで書き換えることができるほど、〝やわ〟で物理的な存在に過ぎない。そんな〝やわ〟なものに、何故そんなにこだわることがある。チャッチャと作り直して楽になった方がいいだろう」

沙羅華にそう言われると、また僕は、そんな気もしてしまうのだった。しかし、ここで引き下がるわけにはいかないのである。

「でも、自分の過去が消えるんだぞ」

僕は、似たようなことをくり返して言うしかなかった。

「過去の自分が消えるのなら、その方が好都合じゃないか」彼女は微笑みを浮かべているようだった。「自分について悩み続ける、このわけも分からない自分から解放されるんだ。しかもショートカットで答えまでたどり着ける。それと比べたら、このまま過去を引きずって生きることに、どんな意味がある？　過去になどどうせ、ろくな思い出はない」

僕は、過去の話など、彼女にするんじゃなかったと後悔した。

しかしその過去に、この僕もいることに気づいたのである。ただ彼女にとって、僕がそれほど重要な存在なのかどうか……。〝空気ボンベ〟みたいな存在、と彼女は僕のことを言っていた。それでも僕は、彼女をこの世界に引き止めておく理由を、他にもう思いつかなかったのだ。

「僕のこともか？」

小さな声で、僕は彼女にたずねてみた。

聞こえなかったのか、彼女は返事をしない。

僕は、その問いかけをくり返すことにした。

「僕のことも、消えてしまっていいのか？」

彼女は、コンソールに肘《ひじ》をついた。

「とにかく、私はスタートが間違っている。君も知っているだろう。やり直すしかないんだ。それに今度は、自分一人を作り直すだけだ。君たちに迷惑はかけない」

「でも一人だけでも、大変なことだろ」僕はコンソールに手をのせ、彼女の顔をのぞき込んだ。「確かに人は、〝一人〟〝二人〟と数えるけど、一人一人が〝無限〟をかかえているようなもんじゃないか。つまり有限の一人は、実は無限の存在なんだ。違うか？」

彼女はまた、返事をしない。かまわず、僕は続けることにした。

「それに作り直すのは自分だけで、その外側にあるものは傷つかないとでも言うのか？　君のご両親がこのことを知ったら……」

「両親には、しかるべき時期に、私から連絡する。そんなふうに君は言うが、私が今とは変わってしまった方が、彼らもホッとするんじゃないか？」

「そうだろうか。それに僕はどうなる。君の友だちも。君が君じゃなくなって、別な人間になってしまったら、僕はどうすればいいんだよ……」

気のせいか、彼女は少し、躊躇しているようにも見える。

ひょっとして、考え直してくれるかもしれない……。そう思いながら、僕は彼女の背中を見つめていた。

「くどいぞ、綿さん」彼女が僕を叱《しか》るように言った。「私は、なりたい自分になろうとしているだけだ。それのどこがいけない。こうすることが私のためなんだから、それでいいじゃないか」

僕は彼女の言っていることが、もう理屈じゃなくなっているような気がしていた。

そのとき、フレディが戻ってきた。他の参加者たちのことは、スタッフにまかせたらしい。

沙羅華は彼に挨拶すると、再びコンソールに向き合った。そしてぼんやり彼女を見つめているだけの僕に、逆に質問をしてきた。

「綿さんは、自分を変えたいとは思わないのか?」

確かに自分の半生をふり返ってみると、自己嫌悪に陥っては自分を変えたいと思い、変えられずにまた自己嫌悪に陥るという悪循環の歴史であった。

しかし、ここで「うん」と言うわけにはいかないと思い、黙っていると、沙羅華がまた話し出した。

「それで死を選ぼうとする人だっている。私もそうだ。でも、死ぬ気になったのなら、何でもできる。ノアス化は、少なくとも死よりもましだろう。現実から離れて、なおかつ生き続けられるのなら、言うことはないじゃないか」

フレディが戻ってきたのだし、僕自身の意思表示をして、もう宿舎へ行かなければならない。僕はこれが最後のつもりで、彼女に語りかけた。

「確かに何もかも、お前の言う通りだと思う。頭のいいお前が言うんだから、お前の方が正しいに決まってる。ノアスは、答えなのかもしれない。君がノアスになりたい気持ちも、僕には分かるつもりだ。でも、ノアスにならないでくれ。君に変わられると、僕が困るんだ」

「どうして君が困るんだ」と、彼女は言う。

「理由は、うまく言えない。て言うか、もう、理由じゃない。一緒に帰ろう」

僕は、彼女に右手を差し出した。

彼女は何も言い返さない。

僕も黙って、彼女の返事を待つことにした。

もしこのタイミングで、フレディ、あるいはティナか所長の誰かが、宿舎へ行くよう僕に促したならば、それに従うしかなかった。しかし彼らも、沙羅華と僕の様子を見ていたのである。

しばらくして僕は、彼女の背中の向こう側で、鼻をするような音をかすかに聞いた。

やがてそれは、何度も続くようになった。

彼女の両肩が、小刻みに震え出したことにも僕は気づいた。表情は見えないのだが、間違いない。

彼女は今、泣いているのだ。

6

「他に、どんな方法がある?」沙羅華は揺れる声で、話し始めた。「自分が、好きになれない。けど、どうして良いか分からない。ずっと、今まで……。私は普通の女の子として生きたいのに、生きられないんだ。自分の中の〝穂瑞沙羅華〟を消さないと……」

ふり返った彼女の、両頬《りょうほお》が濡《ぬ》れている。

最後に彼女の涙を見たのは、もう随分前だったような気がする。確か彼女が密《ひそ》かに学校を辞める決心をした、去年の秋以来かもしれない。少なくともこの四月に再会してから、僕が初めて目にする涙だった。

いつの間にか僕は、彼女に差し出していた右手を、だらりと下げていた。

「かといって、ノアスにならなくても……」

僕は彼女に、今までと同じ呼びかけをくり返した。

「帰って、何があるというのだ。距離の縮まらない両親、心の通わない友だち。また以前の生活が待っているだけじゃないか。もうたくさんだ。人間でいいことなんて、何もない。ノアスに未解決の問題があることは認める。けど、少なくともそれで、自分の悩みは解決する。ノアスになれば、もう自分が何者かで悩まなくてもよくなるんだ。孤独も癒《いや》される。私は、生まれ変わりたい。矛盾に満ちたこの世界と自分から抜け出して、別な自分に……」

ティナがレースの白いハンカチを差し出すと、沙羅華はそれで涙をぬぐった。フレディも所長も、沙羅華のことをじっと見つめている。

僕はズボンのポケットに、彼女からあずかったコンパスが入ったままなのを思い出した。必要以上に彼女を刺激しないよう注意しながら、僕は話しかけた。

「君は、兄さんに会いたかったんじゃ……？」

「兄のことより、私の関心は、最初からノアスにあったんだ。私が探し求めていたものは、ノアスの真実に他ならない。そして自分を作り直す。私はそのために来たんだ」

彼女はハンカチを握りしめた。

「私は……、私は、幸せになりたいのだ。私なりの幸せに。他の理由など、ないに等しい。ところがいくら考えても、幸せにはなれない。頭で考えても、喉《のど》の渇きが癒えないように。だからもう、理屈じゃない。ただ私は、幸せになりたいだけだったんだ」

そのとき僕は、ちょっと後ずさりしたかもしれない。

彼女の声は嗚咽《おえつ》に近く、話すこともままならないようだった。

「いいからもう、私に構うな。今度は、誰にも迷惑をかけない。それでいいじゃないか」

「いや、しかし……」

「頼むから……、頼むから、幸せになろうとしている私の邪魔をしないでくれ。それにもう、話しかけないでくれ。答えがそこにあるんだ」

彼女はもう一度目頭をぬぐうと、唇をかみ、涙をこらえようとしていた。

このときの彼女は、懸命に元の〝穂瑞沙羅華〟に戻ろうとしているように、僕には思えた。穂瑞沙羅華に戻ろうとしている、と言えばそれまでだが、強がってまた元の自分を演じようとしているようにも見えるのだ。つまり穂瑞沙羅華ですら、本当の彼女ではないのかもしれない。森矢沙羅華と同様、彼女が人前に出るとき身につける、衣装の一つだとも考えられるのである。

僕は、彼女と口論を続けているうちに、幾重ものベールに覆われていた彼女の心を、裸にしてしまったのかもしれないのだ。そして人前では滅多《めった》に見せることのない彼女の孤独な素顔を、晒《さら》させてしまったような気がしてならない。そのもっとも奥の〝素〟に近いところにいる彼女が、幸せになりたいという本音《ほんね》を吐き、泣いていたのだ。

僕はそれ以上、彼女に話しかけるのを断念した。確かにもう、理屈じゃない。〝素〟の彼女が流した涙には、かなわないと思った。

沙羅華はハンカチをティナに返すと、一つ咳払いをし、再びコンソールと向かい合っていた。

決定的だと思うのは、僕と彼女の意見が対立していないということだった。僕も心のどこかで、ノアスになりたいと思っていたのだから。生の苦しみを感じなくて済むのなら有り難いことだと、今でも思っているし、その思いを消し去ることは、おそらくできない。

そのことを切実にとらえるには、自分はあまりに鈍く、彼女はあまりに鋭敏だったというだけの話である。

僕は、フレディの方を見て言った。

「僕の選択を、まだお伝えしていませんでしたね。明日でもいいようですけど、今言っておきます」僕は一つ、ため息を漏らした。「キャンセルでお願いします」

彼は小刻みにうなずいた。

「返金には応じられないが」

「それでもいいです」

「早い方がいいのなら、明日の夕方の便で、シアトル港まで送り返すこともできる」

「お願いします」

沙羅華はふり向きもせず、フレディと僕の会話を聞いている。

僕もそろそろ、宿舎へ行かなければならない。そのことを彼女に告げようとしたとき、僕は彼女に言われたのだ。

「悪いが、見送りに行けない。私はここで、することがある」

彼女は、僕の方を見ようとしない。しかしそれはまったく、いつもの淡々とした口調だった。

「じゃあ……」

それ以上、言葉が続かない。〝さようなら〟と言おうとしたのだが。

僕は、制御室を出ることにした。

もう会えないかもしれない。そう思ったけれども、ふり返って彼女の様子を見る勇気は、その時の僕にはなかった。

宿舎へは、フレディの他に、数人のスタッフが付き添ってくれるようだった。

ノアスになりたいと思っていた僕が、何故キャンセルなのか——。僕は自分に問いかけていた。彼女と一緒にノアスになるという選択も、あったはずなのに。ただ僕は、彼女のために言ったことを、嘘《うそ》にはしたくなかったのかもしれない。

「事実上、キャンセルしたのは君が初めてだ」

フレディが話しかけてきた。

その時、僕はこのまま、〝ノアスの園〟の秘密を守るために、始末されてしまうのではないかという気がしてきた。そんな僕の様子を見て、フレディは急に笑い出す。

「心配するな。殺すぐらいなら、ノアス化の実験台に使うさ。反抗する人間は、格好のサンプルだからな」

彼は、僕の肩をポンとたたいた。

「新たに誓約書も書いてもらうが、口外しないと約束できるなら、ちゃんと送り返してやる」

僕たちは処置棟を出て、宿舎へ向かった。

やはり、外は寒い。僕は、ジャケットの襟を立てた。

宿舎へ着き、フレディから示された書類にサインをすると、僕は自分に割り当てられた部屋に入って、荷物整理を始めた。と言っても、ほとんどそのままで、着替えと洗面用具を出した程度である。明日にはもう、帰るのだから。

夕食の時間になっても、沙羅華は食堂には来なかった。きっとまだ、ティナたちと処置棟にいるのだろう。

アリアに挨拶したときに、沙羅華のことも聞かれたが、僕は「知らない」と答えた。

「どうしたの？　元気ないわね」

彼女は僕の肩に手をかけた。

「まわりを見てみたらいい。元気のある奴《やつ》なんて、いないじゃないか」

僕がそう言うと、彼女は苦笑いを浮かべていた。

自室へ戻った僕は、すぐにベッドへ倒れ込んだ。これからのことが、あれもこれも頭に浮かんでくる。

まず、ネオ・ピグマリオンへの報告をどうするかだ。ここで見たことを口外しないという誓約書には、すでにサインをしてしまった。だから〝ノアスの園〟の正体はもちろん、彼らが探している行方不明者たちを見かけたことも、言えないわけである。

〝分からなかった〟と言うしかない。沙羅華とも会えなかったことにするしかない。つまり任務は失敗。ピグマリオンに借りた金は、働いて返すしかない。しかしそんなことは、どちらかというと大したことではないのだ。

問題は、沙羅華のこれからである。あいつ、ここの連中のやろうとしていることに、共鳴してしまった。て言うか、最初からそのつもりだったみたいなのだが。彼女の決心が固いのなら、もう止めようがないのである。

もし仮に、ノアスにはなく、この世界にしかないような〝魅力〟を彼女に見せることができたなら、彼女は思いとどまってくれるかもしれない。けれどもそれを提示することは、僕にはできなかった。

しかし、そんなものがこの世にあるのかとも思う。憎しみ合い、喧嘩《けんか》ばかりしているエゴイスト集団に……。それがないからこそ、彼女はノアスになる決心をしたのだ。いや、僕だって……。彼女と理由は違うかもしれないが、僕だって心のどこかでは、ノアスになりたいと思っているのだ。だって、フリーにセックスできるんである。

いや、それはともかく、今、自分のかかえている悩みや苦しみが解消されるというだけでも、有り難いのではないかと思う。だから彼女の選択を誤りだと決めつける自信は、僕にはない。て言うか、僕より頭のいい彼女が決めたことだ。きっと正しいに決まってる。間違っているのは、彼女をこの世界に引き止めようとした僕の方なのだろう。

ご両親には彼女から連絡すると言っていたから、僕がすることもないかもしれない。もし聞かれても、やはり会えなかったと言うしかない。ネオ・ピグマリオンにも……。

こんな具合に同じことを繰り返し考えているうちに、僕はまたいつの間にか、寝てしまっていた。

翌、五月三日の木曜日の朝、僕は参加者たちと一緒に、宿舎の食堂にいた。

やはり沙羅華はいない。

アリアが僕の向かい側に座り、またいろいろと話しかけてきた。ちなみに彼女は、カテゴリー2を希望するつもりだという。中途半端にカテゴリー1を選択するより、2でノアスの神髄を体感したいのだそうだ。

僕のことも聞かれたが、返事はフレディにするからといって、特にコメントしなかった。

そんな応対を僕が続けるうちに、彼女は何も言わなくなってしまう。

沙羅華は結局、食堂には現れなかった。その後のミーティングも、彼女は欠席である。処置棟の制御室で、ティナとチューンナップを続けているのかもしれない。この分だと彼女を説得する機会は、なさそうだった。どうせもう、聞いてくれないだろうが。

これから参加者たちは、サナトリウム・ドームを見学し、カテゴリーの希望について最終回答を提出することになっている。けれども僕は、すでに自分の意思は伝えてある。夕方の便で、島を出ることも決まっていた。ドームの見学も欠席させてもらい、僕は自分の部屋で待機することにした。

昼食の後、僕はフレディに連れられ、トランクを転がしながら港に停泊しているフェリーに向かった。

彼の話によると、帰還するのは、やはり僕だけらしい。誰が何を希望したかまでは教えてくれないが、カテゴリー2の希望者も結構いたという。

また彼から、沙羅華の処置が、今日の夕方になることも聞かされた。予想より早く、彼女がチューンナップを終えたためだ。もっとも昨日は、徹夜したらしいが。

「さすがは加速器の権威だ」と、彼は感心していた。

それからIDカード兼用の名札は、下船するとき係に渡すよう、僕に指示した。甲板で軽く握手をした後、フレディは処置棟へ戻っていった。

取りあえず僕は、客室へ行き、自分の部屋に荷物を置いた。そして自動通訳機を折りたたみ、胸ポケットへ入れる。このままフェリーの中で、夕方の出航を待つしかない。

僕に与えられた部屋が港側だったので、小窓から島をながめてみる。いつの間にか僕は、処置棟を探していた。考えるのは、また沙羅華のことだ。

何もかも、彼女の言う通りだと思う。別にこの世界の何が変わるわけでもないし、ましてや壊れるわけでもない。彼女一人が変わるだけだ。しかも瞬時に、彼女が望む方向に。本人がなりたいと願うものになれるのだから、それでいいわけである。他人がとやかく言うようなことでもないし、もう、好きにすればいい。

僕はベッドに横になり、頭から毛布をかぶった。目を閉じても、このフェリーに彼女と乗ったときのことが頭に浮かんでくるのだ。

確かに船というのは、人生のターニングポイントに乗ってしまうことが多い乗り物かもしれない。行きは一緒でも、帰りはこうして別々なのだから。

でもやはり、沙羅華は沙羅華、僕は僕だ。彼女にしても、僕みたいな出来の悪い奴と一緒にいていいことなんて、一つもないに違いない。これは僕のためでもあるし、彼女のためでもあるのだ。何せ沙羅華は、念願の真理に到達できるんだから。僕は僕で、日本に帰れる。めでたしめでたしである。僕には僕の人生がある。彼女にとっても、きっとこれで良かったのだ。帰っても、苦しい思いをするだけなんだし。

それで彼女は、これからどうなるんだろう……。

僕は毛布から、顔を出した。

考えるまでもない。自分がチューンナップした加速器トレラスで、まずカテゴリー1のノアスになる。そしてスタッフとしてさらに加速器の完成度を上げた後、カテゴリー2のノアスになってあの島で暮らすのだ。この世界に戻るより、彼女にはその方が幸せなのかもしれない。いや、幸せ以上——至福が得られるはずなのである。

しかし、本当にそれでいいのだろうか？

僕はまた、同じようなことを考えていた。沙羅華と離ればなれになって、彼女のことを思い出したりはしないのだろうか。

いや、会わなくなれば、彼女のことも忘れてしまうに違いない。

けど僕は、彼女のことをどの程度忘れてしまうんだろうか。たとえばこの前、日本友好庭園で彼女が幼かったころの話を聞いて切なくなったこととかも、僕は忘れてしまうのか？

いい思い出ばかりじゃないはずだ。何せ、トラブルメーカーだ。一緒にいたって、ろくなことがなかった。今回だって、会社を休んでアラスカくんだりまで来ることになったのは、彼女のせいなのだ。会えなくなると思うと寂しいが、きっと時間が解決してくれる。

それにもう、彼女の気持ちを変えることなんて、不可能なのだ。昨日だってさんざん言い合ったが、彼女を納得させるような言葉は、結局見つからなかった。それどころか、彼女の涙を見ることになってしまった。

第一、今からどうなるものでもない。今ごろはもう、彼女は処置照射室のベッドの上かもしれないのである。ノアスになることで彼女が救われるのなら、それでいいと思う。

いや、本当にそうか？　彼女が救われなくても、一緒にいてくれれば……。

ベッドから体を起こし、僕は首をふった。それでは意味が通らないのである。

僕はそれでいいかもしれない。けど彼女はどうなるのだ。生きづらい世の中で苦しませたまま、我慢して生きろとでも？　僕はつくづく、自分が人間——エゴスなんだと思った。

結局考えるのは、自分に都合のいいことばかりなのだ。

僕は起き上がり、ドアを開けてみた。廊下には、誰もいない。そのまま客室を出て、甲板に向けて歩き出した。

僕は一体、何を考えているのだろうと思う。しかしこれさえ、もう理屈じゃないのだ。自分のしようとしていることを自分で説明もできないし、正当化もできない。はっきり言って、自分でもわけが分からない。

でも、〝エゴスで何が悪い〟という気はしていた。エゴスならエゴスと割り切って、誰に迷惑をかけようが、この際、自分のやりたいようにやるまでである。

甲板へ出た僕は上着を脱ぎ、救命ボートの陰で準備運動を始めた。

そしてそのまま、海へ飛び込んだのだ。

7

心臓が激しく鼓動し始める。海水は、痛いほど冷たい。すぐに感覚は麻痺《まひ》した。何とかこらえて、岸壁の非常梯子《ラダー》まで泳ぎ着く。それにつかまり、よじ登った。

誰かが来たら、溺《おぼ》れたふりでもして、相手の腕を引っ張り海へ落とすつもりだった。けどそんなことをしなくても、僕は島に再上陸することができた。

そこから処置棟を目指し、一目散に走り始めた。IDカードはまだ有効らしく、島内に入り込んでも、アラームすら鳴らない。

僕に気づくスタッフもいる。こっちに近寄ってきたら、殴り倒すつもりでいた。しかし身構えていても、彼らはびしょ濡れの僕を見ているだけで、向かってこないのだ。

それで気がついた。カテゴリー1にノアス化されたスタッフたちには、敵対意識もないらしいのである。まるで友人の帰還を喜んでいるかのように、微笑みを浮かべながら突っ立っている。この分だと、すんなり侵入できるかもしれないと僕は思った。

そのスタッフのなかに、もう一人の行方不明者、田中勇斗らしき人もいたのである。髪型は変わっていたが、間違いない。けれども、声をかけている暇はないのだ。処置棟へ行かないと。

もちろん、怪訝《けげん》そうな顔で僕を目で追っているスタッフもいる。ノアス化されていない連中だということは、一目で分かった。

僕は走りながら、自動通訳機をセットし、「すみません。ちょっと忘れ物」と言った。海水につかったが、通訳機は何とか機能してくれている。

呆気《あっけ》に取られている彼らの前を、僕は全速で走り抜けた。

こういう事態には彼らも慣れてないようだったが、当然、僕は追いかけられた。

建物のコーナーに消火器を見つけた僕は、あわててそれをつかむ。いざとなったら、これをぶちまけてやるつもりだった。

処置棟に入り込んだ僕は、とにかく制御室を目指すことにする。

廊下でも不思議そうに見られたが、知らん顔して走り、何とか制御室までたどり着いた。そしてドアの内側から、鍵《かぎ》をかける。

室内では白衣を着たスタッフが数名、ガラス窓の向こうにある処置照射室の方を見ていた。照射室は四つあるが、彼らが注目しているのはそのうちの一つ、"β"のようだった。

コンソールから、ティナが照射室に向かって、マイクで何やら話しかけている。

その大きなガラス窓の向こうを、僕も見てみた。可動式ベッドの透明カプセルの中に、白い手術着姿で横たわっている人影が確認できる。

沙羅華に違いない。もう処置が間近に迫っているようだった。何とか止めないと。しかし処置はコンピュータ制御で、プログラミングもすでに終えているはずだ……。いや、どこかに停止ボタンか何かがあると、僕は思った。

そのとき、侵入者警報が鳴った。誰かがマニュアルでボタンを押したらしい。ふり向いて周囲を見回したスタッフたちが、すぐに僕の方を見つめた。

僕はコンソールに近づきながら、手にした消火器のグリップにあるピンを抜き、ノズルをみんなの方へ向ける。顔ぶれを見てみると、フレディやベルガー所長はいないようだ。まだセミナーの参加者たちと、カンファレンス・ルームかどこかにいるのかもしれない。

そんなことより、システムを止めないといけないのだ。僕はコンソールを横目で見ながら、停止ボタンとおぼしきものを探してみた。けれどもそこに並んでいるボタンやレバーが何をするものなのか、僕には皆目分からなかったのである。

ティナやスタッフたちは、僕を遠巻きにしている。この雰囲気の中で、どうやって止めるか聞いても、きっと教えてくれないと思った。止めろと言っても、止めてくれるわけがない。

僕は、この消火器をコンソールにぶつけてみてはどうかと考えた。しかしスイッチを一つや二つ壊しても止まるかどうか分からないし、すぐに押さえ込まれるだろう。

そんなことを考えている時間もない。もう一か八かだった。僕は、それらしいボタンを片っ端から押してまわることにした。

ディスプレイを見ると、たちまちエラーやキャンセルのメッセージ、あるいはIDとパスワードの再入力要求などが表示されていく。それでもボタンを押し続けているうちに、コンソールのアラーム・シグナルも点灯した。

「勝手に触らないで！」と、ティナが言う。

僕は手を止めた。考えてみれば、下手《へた》に触れないはずなのである。システムはすでに作動している。この段階でコンソールを闇雲《やみくも》にいじれば、照射室にいる沙羅華を傷つけてしまうおそれもあったのだ。ひょっとして僕は、すでに何かそういう危険なことをやらかしてしまったのかもしれない。だったらなおのこと、止めなければいけなくなってしまったではないか。

あれこれ考えているうちに、僕は沙羅華が、非常停止ボタンを握っていることに気がついた。オリエンテーションのときに、ティナからそんな説明を聞いた覚えがある。しかし、沙羅華が横たわる可動式ベッドは、すでに透明カプセルに覆われているし、僕がそれを押すのは無理かもしれない。

とにかく、沙羅華が非常停止ボタンを握っているのは間違いない。僕がシステムを止めなくても、彼女がそれを押せば、処置は中断するのだ。何とか彼女に、そのボタンを押させることができないだろうか。

僕は、さっきティナがマイクで話しかけていたことを思い出した。そう、レントゲン撮影と同じなのだ。こっちの声は、マイクで向こうに届いている。それで彼女に呼びかけてみたら……。

僕は消火器のノズルをみんなの方に向けながら、コンソールから突き出したマイクのそばまでにじり寄った。しかし、これも使い方が分からないのだ。

僕はマイクのすぐ横に、赤いボタンがあるのに気づいた。きっとトークボタンに違いない。これを押してマイクに向かって話しかければ、僕の声は照射室の沙羅華に届くはずだ。

消火器を小脇《こわき》にかかえ、試しにそのボタンを押してみると、赤いランプが点灯した。

「沙羅華、聞こえるか?」

僕はそう呼びかけ、ガラス窓の向こうにある、可動式ベッドを見てみた。

さっきティナがこのマイクで話しかけていたのだから、僕の声は届いているはずだ。しかし、体が動いたようにも見えないのである。

それも当然かもしれない。彼女は、身動きできない状態で横たわっているのだ。特に頭部は完全に固定されていて、こちらからの呼びかけが聞こえていたとしても、うなずくこともできないはずだった。ひょっとして今の彼女にできる意思表示は、非常停止ボタンを押すか押さないかぐらいなのかもしれない。

もう一度、マイクで呼びかけてみようとしたとき、ティナが僕に近づいてきた。

「もう処置が始まるのに、いい加減にして」

「動くな！」

一瞬、消火剤を発射しようかと思ったが、思いとどまった。いざとなってみると、自分も粉まみれにはなりたくなかったのである。

僕は消火器のホースの両端をつかみ、それでティナの首を絞めた。自分でも古典的手口だと思いながら、ティナを人質にしたのだ。ホースを自分の方に引き寄せると、彼女の金髪から、いい香りがした。

スタッフたちは、そんな僕とティナをじっと見つめている。やはりこういう事態は経験がないらしく、どう対処してよいか分からないのかもしれない。

この間にも、自動制御の加速器トレラスによって、沙羅華がノアスとなるタイミングは迫っているはずなのだ。

僕は消火器のホースをティナの首に巻きつけたまま、何とか肘を使って、再びトークボタンを押した。

「聞こえるか、沙羅華。そっちから非常停止ボタンを押してくれ」

反応はない。僕はさらに話し続けた。

「制御室からやってみたけど、うまくいかないんだ。でも、そっちで止められるはずだろ」

スタッフたちが、僕の方にじわじわと接近してくる。

そのとき僕の耳元で、ティナのかすれた声がした。

「悪いけど、私は人質になれないわよ」

「え？」

「だって、いつ死んでもいいと思って生きてるんだから」

首を絞められながら微笑むティナを想像した僕は、思わず彼女から手を離してしまった。

ティナはその場にしゃがみ込み、咳き込んでいた。

これで間違いなく捕まる……。そう思った僕は、消火器を持ったまま、すぐ後ろにあった処置照射室〝β〟のドアを開けた。

こうなったら、沙羅華を可動式ベッドから引きずり下ろすか、彼女自身が自分の意思で下りるかしかないようだ。

照射室に入ってすぐ、ドアをロックした。入り口はここだけじゃない。確か、待合室からも入れたはずだ。やはり捕まるのは、時間の問題らしい。

僕は真っすぐ、上に透明カプセルがかぶせられている可動式ベッドへ行き、その中をのぞき込んだ。

マスクに覆われ、まったく顔は分からない。しかしここに横たわっている白い手術着姿の小柄な女性は、間違いなく沙羅華だ。そして左手には、確かに非常停止ボタンが握られている。

カプセルをたたいてみたが、彼女が動く気配は何もなかった。

レーザーの緑と赤の輝線が、彼女の頭部に座標とポイントを記している。そしてそのポイントを、水平、垂直の両方向から、照射ノズルが狙っていた。

ここから彼女を動かすのは、無理かもしれない。

僕は可動式ベッドのそばにあった、パソコンのキーボードと向き合った。うまく操作すれば止められるのかもしれないが、やはり僕には分からず、うかつには触れそうにないのである。さっきみたいに呼びかけてみたらと思ったが、ここにマイクは見当たらなかった。

でも大声を出せば、透明カプセルの中まで聞こえるかもしれない。僕は彼女に届くことを信じて、大声を出してみた。

「沙羅華、その非常停止ボタンを押せ！」

やはり反応はない。意識があるなら、聞こえているはずだと思った。そして言わなくても、それが僕の声だと分かるはずなのだ。

けど僕がカプセルの外から呼びかけたからといって、ノアスになりたいという彼女の気持ちを、変えることはできないのかもしれない。また彼女の気持ちを変えるほど、魅力的な何かを僕が持っているとも思えなかったのである。

しかし、早く何とかしないといけない。僕は照射室にも緊急停止スイッチか何かがないかと思い、もう一度室内をながめてみた。あるとすればきっと、一番目立つ色や形をしたスイッチに違いない。

そのとき、待合室側のドアから、警備員らが入り込んできた。後ろには、ベルガー所長もいる。

僕はその反対側へ逃げながら、まだ他に方法はないかと考えていた。稼働中の加速器内に誰かが侵入すれば、危険防止のためにシステムは自動的に停止するはずだ。確か〝むげん〟もそうなっている。僕はダメモトで、照射ノズルの向こう側へつながるドアを目指した。しかし、鍵がかかっていて開けられない。

そして向かってくる連中に消火器を振り回しているうちに、僕はとうとう、その場に押さえ込まれてしまったのである。


それから僕は、電気の延長コードとか包帯とかゴムチューブとか、そのへんにあるものでグルグル巻きにされた後、床に転がされた。往生際も悪くじたばたしたが、島に再上陸してからここまでは、あっと言う間の出来事だった。

実に他愛《たわい》もない。またそれを自分で言うとは、身もふたもないのである。ずっと鳴り響いていたアラーム音も、いつの間にか停止している。

ティナはしゃがみ込み、パシッと僕の頰に平手を打つと、首のあたりで外れかけていた自動通訳機のヘッドセットを元に戻して聞こえるようにしてくれた。

「あなた、システムに何をしたの？」と、彼女が言う。

「教えるもんか」僕は横を向いた。

本当は、コンソールのどこをどう触ったか、自分でもよく覚えていないのである。

所長がスタッフに指示をする。

「念のため、こいつがいじった箇所をチェックしろ」

ティナが僕を見下ろし、微笑んだ。

「悪いけど、処置は継続しているからね。済むまで、そこにいなさい。じゃ、お疲れさま」

所長が警備員たちに何か言うと、待合室側のドアに二人を残し、他は元の持ち場へ戻っていったようだった。ティナと所長も、他のスタッフとともに制御室へ向かう。

僕の侵入は、彼らにとってイレギュラーな事態には違いなかったが、一大事というわけでもなかったようだ。僕の存在など、せいぜいその程度のものである。

処置照射室の可動式ベッドのあたりには、僕と沙羅華の二人が残された。ただし彼女は透明カプセルの中で固定され、僕は縛られている。

じっとしていると、寒くなってきた。服が濡れたままなのを、嫌でも思い出す。どうやらこれで、おしまいみたいだ。彼女のノアス化を止める方法は、もうない。

僕は顔を上げた。非常停止ボタンは、まだ彼女の手にある。ここからでも、彼女に呼びかけてみたらどうだろう。さっきは途中でやめてしまったが、あきらめずに続ければ……。

僕は縛られたまま、沙羅華の横たわる可動式ベッドに向かって、声を出してみた。

「沙羅華、聞こえるか？　返事しなくてもいいけど、ノアスになんかなるな。戻ってきてくれ」

僕は辛うじて動かせる首と手と足の先をばたばたさせながら、カプセルの中の沙羅華に聞こえるよう、なるべく大きな声で言った。

「お前が追いかけている宇宙の真理なんて、僕には分からない。でも、それで生きてちゃ駄目なのか？　確かにわけも分からず生きているのは、滑稽《こっけい》かもしれない。けどそんな有り様でも、生きてりゃ何とかなるんじゃないのか？　ノアスになれば、至福にもなれるらしいな。しかし今のままでも、いいことがあるんじゃないのか？　それが何なのかは、僕にもよく分からないけど。

自分一人が変わるだけと君は言うけど、君が変わると、僕の中にいる沙羅華も壊れてしまうんだ。だから、変わらないでいてほしい。君は君でいてほしいんだ。わがままで、人付き合いも下手で、不器用で、僕にも冷たくて。でも純粋で、臆病《おくびょう》で、自分らしさを手さぐりで探している。僕はそんなお前が……。とにかく、変わってほしくないんだ。沙羅華は沙羅華でいてくれよ。気難しく、皮肉屋で、人を寄せつけず、なのに孤独で、欠点だらけの沙羅華でいてくれよ。なあ。物分かりが良くなったりしないでくれ。人間ができたりしないでくれ。僕だって、お前より出来の悪い僕のままでいるから。なあ。人が苦しい思いをしているときは、一緒に苦しもうや。人が悲しい思いをしているときは、一緒に悲しもうや。なあ、沙羅華。

それにまた、喧嘩もしよう。いつもみたいに、僕のことを馬鹿《ばか》にしてくれていい。僕は怒った顔をすると思うけど、気にしなくていいからさ。そうやって喧嘩して、相性も合わなくても、ずっと友だちでいようや、なあ、沙羅華。お前の裸を想像して興奮している、駄目な僕を叱ってくれ。こんなに情けなくて卑怯《ひきょう》な僕を、広い心で許したりしないでくれよ。僕に今まで通り、高飛車で意地の悪いお前の言うことを聞きながら、陰でブツブツ言わせてくれ。お前だけ、悟って立派な世界に行かないでくれよ。馬鹿な僕を見捨てて、自分だけ立派にならないでくれ。お願いだから……お願いだから……」

そうやっていくら頼み込んでも、反応はまったくなかった。もう時間もないはずだ。僕は半分キレかかっていたが、それでも呼びかけを続けるしかなかった。

「おい、沙羅華の大馬鹿野郎！　お前がどれほど追い求めているかは知らんが、僕を悲しませる真理なんて、クソ食らえだ。一人で分かってしまうより、わけのよく分からない連中とガヤガヤやって生きるのも、そう悪くないじゃないか。なあ、違うか？　真理に届いてしまったら、お前、その後、何を目標にして生きるんだ？　そんなものが分かるのは、死ぬ直前でもいいんじゃないか。お前、まだ若いのに、そんなもの急いで分からなくてもいいじゃんかよ」

我ながら説得力に欠けるなあ、と思わないでもなかったが、黙るわけにはいかない。語りかける以外に、方法は見つからないのだから。

「自分だけ幸せにならないでくれよ、沙羅華。不合理な世の中で、一緒に悩んで、それでも何とかしようと、一緒に知恵をしぼって汗を流そうよ。なあ、沙羅華。自分でも分かってるんだ。僕はお前の気持ちを引き止めておけるほど、大した人間じゃないって。いや、この世界に君をつなぎ止めておくほど魅力的なものは、ないかもしれない。けどくだらないものなら、いくらでもあるぞ。もちろん、僕だってそうだ。世の中、くだらないものだらけさ。やっぱり、それじゃ駄目なのか？

僕は鈍くて、お前ほど感じないで生きているのかも知らんが、お前の痛みは分かるんだ。持って行き場のない苦しみも、少しは分かるつもりなんだ。だってそれは、僕にもあるんだから。それが分かるから、それが分かるからこそ……。何て言ったらいいか、僕はそんな君のことが、愛《いと》しいんだ。沙羅華ぁ……。沙羅華よぅ……。僕の言うことが分かるなら、その停止ボタンを押してくれ……」

自分でも、滑稽だと思った。彼女が追い求めている宇宙の真理に比べて、自分の訴えかけは、何と情けなく、みっともないものであることか。考えてみれば、単に僕は真理ではなく、救いようのないこの自分たちを選べと彼女に言っているだけなのだ。しかも大声で、ぐだぐだと。

そう思うと、涙が出てきた。泣くなんて、男らしくないと思う。けど、どうしようもなく、涙と鼻水があふれ出てくるのだ。縛られていて、それをぬぐうこともできない。

「何故、そこから出てきてくれないんだ……」それでも僕は、呼びかけるしかなかった。

「その気になれば、出ることはできるんだろ？　頼むから……。沙羅華よぅ……」

泣きながらも、僕は次第に笑えてきた。こんな男の世迷《よま》い言で、彼女の気が変わるはずもなかったのだ。

いつの間にか処置照射室には、僕が鼻をすする音が響いていた。

しばらくして、制御室からティナと数人のスタッフが小走りで入ってきた。邪魔な僕を、どこかへ連れて行くつもりかもしれない。

だとすれば、本当にもう終わりだ。無意味な語りかけさえ、もうできなくなるのだから。

8

ティナはあわてた様子でパソコンの前に立つと、キーボードを操作し始めた。

一瞬、アラーム音が響いた後、照射室内は徐々に静かになっていった。

僕は、可動式ベッドの方を見てみた。どうやら、システムが止まったようだった。

すると沙羅華への処置は、もう終わってしまったのか？　それとも……。

「見ての通りよ」ティナが僕を見下ろした。「でも処置が終わったわけでもなければ、もちろんサラカが止めたわけでもない。トレラスのビームラインは、私が止めたの」

僕が自分に都合のいいように勘違いする前に、ティナはそう教えてくれた。

ティナがトレラスを止めた理由は分からないが、僕は内心、ホッとしていた。とにかく処置は中止になったんだから。

さっきのティナの行動を見る限り、緊急停止の操作というのは、意外と簡単だったようである。それさえ分からずに大騒ぎしていた自分が、また馬鹿みたいに思えてきた。

しかし、今ティナのしたことは、僕にも理解できなかった。沙羅華への処置がまだ終わっていないにもかかわらず、しかも僕が止められず、沙羅華自身も止めなかった処置を、ティナが止めたことになるからだ。

ぼんやりそんなことを考えていると、処置照射室にベルガー所長が入ってきた。フレディも、待合室側のドアから現れた。しかも彼は、後ろに数名の警備員を引き連れている。それも相当強面《こわもて》で、理屈の通らなさそうな連中ばかりだった。

「危ないところだったな」

所長の声にうなずきながら、ティナはまたパソコンを操作していた。

可動式ベッドの透明カプセルが開く。縛られている僕からはよく見えなかったが、スタッフたちがベッドをのぞき込み、フェイスマスクなどのアタッチメントを外していた。

まず両手でベッドの手すりをつかむと、白い手術着一枚だけを身につけた沙羅華が、ゆっくりと体を起こした。そして電気コードやらゴムチューブやらで縛られている僕を、静かに見下ろす。

彼女が未処置であることは、彼女の目を見て直感した。

「沙羅華……」僕は彼女に呼びかけてみた。「君はまだ、沙羅華のままなんだね」

彼女は眉間《みけん》に皺《しわ》を寄せ、二、三度首を横に動かすと、こぶしで軽く頭をたたいた。

「ああ。生憎《あいにく》な」そして無愛想に言う。「何で戻ってきたんだ」

「君を失いたくないから……」

「馬鹿な。君さえ戻ってこなかったら、すべてうまくいったのに」

僕は縛られたまま、首をかしげた。彼女が言っていることの、意味が分からないのである。

「でも、君がノアスになってしまうと思うと、いても立ってもいられなくて」

「昨日、私が制御室のコンソールを操作していたのを、君は見てなかったのか?」

「でもあれは、システムの精度を上げるために……」

沙羅華は額に手をあて、「馬鹿な」とくり返した。

険しい表情を浮かべていたティナが、ベッドに両手をつき、沙羅華に顔を近づけた。

「ちょっと聞きたいことがあるんだけど」

沙羅華は何も答えず、ティナとにらみ合っている。一体どうなってるんだと思いながら、僕はそんな二人を見上げていた。

何も語ろうとしない沙羅華に代わって、大体の事情はティナが教えてくれた。

さっき僕がコンソールをいじりまわしたので、彼らが作業を続行しながらチェックをしていたところ、おかしなことに気づいたらしい。そのまま処置を実行すれば、ターゲットへの粒子線射出寸前に、照射エネルギーが計算上一桁以上も上がってしまうというのだ。分かりやすく言えば、過負荷《オーバーロード》の状態に陥るわけである。それだと粒子は、ターゲットである沙羅華の脳を突き抜けてしまう。

しかし、僕がコンソールをいじったぐらいで、そんなことは起きるはずがない。考えられるのはやはり、沙羅華の行ったチューンナップなのである。また彼女が、プログラミング・ミスを犯すとも思えない。しかも機能するはずの安全装置《セーフティ・ロック》もアラームも、解除してあった。それだけじゃなく、制御室からトレラスを止められないようにしてあったというのだ。

「それでわざわざ、ここまで」と、ティナが言う。「私たちが緊急停止しないと、トレラスは暴走していた」

僕は床に転がされたまま、感心して沙羅華を見上げていた。つまり彼女は、どうやら粒子線が飛び過ぎるよう、故意にプログラミングをしていたらしいのだ。

「問題は、その後」ティナがため息をもらす。

安全装置をスルーして計画範囲を超える粒子線の射出が確認されると、加速器の動作異常と見なされ、関係各部署へアラームが自動的に流れる仕組みになっているというのだ。ノースイロニーの本社やトレラスのメーカーだけではなく、事故とすればそれをもみ消されたりしないよう、同時に放射線安全監視委員会などへも連絡がいってしまう。

それはこうした規模で放射線を扱うシステムには、必要不可欠な手続きだった。当然、トレラスもその対象となっていたために、たとえ申請理由が名目上のものであっても、アラームのセッティングがされている。そしてアラームがもし委員会に届けば、規約に従い施設はすべての運用を停止し、調査団による査察を受け入れる義務が生じてしまうわけである。

「ノースイロニー社が申請と違う行為をやっていることは、それですぐに分かってしまう」フレディが舌打ちをした。「もちろんノアスのことも、すべてな」

沙羅華は横を向いたまま、何も言おうとしない。

きっとそれが彼女の狙いだったのではないかと、僕は思った。

「それで緊急停止しようとしたけど、制御室からでは止められないじゃない」ティナが沙羅華を見下ろして言う。「するともう、疑いようがない。何もかも、チューンナップのときに仕掛けられていたんだわ」

僕はぽかんと口を開けて、彼らの話を聞いていた。

ティナたちが言ったことは、僕には想像もできなかったことなのだ。ノアスになると言い出したのも、チューンナップを申し出たのも、すべて沙羅華の作戦だったということになるのだから。

「粒子線は貫通するから、脳に与えるダメージはわずかとなる」沙羅華がようやく、口を開いた。「もちろん、ノアス化には至らない。脳細胞は、何個か壊れるかもしれないが、それで少しは、普通になれていたかもしれないのにな」

彼女は頭の後ろで、両手を組んだ。

僕はまた、啞然《あぜん》として彼女を見上げた。

「じゃあお前、最初からノアスになる気はなかったというのか？」

彼女は、苦笑いを浮かべていた。

「私がこんなふうなら、ノアスになりたいと言い出しても、誰も疑問には思わないだろ？　それに外部と連絡を取る機会は、案外なかったんだ。しかも私がノアスにならず、かつ君も助かる方法というのは、なかなか思いつかなかった。それでそういう手を使ったのさ」

僕も助かる方法……？　僕は〝えっ〟と思い、フレディの方を見た。

「ノアス化をキャンセルすれば、帰してくれるのでは？」

彼は、僕から目をそらした。

「情報を漏らすかもしれない人間を、わざわざ外へ出すもんか」と、沙羅華が言う。「それとも君には、黙り続ける自信があったのか？」

僕は首を横にふった後、彼女の話の続きに耳を傾けた。

「殺してしまえば、口止めをする必要もないじゃないか。自殺願望の人間が死んでも、誰も怪しまない。ノアスとしてのサンプル価値でもあれば別だが、君にはそれもなかったんだろう。キャンセルすれば、君は港に着く前に、魚のエサになるところだった」

「そうだったのか……」

彼女の口から様々な事実を説明されても、僕にはまだ理解できないことがあった。ノアスになりたいと訴えたときに、彼女が流した涙だ。あれも作戦だったというのだろうか？

「本当に、ノアスになる気はなかったのか？」僕は彼女に聞いてみた。「この世界がいいと思っていたわけではないだろうに。お前の計画通り島に査察が入れば、もうノアスになる機会はなくなるかもしれないんだろ。自分や世の中のことで悩んでみせたのも、芝居だったというのか？」

彼女はしばらく考えた後、「さあ。どうかな」とつぶやいた。「誘惑はあったさ。それをずっと、抑えていた。音楽のこととかを、思い浮かべながらね」

僕は、彼女がチューンナップ作業中、鼻歌でベートーベンの『喜びの歌』を口ずさんでいたことを思い出した。

この世界にある美しいものの一つが音楽だということは、彼女も認識していたようだ。鼻歌を歌っていたのは、それで自分の気持ちを、現実につなぎ止めておこうと努力していたということらしかった。

「それに、君の言う通りさ。数はそんなに多くはないだろうが、私がノアスになれば、悲しむ人がいるかもしれないとは思っていた。たとえば、君とか……」

「じゃあ、何で僕にそう言わなかったんだ。君の計画を聞いていれば、僕だって……」

「君にも内緒でやるしかなかった。何せ君は、すぐ顔に出る」

沙羅華はまた、苦笑していた。

「ちゃんとチューンナップもしておけば、簡単な細工は見抜かれにくい」と、所長が言う。

「この男が制御室に乱入してこなければ、我々も気づかなかったかもしれない」

「直前で見つかってよかった」ティナが中腰で僕を見つめた。「ありがとう。礼を言うわ」

　まだ僕は事情をよく分かっていないのかもしれないのだが、どうやら僕が島へ戻ってコンソールをあちこち押しまくったことがきっかけで、彼らが細工に気づき、沙羅華は作戦に失敗したということらしかった。

「すべて予定通りだった」沙羅華は僕に背中を向けた。「なのに、君は……」

　彼女が怒っているのか泣いているのか、僕には確認できなかった。

「君の呼びかけは聞こえていたさ。非常停止ボタンを押すこともできた。でも止められなかったんだ。君はおとなしく船で寝ていてくれたらよかったのに、何で……」

「僕はただ、君は君でいてほしかったから。まさか、君がこんなことを考えてたとは思いもしなかったから……」

　彼女はふり向くと、薄ら笑いを浮かべた。

「君はまだ私のことを、よく理解していないようだな」僕は前にも、彼女からそんなふうに言われたような気がする。さらに彼女は、こう続けた。「しかし君のことも、私は理解していなかったようだ」

　それもその通りかもしれない、と思った。彼女にとって計算外だったのは、僕がこういう頑張り方をする人間だと思っていなかったことだろう。何より、自分のことがそれほど誰かに思われているとは、考えてもみなかったのではないだろうか？

　しかし、本当のところは分からないのである。彼女の言う通り、僕だって彼女の考えていることを、何も理解していないのだから。

「それで聞きたいのは、プログラムのどこをどう触ったかなの」ティナが沙羅華に言う。

「確かに、あなたのチューニングで精度は上がっている。できれば私たちとしては、向上した性能はキープしたまま、トラブルを回避したいわけ」

僕は体を動かし、ガラス窓の向こうの制御室に目をやった。

数人のスタッフが、コンソールのディスプレイと向き合いながら、キーボードを操作していた。おそらく元のプログラムと比較して、彼女が書き換えたところを特定し、問題を取り除こうとしているのだろう。

「でも、サラカでないと分からない」ティナが首を横にふる。「ほとんど有機体のように入り組ませてあるから、一行を削除しても、影響は全体に及んでしまう。だから教えてほしい。何をどこに仕掛けたのか」

「言うわけがない」と、沙羅華はつぶやいた。

「この男がどうなっても?」

ティナがそう言うと、フレディは僕の体を縛っているゴムチューブをつかみ、揺さぶった。

「そいつのせいで、こんなことに」沙羅華は僕の方に、自分のあごを向けた。「責任取ってもらわないと」

どうやら彼女は、僕を見捨てる気らしい。

　ガラス窓の向こうを見ると、スタッフの一人が両手を上げて、横にふっている。それが〃お手上げ〃という意味なのは、僕にもよく分かった。

「仕方ないわね」ティナが一つ、ため息をつく。「チューンナップはもう後回しにして、リカバリーするしかない」

「リカバリー？」僕は聞き返した。

「つまりトレラスを、沙羅華がチューニングする以前の状態に、強制的に戻してしまう。それなら、すぐにできる」

「でも、せっかく上がった性能も元に戻ってしまうんじゃ？」

「それは、やむを得ない」

「じゃあ、チューンナップはもうあきらめるのか？」

「そんなはずはないでしょ」ティナが沙羅華に目をやった。「チューンナップは、サラカにやり直してもらうことにする」

「でも彼女は……」

「相変わらず物分かりが悪いのね」ティナにも言われてしまった。「確かにリスクはあるけど、サラカをノアスにした方が、手っとり早いということよ。チューンナップは、ノアス化で彼女が従順になってから。それにこういう反抗的な人間がノアスになればどうなるか、研究のし甲斐《がい》もある」

　沙羅華はシニカルな微笑みを浮かべていた。

「最初から、そのつもりだったくせに」

それを証明するかのように、白衣を着た医者らしき男が、麻酔を注射する準備を始めた。彼女がまた変なことを企《くわだ》てたりしないよう、今度は眠らせて処置を行うつもりなのだろう。そんな馬鹿な、と僕は思った。すると沙羅華は、僕が彼女のノアス化に反対したせいで、ノアス化されることになってしまうわけである。

制御室のスタッフから、リカバリー作業完了の合図が届いた。

「あなた、本当はカテゴリー3のノアスになりたいと言っていたわね」ティナが沙羅華をにらみつける。「命と引き換えでも、〝至福〟を体感できるから。私だって本当は、今すぐカテゴリー3を実行してやりたい。信じてたのに……。いずれはお望みどおり、そうしてあげる。けどその前に、トレラスを仕上げてもらわないと。お望みのカテゴリー3は、その後。あなたがチューンしたマシンなら、決してしくじらないわよね」

注射器を握った麻酔医が、沙羅華に近づく。

「待ってくれ」彼女が顔を上げた。

フレディが舌打ちをする。

「君には何も言う資格はない」

「私のことじゃない」彼女はまた、あごの先で僕を指した。「その男は、解放してやってほしい。頼む。私のように強制的にノアスにするなら、それも仕方ない。とにかく、命は助けてやってほしい」

「よし、約束しよう」と、彼は言った。

「信じていいのか？」

「イエス」

フレディは沙羅華から目をそらし、大きくうなずいた。そして僕に近づくと、タオルで猿ぐつわをかませるのだった。もちろん、また騒がれると厄介《やっかい》だからだろう。

沙羅華の細い腕に、注射針が刺さる。彼女は観念した様子で、抵抗もしなかった。

もう駄目だと思って、僕は彼女を見つめていた。

「鼻水だらけの顔を、こっちへ向けるな」と、沙羅華が言う。「最後に見るのが君のそんな顔だなんて、馬鹿馬鹿しくて笑えてくる」

「ふぁふぁふぁふぁ……」

〝沙羅華〟と言おうとしたのだが、猿ぐつわのせいで声にならない。

彼女は愉快そうに笑っていた。

「いろいろありがとう……」

そして彼女はそのまま、ベッドに横になる。

「さあ、早くしてくれ。ノアスにさえなってしまえば、こんな痛みさえも……消えて……」

もう麻酔が効き始めたようだった。

僕はまた、自分が情けなく思えてきた。別れの挨拶さえ、ちゃんとできなかったのである。

再びフェイスマスクが、彼女にセットされる。今度は非常停止ボタンも、持たせてもらえない。それはコードごと引き抜かれ、ベッドの外に放置されていた。

可動式ベッドが、スライドを始める。そして沙羅華の体は、透明カプセルに覆われていった。

処置照射室内に響くかすかな低周波ノイズにより、トレラスのビームラインが再稼働したことを察した。処置は、間もなく開始されるのだろう。

「残念だったわね」ティナが微笑みながら、僕に言う。「それにもう叫べないし、声も彼女には届かない」

何もかも、僕のせいだと思った。縛られたままもがいていると、フレディに頭をたたかれた。僕はもうなす術もなく、床に転がっているしかなかった。

僕はひどい脱力感と同時に、また寒けにおそわれていた。さっき海に飛び込んだことを、また思い出す。服はまだ、乾いてはいなかったのだ。

ティナや所長らが制御室へ引き上げようとしているのを、僕は床で震えながら、ただぼんやりとながめていた。

その次の瞬間、部屋の外で、地響きをともなって爆音のようなものが聞こえた。

スタッフたちがきょろきょろし始めると間もなく、室内の照明がすべて消えた。ティナが可愛《かわい》い叫び声をあげた後、すぐに非常灯に切り替わる。

非常ベルが、遠くの方で鳴っているようだった。

何が起きたのか、僕にも分からない。床に倒れたまま、周囲の様子をうかがった。

非常ベルは、どうも火災警報らしかった。処置照射室の外で、鳴り続けている。

照射室内が非常電源に切り替わったらしく、元の明るさに戻った。ただしトレラスは、非常停止している。当然、沙羅華への処置も中断されたようだ。

守衛室からの内線連絡で、火災の発生場所は発電施設と分かった。原因はまだ不明だという。

ベルガー所長は、とにかく事務所へ戻ると言って出ていった。

フレディが、首をかしげている。

「トレラス稼働の影響なのか？」

「いや、考えられない」と、ティナが言う。

「ひょっとして、これもサラカの仕業《しわざ》なのか？」

実は僕も、フレディと同じことを考えていたのである。

当の沙羅華は麻酔で眠らされたまま、ベッドの上にいる。

「そんなはずはないと思う」ティナが首を横にふる。「彼女はトレラスのプログラムをいじっただけ。それで発電施設の火災など、起こせるはずがない」

ティナはパソコンに監視カメラの映像を呼び出し、発電施設の様子を確認していた。

僕も下から、それを見ることができた。一目で分かるほど、大きなオレンジ色の火柱が、夕暮れの空へ向けて上がっていた。

守衛室からまた連絡が入る。重油が大量に漏れ出しているらしく、延焼の可能性があるので至急避難せよという指示である。

確かに発電施設とこの処置棟は、そんなに離れていない。

ティナもフレディも他のスタッフたちも、もう沙羅華の処置どころではない様子だった。

また非常ベルが、けたたましく鳴り響いた。今度は間違いなく、この処置棟の火災警報だ。

フレディが待合室側のドアを開けると、すでに煙が充満していた。

「もうここまで?」

彼はそう言うと、ハンカチで口を押さえ、処置照射室を飛び出していった。

それを見たスタッフたちも、口々に「助けてくれ」と叫びながら、逃げまどっている。

ティナもそんな一人だった。

そして室内が再び非常灯に切り替わったときには、処置照射室にも制御室にも、スタッフの姿はなくなっていたのである。

誰も僕の体に巻きついた、電気コードやゴムチューブをほどいてはくれなかった。沙羅華も、ベッドに固定されたままである。脱出不可能な状態で、二人だけが取り残された。

このまま二人、ここで焼け死にたくはないのである。何とかして、逃げないと。しかし僕は、動くことも助けを呼ぶこともできずにいたのだ。縛られて猿ぐつわをかまされたまま、もがいていると、口からよだれが垂れてきた。

ドアから、次第に煙が入り込んでくる。しかしまだ、照射室のスプリンクラーが作動するには至っていないようだった。

ドアの方を見ると、その煙の中から、人影が現れた。ゆっくりとこっちへ向かってくる。床から見上げているせいか、脚が随分と長く見え、またがっしりとした体格からして、男のようだった。ライトブルーの制服を着ていたので、スタッフの一人かもしれない。ただしガスマスクもしていて、どことなくスタッフらしくないような気もした。

その人物の片手をよく見ると、発煙筒のようなものを握りしめている。しかしもうほとんど使い切ったらしく、男はそれを床にポトリと落とした。

そしてガスマスクをつけたまま、僕を見下ろすのだった。

ひょっとして、僕たちを始末しに戻ってきたのかもしれない。そんなことを考えていると、男は僕の真正面で中腰になった。

次の瞬間、僕の胸ぐらをつかみ上げたのだ。

9

縛られたままの僕は、抵抗することもできずにいた。そのまま男の腕力で、体を起こされる。

どうするのかと思っていたら、男はつかみ上げた僕のシャツの生地で、僕の涙と鼻水とよだれを拭《ふ》き取ってくれた。

ガスマスクの内側で、ふん、と馬鹿にしたような声が、こもるように響いたような気がする。その後、男は、僕の猿ぐつわもほどいてくれた。

そしてドアの方から漂う煙が薄くなったことを確かめると、顔を覆っているガスマスクを外したのだ。

暗くてよく分からなかったが、肌は褐色で、黒人のようにも、日焼けした東洋人のようにも見えた。またワイルドな顔立ちは、僕が言うのも変かもしれないが、ハンサムな部類ではないかと思う。

男は、僕の前にその顔を近づけると、こぶしをつきつけ、にやりとした。

相変わらず、両手両足が動かせない。殴り殺されるのかもしれない、と思った僕は、体をのけぞらせ、奇声を発しながら首を横にふった。

男は面白そうにそんな僕をながめ、突き出したこぶしの小指を立てたのだ。

「あとは、アイツか」

確か日本語でそうつぶやいたように、僕には聞き取れた。

そして男は、可動式ベッドに目をやり、その上に人がいることを確かめている。

沙羅華をどうするつもりなのかと思いながら、僕はただ、おびえているしかなかった。

男はそんな僕を見下ろし、また微笑みを浮かべる。

「頼もしい相棒だな」

間違いない。この男、日本語が喋れるようである。

また制服を着ていても、男が体を動かすことで、その体格の良さが見て取れるような気がした。相当鍛えているのは、間違いない。そういう威圧感のようなものを全身から漂わせてはいるが、年齢は僕とさほど変わらないようにも思えた。

男はベッド脚部のカバーを外し、いくつかのスイッチとレバーを操作している。どうやら非常用電源を供給し、ベッドの沙羅華を緊急イジェクトしようとしているらしい。

それから間もなく、沙羅華を包み込んでいた透明カプセルが、再びベッドから上昇していった。

男は、そこに横たわる手術着姿の沙羅華をながめると、彼女の頭と顔を覆っているマスクを外す。

彼女は、まるで保育器の中にいた赤ん坊のように、まだ眠っていた。

「無事なのか？　沙羅華は」

僕がそう聞いても、男は何も答えない。

次に男が、片手でサバイバルナイフを取り出した。

やっぱり殺す気だと思って見ていると、僕を縛っているゴムチューブを切断し、電気コードをほどいてくれたのだ。

ようやく手足が動かせるようになった僕は、男から離れると同時に、何より気がかりな沙羅華が横たわるベッドへ向かって駆け寄る。

しかし男が足をひっかけたので、僕はつんのめるように倒れた。

「感激の対面に付き合ってる暇はない」と、男が言う。「ここを出るのが先だ」

男は、ベッドから沙羅華を抱き上げると、自分の肩の上に、軽々と乗せた。

まだ麻酔がよく効いているようで、彼女はぐったりとして動かない。

男は腰をかがめ、さっき床に捨てた発煙筒を拾った。

「おい、行くぜ」

さらに床に転がっている消火器を、僕に向かって放《ほう》り投げる。

男が歩き出したので、僕はその後ろについていった。

待合室や廊下の煙は、かなり収まっていたようだ。僕は咳き込みながらも、沙羅華を肩に担いだ男と一緒に、通用口に向かって歩いたのである。

男に続いて、処置棟の外へ出る。

もう暗くなっているはずの時刻だったが、発電施設の周辺だけは、異様に明るかった。

このあたりも延焼する可能性があるためか、周囲に人影はない。おそらくみんな、通りをはさんで反対側にある宿舎か、港の方へ避難したのだろう。

火の勢いは、尋常ではないように思えた。すでに森林へ飛び火しており、炎は機械棟などの施設の方へ向けてさらに燃え広がろうとしている。

僕は手にしていた消火器を、その場に落とした。消火器など役に立たないことを、見ただけで理解したのである。

間違いなく、火災は発電施設で起きていた。この処置棟ではない。するとさっき照射室で見た煙は、一体何だったのかという気がした。

ひょっとすると、単にこの男が持っていた発煙筒によるものだったのかもしれない。

「心配するな」と、男が言う。「見た目は派手だが、ちゃんと避難すれば、誰も死にゃしないさ」

男は、港とも宿舎とも違う方向へ向かって、歩き始めた。

いまだにこの男の正体が分からないのだが、何せ沙羅華を担いでいるのだから、僕は黙ってついていくしかない……。

いつしか僕たちは、島の頂上にあるサナトリウム・ドームの横を越えていった。さらに男は、僕もまだ見学したことがないような小道を下っていくつもりらしい。

とうとう未舗装の山道になったが、それは港とは反対側の海岸線まで続いているようだった。

僕はふり返り、火災の起きた発電施設のあたりを見てみた。ここからだと炎よりも、現場から立ち上る煙の方がよく目立っている。

小さな島なので、どんどん歩いているうちに、再び海が近くに見えてきた。

男に続いてクマ避《よ》けのフェンスをくぐり抜け、草が生い茂った小道を抜けると、海岸へ出た。随分と砂粒が粗く、どちらかというとベージュよりもグレーに近い色の砂浜が、目の前に広がっている。

男は沙羅華の体を、砂浜に下ろした。

そして裾《すそ》の乱れを直してやると、「ふう」と大きく息を吐き、その場にへたり込む。「重くなりやがって……」

次に胸ポケットから煙草《タバコ》を取り出し、ライターで火をつけた。さらに男は、携帯灰皿も取り出すと、そこへ灰を落とす。

僕は沙羅華を見ていた。まだ麻酔から覚めず、死んだように眠っている。胸のあたりがゆるやかに上下することで、生きていることが分かるのだ。

しばらくして、草むらの方で物音がした。

追っ手かもしれない、と思った。

近づいてきた人影は、そのシルエットからして、女のようだ。しかもかなりスタイルがいい。

男はふり向くと、ニヤリとしながら片手を上げた。ということは、どうやら仲間らしい。目をこらして女を見つめているうち、それはセミナー参加者の一人、アリア・ドーネンであるということに気がついた。今朝会ったときと同じ、ラフな服装で、僕たちを見て微笑んでいる。

アリアは男と軽く抱き合うと、黒煙がたなびく方をふり返って言った。

「相変わらず、やることが派手ね」

僕は、自動通訳機のマイクレベルを調節した。

「あれだけ燃えりゃ、文句はないだろう」男がほくそ笑む。「森林火災消火隊も沿岸警備隊も、みんなすっ飛んでくるぜ」

僕はおそるおそる、男に聞いてみた。

「あの火事は、あんたが？」

男が、煙草の煙を吐き出す。

「さあな」

ふと僕は、沙羅華から聞いた話を思い出した。

「ひょっとして、あんたら、ディオニソス・クラブ？」

「そんなことを聞かれても、お前なんかに言うわけがない」男が首を横にふる。「けど奴らだって、一枚岩じゃないさ。内部犯行の可能性だってあるだろう。俺《おれ》にしたって、誰かが手引きしてくれなかったら、すんなりとはもぐり込めなかった。それさえ、表沙汰《おもてざた》にはならないだろうが」

アリアが、僕の肩に手をかけてきた。

「丁度《ちょうど》よかった」そして胸ポケットに、片手を突っ込む。「これ、返してもらうね」

彼女は、僕の自動通訳機の本体をつまみ出すと、その裏にくっついていた黒いメモリーチップ状のものをはぎ取った。どうやら最新式の、無線LAN侵入機能付きの盗聴器らしかった。

「いつの間に？」

僕がそうたずねても、アリアは返事もせずに笑っている。それどころか、いきなり自分の上着を脱ぎ出したのだ。

何をする気なのかと思いつつ、僕は目線をそらした。

アリアの口ずさむ歌が、聞こえ出す。それはいつも彼女が歌っている歌だった。初めて出会ったときにも、確か彼女は、その歌を口ずさんでいた。クラシックのようなのだが、曲名は分からない。

僕は彼女の歌声を聴きながら、煙草を吸い続ける男を見ていた。

「それよりお前、もっとうまくやると思ってたが」男が僕に言う。「お前がもうちょっとしっかりしててくれたら、俺たちもおとなしく引っ込んでるつもりだったんだがな」

「僕たちのことを、知ってるんですか？」

微笑むだけで、男は僕の問いかけには答えてくれない。

「さてと……」

そうつぶやくと、男は煙草の火を携帯灰皿でもみ消した。そして彼も、服を脱ぎ出したのだ。ただし男の方は、下に濃い紫のウェットスーツを着ていた。

ということは、アリアも今、ウエットスーツに着替えているのだろうか。男は自分が脱いだジャケットを、手術着一枚で砂浜に横たわっている、沙羅華の上半身に乗せてやった。

意外と優しい奴なのかもしれないと思いながら、僕はそんな男を見つめていた。

実は少し前から気になっていたことが、僕にはあった。かといって、いきなり聞くと、どんな目にあわされるか分からない。しかし今聞いておかないと、もう聞けなくなるかもしれないと思った。

「ひょっとして、あなたは」僕は思い切って、聞いてみることにした。「アスカ・ティベルノ……。沙羅華のお兄さんじゃ?」

「誰だっていいじゃないか」

ぶっきらぼうに、男が答える。

「でも、彼女はお兄さんを探して……」

「そんな死んだ人間の話をしても、つまらないさ」

人違いだったのか、と僕は思った。暗くてよく分からないのだが、沙羅華とはあまり似ていないような気もする。ただし頭の良さと口の悪さを別にしてである。

それに彼女の話だと、兄さんは僕より一つ年下のはずだった。しかしこの男は、僕よりずっとしっかりして見える。二十代前半には違いないだろうが、同世代でこうも違うのかという気がしないでもなかった。

ただ、アスカが死んだことになっているのを、この男は知っているようだ。

「じゃあ、あなたは誰なんですか？」僕はまた、男にたずねた。「何て呼べば？」

アリアの歌声が、ふいにやんだ。

「そんなに邪険にしなくてもいいじゃないか」

彼女の方をふり向いた僕は、すぐに目をそらした。まだ着替え中だったのだ。

「ただしアスカ・ティベルノは、死んだことになっている」と、アリアが言う。「あんたも、いろいろ知ってるみたいだけど。だから彼がアスカでも、そうだとは言わないし、こっちにもいろいろ事情があるから、聞かない方がいい」

「けど……」

「そうね、名前がないと呼びにくいだろうし……。じゃあこの人の名前は、〝ライフロスト〟でいいんじゃない？　私も彼のこと、そう呼んでいるし」

「ライフロスト……」僕はくり返した。「すると、アリアさんがライフロストというハンドルネームを名乗っていたのは、彼の名前を借りていたということ？」

「まあ、そういうことかな」

「ひょっとして、沙羅華のパソコンにたびたびハッキングを仕掛けてきたのも、やっぱりこの人だったんですか？　そのときのハンドルネームが、ライフロストだというんだけど」

「さあ、私もそこまでは知らないわね」

「沙羅華は、ハッキングしてきたライフロストが、自分の兄さんかもしれないと思って……」

「彼がこの女の子の兄さんかどうかは、私も知らない。そんな身の上話、あんまりしないからね、彼は……」

アリアはまた、歌を口ずさみ出した。

「確かに仲間うちじゃ、俺はライフロストと呼ばれている」と男が言う。「それだけのことだ。それでいいじゃないか」

自分がライフロストであることを認めた男は、鼻をこすりながら続けた。

「そんな人のことを詮索《せんさく》するより、お前は何なんだ？　お前もアポロン・クラブか？」

僕が黙って首を横にふると、ライフロストが笑い出した。

「そうだろうな。どう見ても、天才には見えん」

「じゃあサラカは、何だってこんな男と」アリアがまた口をはさんできた。「まあ、ただの〝お友だち〟って、とこ？」

「知るもんか」ライフロストが僕を見て言う。「しかし人は見かけによらないからな。俺たちには思いもつかないような取り柄があるのかも……。ま、どうだっていいさ」

ライフロストはズボンを脱ぎ捨て、濃い紫のウエットスーツ姿になった。胸ポケットに何か入れているのか、そこだけやや膨らんではいたが、褐色の素肌にウエットスーツがピタリと張り付き、より一層、彼の体を引き締めて見せている。やはり相当、鍛え上げているらしく、僕は彼の肉体美に見とれてしまいそうになった。

そう、ズボンで思い出した。僕は自分のズボンのポケットに、手を突っ込んだ。そして沙羅華からあずかっていたコンパスを取り出し、ライフロストの目の前に差し出した。

ライフロストは、それを手に取ると、驚いたように見つめている。

「どうしてこれを?」しかし彼は、すぐに首を横にふった。「いや、知らないな。こんなもの」

そう言うと彼は、僕に向かってコンパスを指ではじき飛ばしたのだ。

僕はそれを受け止めた。

「そんなはずはない。彼女、これをあなたに返さないといけないからって……。あなたは沙羅華の兄さんなんでしょ。そしてノアスの発案者も、あなたなんだ。沙羅華が言ってた。ノアスのネーミングは、あなたの名前、ティベルノ・アスカから取ったと」

「それも知ったことじゃない」彼の声は、僕に比べると意外なほど落ち着いている。「アスカというのがどんな奴にせよ、大それた計画に自分の名前をつけるほど、馬鹿じゃないと思うが」

「じゃあ、どうして論文に〝ノアス〟と?」

ライフロストは、歌声の方向を見ないようにしながら、「おい、まだなのか?」と聞いた。

「うん、もうちょっと……」と、アリアが答える。

彼は観念したように、砂浜に腰を下ろした。

「こんな理由はどうだ？ 俺も聞いた話だが」

そして小石を拾い、僕を見上げる。

「お前、〝ＯＲ《オア》ゲート〟って、知ってるか？ 論理回路の一つなんだが」

僕が首をかしげると、彼は手にした小石で、砂浜に簡単な図を描いてくれた。

「分かりやすく言えば……、ここに二つの道があるとする。行く手には門があって、その門を抜ければ、さらに一本道に続いていて、先へ行けるんだ。ＯＲゲートというのは、二つの道の一つでもパスできれば、門が開く。つまり、次のステップに向かって、歩き出せる。何か、人生みたいだろ。一つでも希望があれば、生きていけるってところかな。けど、何も希望がなきゃ、どうなるんだ。ＯＲゲートだと、門は閉じたまま、開かない……」

ライフロストは、小石を海へ投げ捨てた。

「それとは別に、〝ＮＯＲ《ノア》ゲート〟てのもあるんだ。そいつは、二つの道が二つとも駄目だったときに、門が開く。つまり、道が閉ざされたときに開くゲートなんだ。さて、その門の先にある一本道が、希望に続くと思うか？」

僕はどう答えてよいか分からず、黙ったまま彼の話を聞いていた。

「先にあるのは、〝死〟だろ。そんな連中がつながるわけでもなく、群れ集まっている。だからＮＯＲの複合体で、〝ノアス〟さ。つまりノアスとは、希望どころか、死につながる一本道なんだ。ノアスが〝人類救済の道〟だとどこかに書いてあったとしてもだ。アスカって奴にとってノアスというのは、人間に対する、そういうアンチテーゼのつもりだったんだろう。詰まるところ、ただの〝皮肉〟だ。理想郷なんて、こんな人間にはできもしないってね……。

ところが困ったことに、アンチテーゼをテーゼにしたがる奴がいるんだから、世の中ややこしいや。実際にノアス論を実行しようとする奴が出てくるとは、アスカも思ってなかったのかもしれん。しかもアレンジして、無理やり至福だか何だかに道をつなげてな。けど皮肉が現実になるなんて、洒落《しゃれ》にもならない。それで論文は消したんじゃないかな」

ライフロストはふり返り、火災現場から立ち上る煙に目をやった。

「ノアスになって何もかも分かりきった面《つら》で薄ら笑いを浮かべているより、わけも分からずあわてふためいて、とにかくなりふり構わず逃げ回ってる方が、よっぽど人間らしいと思わないか？　今あそこで、連中がそうしているようにな。もっとも連中は、そんな感慨にひたる余裕もないだろうが」

また体の向きを戻すと、彼は遠くの水平線を見つめた。

「真理とは何かだと？　そんなもの、人間に分かるはずがない」そして海鳥の群れを、あごの先で示した。「あいつらの方が、よっぽど分かって生きてると思わないか？」

ライフロストは、ウエットスーツの胸ポケットから小瓶《こびん》を取り出し、それに口をつけた。

静かになった。アリアは、いつの間にか歌い終えていたようだ。

「お待たせ」

黄色のウエットスーツに着替え終えたアリアは、ライフロストの小瓶を取り上げて言う。

「飲酒運転は駄目」

「暖気運転《ウォーミング・アップ》じゃないか」彼が苦笑いを浮かべる。「いざとなれば、代走業者に頼むさ」

ライフロストは立ち上がると、アリアの肩をポンとたたいた。

二人は茂みの中から、二人乗りのモーター・カヌーを引っ張り出してきた。

予備のオールなどをセッティングしながら、アリアはまた、さっきと同じ歌を口ずさむ。

「いい曲ですね」

僕は彼女に聞いてみた。

「気に入った?」

彼女が笑顔で、顔を上げる。

「ずっと気になってたんですけど、何て曲なんですか?」

「知らない?」彼女は逆に、僕に聞いた。「マーラーの交響曲第二番『復活』の第四楽章『原光』。これはその〝独唱《アリア》〟よ」

二人は呼吸を合わせて、カヌーを海に浮かべる。

「待ってください」僕は二人を追いかけて言った。「沙羅華が……。どうか彼女に会ってやってください。もうじき、気がつくかもしれない」

ライフロストは、何も言おうとしない。

僕は彼の肩を片手で突いた。

「おい、どうして行ってしまうんだ」

アリアも、横目で彼を見て言う。

「会ってやれば?」

砂浜で横たわったままの沙羅華を、僕は指さした。

「彼女、会いたがってたんです。一人で苦しんで、泣いてたんです」

「泣いていた……?」

ライフロストが顔を上げた。

「ええ」

「それは、俺のせいじゃないだろう」

「どういうことですか?」

「案外、お前と別れるのが辛くて、泣いていたのかもしれないということさ」

僕は彼の言葉の意味がよく分からず、返事できずにいた。

ライフロストは一つため息をつくと、砂浜に戻っていった。しかし沙羅華の前を通り過ぎ、雑草が生い茂っているところへ向かう。

何をするのかと思って見ていたら、彼は中腰になり、葉っぱを一枚ちぎったのだ。名前は知らないのだが、笹《ささ》によく似た葉っぱだった。そしてちぎり取った葉っぱの一部を、爪《つめ》で裂いていた。

「会わない方がいい奴だっているだろう」

「会わない方が、いい？」僕は聞き返した。

「俺はきっと、〝反物質〟みたいなものだ。エネルギーは似たりよったりでも、誰かさんとは符号が違ってるんだ。触れるわけにはいかないように、できていやがる。だから爆発する前に、退散するのさ」

反物質……。沙羅華も同じようなことを言っていたのを、僕は思い出した。

ライフロストが葉っぱを曲げて、先端をさっき爪で開けた穴に刺していた。出来上がったものは、笹舟に見えなくもなかったが、無限大のマークにも似ていた。

彼はその笹舟みたいなものを、海へ向かって放り投げた。しかしそれは、波打ち際のはるか手前で、ハラハラと頼りなげに落ちていった。

「もう時間もない。ここにいないはずの人間が、いつまでもいるわけにはいかない」

ライフロストは、沙羅華の上にのせていたジャケットをつかむと、またカヌーへ向かっていった。アリアも彼に続いて、カヌーに乗り込む。

「アリアさんも？」

僕がそう言うと、彼女は微笑んだ。

「私は、焼け死んだことにでもしてもらうかな」

「分かってると思うが、黙ってなよ」と、ライフロストが言う。

「で、僕たちは？」

僕は自分の胸を指さした。

「待ってれば、沿岸警備隊が来る。そいつらに助けてもらえ。それからここで沿岸警備隊の注意を引きつけておいてくれ。その間に、俺たちはズラかる。あとは頼んだぜ」

ライフロストが一瞬、沙羅華に目をやったように見えた。

「じゃあな」

その一言を最後に、ライフロストとアリアを乗せたカヌーは、次第に岸から離れていったのだ。

行ってしまった……。しかしいつまでも、沖のカヌーを見ていても仕方ない。僕は沙羅華のそばへ行くことにした。

砂浜に両手をつき、上から彼女を見下ろす。彼女の寝顔をこうしてまじまじと見るのは、初めてかもしれない。眠りについている沙羅華の、何とか弱く、可愛いことかと思った。こんなところに手術着一枚では、きっと寒いに違いない。火事の現場まで戻ると温かいだろうが、近づかない方がいい。ライフロストも、そう言っていた。ここでこうしているしかないのだ。

僕は彼女の横に寝そべり、波の音を聞いた。

星が美しい。〝むげん〟から見る星空も美しかったが、それ以上かもしれない。銀河の果てまで見通せそうな気がした。自分の生きている世界をこんなに美しいと思えることは、滅多にないのかもしれない。

じっと天空をながめていると、宇宙船に乗って宇宙旅行をしているような気分になってくる。しばらく僕は、宇宙に浮いているようなその感覚を味わっていた。

今僕が見ている星々までは、遥《はる》か遠い。けど、そこにあるのは確かなのである。こうしていると、それが実感として分かる。

人が宇宙について考えるとき、概念として〝宇宙〟と言ってしまうが、本当はこれが宇宙なんだと思う。自分は今、百三十七億光年の宇宙を、直接自分の目で見つめているのだ。

宇宙は、実に雄大である。それに比べて、自分の何と小さいことか。しかしそんな小さな自分が、こうして宇宙を見つめていることも事実なのである。

ふと〝自分〟の意味というのは、そこにあるのではないかという気がした。宇宙について考え、それを美しいと思えること――。

ただし今まで〝宇宙〟と言いながら、概念的でわけの分からないものと向き合っていたような気もするのだ。それだとまったくの独り相撲だし、分かるはずもない。

僕は改めて、天空全体をじっくりと見つめた。これが宇宙なのだ。

そしてその宇宙から、〝あなたはそれでいい〟と言ってもらったような気がした。言葉じゃないが、宇宙を美しいと思えることが、きっと一つの回答なのだろう。

とにかく独りじゃない。自分は、こんなに美しい宇宙とともに在るのだから――。

僕は隣の沙羅華に目をやった。もちろん彼女は、この星空を見てはいないだろう。彼女は今、眠りのなかで何を思っているのだろうか。それとも、夢さえ見ていないのか？

そっと彼女の手に触れてみる。

とても冷たいので、僕は驚いてしまった。しかも体は、小刻みに震えているようにも見える。

咄嗟《とっさ》に僕は、彼女の手を握った。

手を握るだけじゃ、駄目だ。それも片手だけじゃ駄目なのだ。彼女が凍傷にでもなったら、間違いなく僕の責任である。こんな沙羅華を、放ってはおけない。

僕は砂浜から起き上がり、両手で彼女の手足をこすって、温めてやることにした。

いや、そんなことでも、ダメかもしれない。急に激しくなった鼓動を感じつつ、僕は思い切って、自分の全身で彼女の体を温めてやることにした。

裸同然で震えている彼女の上に重なったとき、何か自分がぐっと男らしくなったような気がしてきた。僕は片手で彼女の髪をなで、頬に触れてみた。

見ると、星明かりのなかで彼女の唇が震えている。色も青い。いや、紫がかっているではないか。

これは唇も、温めてやらねばならないかもしれない。しかしここは、手のひらで温めるものではない……。

そうだ。いつか沙羅華が僕のことを、〝空気ボンベ〟みたいだと言っていたことを思い出した。今こそ僕は、彼女にとっての〝空気ボンベ〟になってやらねばならないのだ。

僕は生唾《なまつば》を飲み込み、彼女の唇へ向けて、自分の顔を近づけていった。

10

いよいよ接触、という瞬間である。

かなりな確率で予想していたこととはいえ、冷えきった頬に飛んできた平手打ちは強烈で、それこそ目から火花が飛ぶような思いがした。

目を瞬《しばた》かせながら見下ろすと、かっと両目を見開いた沙羅華が、唇をわなわなと震わせている。そして僕の体を、勢いよく押し退《の》けた。

僕は彼女にされるがまま、砂浜に転がるしかなかったのだ。

「君という人は……。見損なったぞ」

と言っているようだったが、ろれつが回っていない。まだ麻酔が残っているらしく、彼女の喋り方はまるで舌足らずな幼女のようで、可愛かった。それはともかく、彼女にとって僕のケア方針は、まったく予想外だったみたいである。

僕は両手を振りながら、「いや、誤解なんです」と言い訳した。

あわてて体を起こし、自分の胸を両腕で押さえると、彼女が周囲を見回した。

「ここは……？」ようやく、夜の浜辺に僕と二人きりでいることに気づいたようだ。「私は悪い夢でも見てるのか？」

それはお互いさまだと思いながら、僕は事実を伝えてやることにした。

「いや、君が眠らされている間に、照射室を抜け出したんだ。いろいろあって、君の処置は行われなかった」

軽くうなずいた彼女が、体をかがめ、また震え出す。

きっと自分の身に起きたことを思い出しているのだろうと、僕は思った。

「怖いのか？」

「ああ……」

彼女は意外なほど素直に、そう答える。

「もう、大丈夫だからね」

名誉挽回《ばんかい》のチャンスだと思い、僕は彼女を優しく見つめて言った。

「君は勇気があるんだね」

「いや、それほどでも……」

褒められた僕は、頭に手をあてた。

「君は、クマが怖くないのか？」と、彼女がたずねる。「ここはクマ避けのフェンスの外なんだろ」

それを聞いた僕の体は、急に震え出した。

「心配するな。クマだってよっぽどお腹《なか》が空《す》いてなきゃ、君にちょっかいはかけないだろう。それより、君が助けてくれたのか？　あの状況からでは、想像できないんだが」

「いや、実は……」

僕は彼女が意識を失ってからのことを順に、けどクマも怖かったのでなるべく簡潔に説明することにした。しかし僕が話し終わらないうちに、彼女は砂浜をこぶしでたたいた。

「その男は、一人で？」

僕はさらに、アリアのことを追加して説明した。

「男は名乗らなかったけど、アリアは彼のことを、ライフロストと……」

「君は一体、何をしてたんだ！」

沙羅華は急に立ち上がろうとして、倒れかけた。それも麻酔が残っているせいかもしれない。

僕が支えようとしたが、彼女はその手をふり払い、海岸線の彼方《かなた》を見つめていた。しかしカヌーなど、もうどこにも見えなくなっていたのだ。

「で、その男……ライフロストは？」

沙羅華がふり返って言う。憤りを抑えきれない様子で僕をにらみつけた。

「いや、でも、彼の言う通り、本当に人違いだったのかもしれない。君にも、君のお父さんにも似てなかったし……。肌も何て言うか、褐色で……」

彼女はうつむくと、苦笑いを浮かべた。

「ヒスパニック系アメリカ人とのハーフなんだ。そこまでは言わなかったが……」

「じゃあ、やはり……？」

僕は肩を落とした。

「どうして引き止めなかった。どうして私に会わせてくれなかったんだ」

「もちろん、そう言ったさ。けど、いないはずの人間がいるのはまずい、沿岸警備隊が来るまでにズラかる、それから自分は〝反物質〟だからとか言って……」

沙羅華はこぶしを握りしめながら、波打ち際へ向かって歩き出した。

砂地に足をとられ、よろけた彼女は、その場に膝《ひざ》をつく。そして足元をじっと見つめたまま、動かなくなった。

「大丈夫か?」

僕は後ろから、声をかけた。

しばらくして彼女は、砂浜に落ちていた葉っぱを拾い上げる。ライフロストが投げ捨てていったものだ。また何か聞かれるのかと思っていたが、彼女はもう、何も言わなかった。それが何なのかが分かるのは、むしろ彼女の方かもしれないのである。

彼女はふと顔を上げ、鼻をくんくんさせたかと思うと、周囲をきょろきょろと見回した。そして、いつしか黒から灰色に変わりつつある煙の方向を、じっと見つめる。

「火事なのか?」と、彼女がつぶやいた。

ずっと意識がなかったのだから、知らないのも無理はない。僕もさっきは簡潔にし過ぎて火事のことを言ってなかったので、補足説明してやった。

彼女は海と煙の方向を見比べていたかと思うと、唇をかみ、その笹舟のようなものをゆっくりと海へ流した。そして海岸に背を向け、裸足《はだし》のまま砂浜をかけ出したのだ。

僕はわけも分からず、彼女を追いかけた。

「おい、どこへ行く気だ？」

「決まってる。戻るんだ」

確かに彼女は、火災現場へつながる道を探しているようだった。

「戻るとヤバくないか？　ライフロストは、ここで待ってろと……」

「誰かが来るまで、こんなところで君とイチャイチャしてても仕方ないだろ」

「でも、また捕まるかもしれないじゃないか」

「可能性はある。しかし沿岸警備隊が来れば、事情は変わる」

僕はとにかく、彼女の後についていくしかなかったのである。

そしてまた、クマ避けフェンスをくぐり、森の中の小道をかけ上がって、島の頂上付近まで戻ってきた。

そこから見下ろすと、発電施設の火は周囲の木々に燃え移り、灰色の煙とともに、大量の火の粉を舞い上げている。

それが何か、風に舞う花びらのようでもあり、昇天していく魂のようでもあり、不謹慎かもしれないが、闇夜に映えて僕には美しく見えたのだ。

現場へ近づくにつれて、僕は火災のすさまじさを直接肌で感じていた。炎は、島の斜面を這《は》い上がりつつある。それに灰白色の煙が混ざり合い、空高く上り詰めていた。意外だったが、消火活動は、特に何も行われていない。消防車も見当たらなかった。人の気配もない。

さらに港へ向かって下りていくと、ようやく人の姿を見かけることができた。通りの反対側の、ロニー社のスタッフやセミナーの参加者たち、数十人がたむろしている。ノースイ比較的安全なところに避難しているようだ。

みんな呆然《ぼうぜん》と立ち尽くしていた。その中に、ティナもフレディも、ベルガー所長もいる。

こっちからわざわざ行くことはないと思ったのだが、沙羅華が彼らに近づいていき、

「何をしてるんです?」と、聞いた。

フレディが驚いたように、目を見開いている。

「どうやって逃げてきた?」

「それは今、どうでもいい。ここで何をしているのかと聞いてるんです」

「決まっている。逃げるんだ」フレディは、岸壁に目をやった。「みんな、次の船便の到着を待っている」

「でも何とかしないと、トレラスのある機械棟まで燃え移ってしまう」

「そんなことは分かってる。しかしもう、手のつけようがないじゃないか」

「笑いに来たの?」ティナは沙羅華にそう言うと、両手で顔を覆った。「もう、何もかもおしまいよ……」

「違う。手伝いにきた」と、沙羅華が答える。「施設を守る。火災から」

所長たちは驚いたように、彼女の顔を見つめた。

実は、僕にもそれは意外なことだった。何を言い出すのかと思っていたら、施設を守るなどと……。

「無理だ」と、所長が素っ気なく言う。

僕もそう思ってうなずいた。しかし沙羅華は、本気のようだ。

「あなたたちの大事な施設なんでしょ」

「しかし石油タンクが爆発したんだぞ。それが森林に燃え広がってしまって、手がつけられない。こっちの備えも十分じゃないし、燃えるにまかせるしか、もう方法はないんだ」

僕はみんなと、火災現場の方をながめていた。炎と火の粉はさらに勢いを増し、夜空を赤々と染めている。確かにこれでは、島ごと燃えたっておかしくないような気がした。

「こんなどうしようもない絶望に、君はどう立ち向かえと言うのか」

フレディが力なくつぶやいた。

「確かにこの火は、すぐには消せない」沙羅華も炎を見上げている。「でも消火できないのなら、延焼をくい止める。最低限、機械棟を。加速器だけでも守りましょう」

「だからどうやって？　もう消火剤もないのに」

「消火設備は十分になくても、工事用の機材はある」

「どういうことだ？」

沙羅華が、みんなに向かって言う。

「要は、機械棟に火が燃え移らないようにするんです。周囲の木々を伐採するか何かして。チェンソーとかなら、ここにもあるでしょ」

「ああ、倉庫に」と、フレディが答えた。

「木はブルドーザーなど、動かせる重機を使ってなぎ倒してもいい。機械棟の周囲に溝を掘るのもいい。消火活動だって、ポンプがある。水が足りなければ、海の水を使えば」

「でも海水だと、錆《さ》びちゃう」と、ティナがつぶやく。

「そんなものは、鎮火後に洗い流せばいい。何もやらないよりは、ずっとましだ」

「しかし我々には、消火活動の経験がない」所長が首を横にふる。「森林火災消火隊にまかせよう」

「それじゃ、間に合わない」

「いや、やったとしても間に合わない。火のまわりが早過ぎる」

「間に合わないかどうかは、やってみないと分からない」

「やらなくても分かる。考えてもみろ。石油タンクが丸ごと爆発炎上したんだ」

「それはもう聞きました。それでもやるしかない」

沙羅華と所長は、しばらくにらみ合っていた。

「やっても無駄よ」ティナが悟ったように言う。「それに消火活動なんて、危険なだけ」

「何が危険だ」沙羅華がこぶしを握りしめる。「考えてもみろ。ここにいるのは、もともとこの世をはかなみ自殺するつもりで集まった連中ばかりだろ。死ねるなら本望じゃないか。それに危険と言うが、生きる気があるなら、ちょっとやそっとじゃ死にはしない」

僕は聞きながら、本当かなあと思って首をひねっていた。彼女がさらに続ける。

「あんたたち、ノアスになりたいんじゃなかったのか。加速器トレラスは、そのための大切な設備じゃないのか。そのトレラスを失うと、自分たちに至福を与えてくれる、唯一無二の加速器じゃなかったのか。自分たちで守らなきゃ。もちろん、もうノアスにはなれないかもしれないんだよ。だったら、自分たちで守らなきゃ。もちろん、逃げてても守れない。森林消火隊は来るかもしれないけど、人を頼りにしてじっとしてても、道は開けない。自分たちでやらないと。自分から行動を起こさなければ、なりたい自分になんて、なれるわけがないじゃないか」

もう麻酔は抜けたらしく、沙羅華は完全に元の口調に戻っていた。

「それに頭で考えて簡単にあきらめないで、可能性のあることは、やってみないと。こんなところでじっとしてたって、駄目になるのを待ってるようなものだ。頑張ってやってみれば、きっと加速器は守れる。そう信じて、とにかくやってみるんだ」

みんなは沈黙したまま、沙羅華を見つめている。

「もう、議論している暇はない。倉庫の鍵は?」

そう聞かれたフレディが、「開いてる」と答えた。

「私だけでもやる」

沙羅華はそう言って、倉庫へ向かって走り出したのだ。

「おい、どうする気だ?」

僕は仕方なく、彼女を追いかけた。

「さっき、さんざん言ったじゃないか」

「しかし……」

僕は火災現場をふり返った。

「君までそんなことを……。島へ戻ってきたときのことを思い出せ。命懸けで戻ってきてくれたんじゃなかったのか?」

「そう言われればそうだったかも……」

「何だって命懸けでじたばたしてみれば、運命は変えられるかもしれない。たとえ少しでもな。君もあのとき死んだつもりで、じたばたしてみろ」

「いや、しかし……」

「男らしくない男だな、君は。だったら好きにすればいい。もう私についてくるな。連中と一緒に絶望していたいなら、そうしてるがいい」

そんな言われ方をしたら、ついていくしかないのである。僕も一応、男なのだから。

プレハブ倉庫の前に着いた。鍵はフレディの言っていた通り、開いている。

しかし照明は、停電でつかない。火事のおかげで真っ暗というわけではなかったが、沙羅華は暗がりで、チェンソーなど使えそうなものを探していた。

「しかしお前、何でこんなことを……」

「何で、とは何だ？」

「だから、何であんな連中のために」

「君のせいじゃないか」と、沙羅華が言う。

「僕の？」

「君さえ邪魔をしなければ、すべてうまくいったんだ。なのに君は……」彼女が舌打ちをする。「私の計画は完璧《かんぺき》だった。私がノアスにならず、君も助かり、連中のたくらみはすべて公《おおやけ》になって、行方不明者たちも全員見つかる……。そうなりゃディオニソス・クラブだって、こんな暴挙には出てなかったかもしれない。それがどうだ。君のおかげで、何もかもがパーじゃないか」

気のせいか彼女は、麻酔を打たれる前より、ハイテンションになっているようだった。

「私の作戦など、考えれば分かることだ。なのにどうして君は、何も考えない。黙って消えてくれればいいものをわざわざ戻ってきて、さんざんごたくを並べて、挙げ句に私の計画をぶち壊しにしたんだ」

聞いているうちに、僕もだんだんむかむかしてきた。

「何が完璧な計画だよ。一人でやろうとするからじゃないか。僕だって心配してるのに」

「君に何ができる。私は一人でも戦えるのに、何故君は、私の邪魔をするんだ」

「でもせめて僕には、本当のことを言ってほしかった。仲間だと思っていたのに」

「私にチームプレーができると思っていたのか?」

そう言われると、その通りなのである。確かに彼女は、一人この島に残っても、ミッションをパーフェクトに遂行し、無事に脱出していたかもしれないのだ。

「本当のことを言ってくれだと?」沙羅華は吹き出した。「簡単にだまされる、君が馬鹿なだけじゃないか」

馬鹿と言われても、返す言葉もないのである。しかし人を、馬鹿呼ばわりしなくてもいいと思うのだ。しかもわざわざ追いかけてアラスカまできた人間をつかまえて、馬鹿とは……。どうせお前は天才だとでも、言いたくなってくる。僕は僕なりに考え抜いて、そして彼女のことを大切に思って行動しているつもりなのに。

沙羅華はチェンソーを見つけたようだった。試しにエンジンをかけてみた後、軽くうなずいている。

倉庫の入り口を見ると、何人かが小走りで近づいてくる。ノースイロニー社のスタッフたちだった。

彼らは沙羅華を見つけると、口々に、「手伝わせてください」と言った。

彼女は礼を言い、彼らにチェンソーや斧《おの》、スコップ、作業用の手袋などを手渡している。

「おい、ボサッとしてないで、君も何か手伝え」

沙羅華は僕に、手袋を投げてよこした。

そして自分はチェンソーを持ち、機械棟を目指して倉庫を飛び出していったのだ。

僕はそのへんにあった斧を握りしめると、またそんな彼女を走りながら追いかけた。沙羅華は僕をふり返り、「おい、もっと急げ」と言う。そして「やっぱり君なんか、連れてくるんじゃなかった。君といても、ろくなことがない」と愚痴《ぐち》をこぼしたのだ。

「今更そんなことを言わなくても……」

「それに綿さん、私の体を触っただろう」

さっきの砂浜でのことを言っているらしい。

「いや、君の体を温めないといけないと思って……」

「余計なことを……」彼女は片腕で、自分の胸を押さえた。「君の体温で温められていたのかと思うと、寒けがする」

人の体温をもらっておきながら、そんな言い方はないだろうと思う。

「何が余計なことなんだ。僕はお前のことが……」

走りながら喋ると、息が続かなかった。

「私のことが？　何だ？」と、彼女が聞き返す。

「その、大切に思えるからこそ……」

「だから君がそういう泥臭い感情論を持ち込むから、私がせっかく組み立てた完璧なプログラムに侵入してきて、バグだらけにしてしまうんだ」

「バグで悪かったな、バグで。でも、〝一バイトのバグにも五分の魂〟だぞ。せっかく紛れ込んだバグを、君のプログラムに組み入れてくれてもいいだろう」

「君のバグなど、ジョブの妨げにこそなれ、何のプラスにもならない。私が探し求めているのは、バグなんかじゃないんだ。私も馬鹿さ。すぐ目の前に〝答え〟があったのに、何でこんな不完全な人間がいる世界を選択したのかと思うとね。自分が情けなくて、情けなくて、本当に涙が出てくる」

僕は沙羅華が流した涙のことを思い出していた。するとあのときの涙は、〝答え〟よりも、僕たちがいるこの世界を選んだ自分が情けなくて、流した涙だったのだろうか？

「そうやって君は、私の計画を全部ぶち壊しにするんだ」と、彼女は言った。「何もかも、君のせいでこんなことに。私は私でやっていけるのに……。君が……、君が私のことを、心配したりするからだ！」

彼女は僕の方をふり返らず、大声でそう叫んだ。

そのとき正面から、数人のスタッフたちがこっちへ向かって走ってくるのが見えた。その中に、フレディもいる。

沙羅華は軽く鼻をすすると、「どこへ行く？」と彼らにたずねた。

僕はひょっとして、もっと安全な場所へ逃げるつもりではないかと思っていた。

「あっちにブルドーザーがある」フレディが、サナトリウム・ドームの方を指さして言う。

「それで機械棟の周りにある燃えそうなものを、片付けてみる」

「じゃあ、お願いします」

沙羅華はそう言うと、大きく片手を上げた。

彼らと一旦別れた後、僕たちはようやく、機械棟周辺の森林へ到着した。炎は間近に迫っている。

沙羅華を見ると、足から血を流していた。考えてみれば、彼女はずっと素足だったのだ。

「血が……」

僕はポケットからハンカチを取り出すと同時に、彼女の足を両手でつかもうとした。

「馬鹿。今はそれどころじゃない」

彼女に蹴飛《けと》ばされそうになった僕は、その場で尻《しり》もちをついた。

「さっきから何だよ、馬鹿馬鹿って」僕もいよいよ、腹が立ってきた。「確かに僕は馬鹿かもしれない。けど、あえて言わないだけで、お前だって人間性が最悪じゃないか。自分勝手で、傲慢《ごうまん》で……。それは何も、僕が馬鹿なのとは無関係だろうが。もう、お前なんかとは付き合いきれない」

と、ここまでまくしたてたものの、僕はちょっと後悔していた。そんなことは、彼女もよく分かっている。この期《ご》に及んで、人に言われるまでもないことなのだ。

「うるさい。この期に及んで、何をゴタゴタと……」そして彼女は、とうとうこう叫んだのだった。「もう、君とは絶交だ！」

怒る沙羅華を、燃え盛る炎が照らし出す。そしてチェンソーのエンジンをかけると、彼女は機械棟周辺の木々を、手当たり次第に伐採し始めたのだ。

木々が燃えるパチパチという音に、チェンソーの爆音が加わり、混じり合う。

僕も何でこいつらを助けてやらにゃあいかんのかと思いながら、とにかく作業を始めた。機械棟の周囲にある比較的細い木を、斧で切り倒していくことにする。

斧をふり下ろすたびに、沙羅華に言われた言葉の数々が、僕の頭のなかで反響していた。もう自分でもわけが分からないのである。特に沙羅華を助けようとして海に飛び込んでから、彼女とこうして森林伐採しているまでの事情というのは。命懸けで助けたその彼女とも、何故か喧嘩してしまっている。

そう、喧嘩してしまったのだ。さっき星空を見上げて感激したばかりなのに、彼女と向き合うと、もう喧嘩である。お互い無事なのを、喜び合うこともなく……。自分でも、ちっぽけな人間だなあと思う。星々のなかに一瞬、答えが見えた気もしたけど、まだまだ遠いのである。

確かなのは、その星々が今も僕たちの周囲をつつみ込んでいるということだ。もしそこに誰かいるとすれば、答えを求めて届きもせず、争ってばかりいる人間たちが、どんなふうに映っているのだろうか。

機械棟にふりかかる火の粉は、増しこそすれ減る様子はない。体はもう、ここがアラスカだということを忘れるほど熱くなっていた。まるで真夏の夜のようである。

見ると、ティナと数人のスタッフたちが、ポンプで機械棟へ向けて放水する準備を始めていた。フレディはブルドーザーで、僕たちが切り倒した樹木を移動させている。ベルガー所長も、パワーショベルを運んできていた。きっと機械棟の周辺に、溝を掘る気なのだろう。またジャケットを脱ぎ、それで火を消そうとする人や、ホウキで火の粉を追い払おうとする人、スコップで燃えた枝や葉っぱに土をかける人も見かけた。

正直、あまりはかどっているようには見えない。所長が言っていたように、誰もこんな作業には慣れていないせいもあるだろう。けどみんな、一生懸命に取り組んでいた。

スタッフのなかには、すでにカテゴリー1のノアスになった人もいるようだったが、その表情は真剣で、とてもノアスには見えなかった。また、ノアス化を希望していたセミナー参加者たちも、それらの作業に加わっていた。加速器が焼失するとノアスになれなくなるので、それで必死になっているのかもしれない。〝火事場の馬鹿力〟とは、よく言ったものだ。あいつら、あんなに一生懸命何かをしたことは、今までなかったんじゃないかと僕は思った。

熱風が勢いよく吹き込んでくる。こんなところでできもしないことを続けるより、避難した方がましだという気持ちは、今もあった。それでも沙羅華がここにいる限り、僕も割に合わない作業を続けるしかないのだ。

確かに世の中、不合理である。たとえば今、僕が置かれている状況がそうではないか。そこで立ち止まり、失望してしまえば、それまでの話なのだ。状況は、さらにひどくなるかもしれない。

それはあの男――ライフロストの言っていた話を真似《まね》れば、開きもしないORゲートの前で、じっとたたずんでいるようなものだ。いくら待っていても、ORゲートがNORゲートに変わったりはしないし、開いたりもしない。

僕は島のてっぺんを見上げた。あそこにあるサナトリウム・ドームが、ノアスたちの理想郷になるはずだった。しかし現実は、そうした理想郷からはほど遠いようである。

僕はまた、ライフロストの言葉を思い出していた。

わけも分からずあわてふためいて逃げ回っている方が、人間らしい――。確かに、そうかもしれない。答えなんて、いくら考えても分からないし、届かない。けどそう思ってただ立ちつくしていては、またそこから逃げ出していては、答えに届く機会すらなくなるのである。かといって、どうすればいいかは分からない。

ふと、さっき沙羅華が言っていた通りではないかという気がした。そして今の自分たちのしていることが、まさにそうなのだ。

つまり、〝じたばた〟しているのである。

ノアスが真理だとしても、そこへ至るプロセスはやはり疑問に思える。またノアスになり、悟りきって微笑んでいることが〝人間らしい〟とは、あまり思いたくはない。何もそんなマシンの力を借りなくても、生身の体でじたばたと生きてりゃ、見えてくるものもあるかもしれないだろうに……。

僕は再び、ノースイロニーの連中を見てみた。必死になって、消えそうもない炎を消そうとしている。それが不合理だということは、僕以上に理解しているはずだ。しかし立ち止まらず逃げもせず、かといって、わけもよく分からず、それでも何とかしようと、じたばたしている。

ライフロストは、逃げ回っている方が人間らしいと言っていたが、こんなふうにじたばたしている方が何とも人間らしいのではないかと、僕なんかには思えてくるのである。ライフロストにまた会うことがあったら、そのことを伝えてやりたいと僕は思った。もう会うことは、ないのかもしれないが……。

僕の服を濡らしていた海水は、炎にあぶられてとっくに乾き、今度はまたほとばしる汗で濡れている。正直、もうヘトヘトだった。第一僕は、沙羅華のためにはじたばたしても、加速器のためにじたばたしようとは思わないのだ。

それを率先してやっている沙羅華は、やはり僕には分からない存在なのである。彼女は僕以上に疲れているはずだ。足だって、怪我《けが》をしている。それが何故、ああまで頑張れるのだろう。

沙羅華に目をやると、彼女も汗だくになっていた。染み出した汗で、手術着がところどころ、素肌に張り付いている。肩も、背中も、そして……。

白い手術着のまま汗を流し、胸を揺らしてチェンソーを操る彼女を見つめていたとき、あんなふうにして沙羅華に切り刻まれたら、僕はきっと何の憂いもなく昇天してしまえるのではないかという気がした。

そんなことを考える僕は、ひょっとしてマゾヒストなのかもしれない。もっとも僕は、彼女にとっては小枝ほどの存在でもないのだろうが……。

「ボサッとするな！」沙羅華の怒鳴《どな》り声がした。「最後まで、気を抜くんじゃない」

「あ、はい……」僕はこわごわ、彼女に聞いてみた。「絶交するんじゃなかったのか？」

彼女はチェンソーの先端を、僕に向けて言う。

「うるさい。早くしろ！」

沙羅華の罵声《ばせい》に、僕はまた、ゾクゾクするものを感じていた。それをエネルギーにして、僕ももうちょっと、頑張ってみようかと思う。

そのとき、森林消火隊のヘリが間もなく到着するという連絡が入った。周囲に歓声が巻き起こる。ひょっとしてひょっとすれば、機械棟の延焼だけでも防げるかもしれない。しかし沙羅華の言う通り、最後まで気を抜いてはいけないのである。

というわけで僕は、沙羅華に叱責《しっせき》されながらも、降りかかる火の粉を払いつつ、他の連中とともその後も延焼防止に尽力したのだ。

そして沙羅華はといえば、強烈な自己を発散させながら、荒れ狂う炎の海に立ち向かい続けたのである。

そんな彼女を見つめている僕の耳には、何故かアリアが口ずさんでいたマーラーの交響曲第二番『復活』のメロディが鳴り響いていた。

小満……（しょうまん）

1

森林はまだくすぶっていたが、翌朝には、施設部分の火災はほぼ鎮火していた。

それで僕たちは、服も顔も泥やススだらけのまま、沿岸警備隊の船内でいろいろと事情聴取されたのである。ただし負傷者は、救護ヘリで先に島を出ていた。足に怪我《けが》をしていた沙羅華も、その一人だ。

僕は担当の捜査員に、なるべく本当のことを言うつもりだったが、結局言えないことは言わず、言えることだけを言っておいた。

それからさらに、アラスカの州都ジュノーに対策本部が設置され、僕たちも一旦《いったん》、そこへ集められることになる。今度は、国際刑事警察機構《ICPO》の警部なども話を聞きにきたが、なるべく誠実に対応することにした。

いずれにせよ、しばらく足止めとなるみたいだった。外部への連絡を許されたので、僕はネオ・ピグマリオン《NP》に電話を入れ、依頼のあった行方《ゆくえ》不明者うち、三名までを確認したことを伝えた。はるばるアラスカまで出張してきて、僕が得た成果の一つだ。ただしそれは、僕たちの手柄にはならなかったのである。

何故《なぜ》なら、今回の火災についてはすでに報じられていたからだ。救出された人々の中に多くの行方不明者たちがいたことも、ニュースとなって伝わっていたのだ。また身元確認と同時に、地元の警察などから外務省を通じて、保護者たちにも連絡が入っていた。あるいは本人が、保護者たちに連絡を入れたケースもあったようだ。

僕もそうしたニュースをテレビで見てみたが、報道通りのことと、そうでないことがあるように思えた。それでこの〝リポート〟の備忘録を書いているようなものなのだが……。

では今回の事件が一体どのように処理されつつあるのかについて、触れておかねばならない。

まず、火災による死者はなかった。ただし行方不明者は、一名。あとは怪我をした人が何人かいるものの、全員の無事が確認されている。このあたりはまったく、ニュースの通りだ。で、行方不明者は、あのアリア・ドーネンという女性である。

火事の原因はまだ調査中だが、現場では放火を疑っているものの、失火も否定できないらしい。というのも、出火場所の石油タンクのあたりは火災の勢いが激しすぎて、原因究明には至らないようなのだ。それにスタッフたちも、原因の心当たりについてはほとんど何も言わないそうである。

当然、つつかれるといろいろ困ることがあるからに決まっていた。僕もライフロストに

「黙っていろ」と脅されていたこともあり、何も言っていない。

結局、現在行方不明のアリアが焼身自殺を図った際に、発電施設に引火したのではないかという見方に落ち着きそうだった。またそれは、ノースイロニー社が再起不能にならずに済む、ギリギリのレベルであるのかもしれない。

行方不明になっていた人たちのことも、捜査員たちは不審がっていた。身元確認の際、僕たちみたいに処置される前の人間もいたものの、当然、その人格の変化に気づく人も結構いたわけである。

ノースイロニー社は隠したかったようだが、カテゴリー1のノアスに作り直された連中がそのへんをウロチョロしていれば、もう隠しようがない。今回の火災騒動によって、彼らが密《ひそ》かに進めていた加速器による脳内操作の研究は、すべて外部にさらされてしまったのだ。もちろんこれは、ライフロストやアリアの意図通りなのだろう。

捜査員たちは急きょ、専門医を招集するとともに、ノアス化されたと思われる人を、心的外傷後ストレス障害《PTSD》などを理由に面会謝絶とした。こうして捜査が開始されたことで、〝ノアスの園〟の全貌《ぜんぼう》が、次第に明らかになっていったのである。

以下、あとから聞いたこともあるし、まだはっきりしていないこともあるのだが、まとめて書かせてほしい。

まず法的な問題について。ノアスが違法かどうかは、実はこれからの判断ということになるようだ。

いきなりはっきりしない話で恐縮だが、フレディがセミナーで言っていた通りなのだ。加速器による脳内操作は、まだ法整備が十分にされているとはいえない状況なのである。またノースイロニー社は参加者たちとの間で契約も交わしているので、個々には責任を問えない可能性もある。

ただし、施設を癌《がん》治療の目的で申請しておきながら異なる処置をしていたことや、正式な開院の前に処置を実行していたことなどは明らかに違法であり、ノースイロニー幹部の逮捕は免れないと考えられている。それを突破口にして捜査は進められる見通しで、すでにいくつか、真相解明に向けた動きも見られていた。

まず、事業はノースイロニー社単独で計画されたものではなく、背後にかつてのメンタルヘルス事業最大手で現在は経営危機が伝えられている、〝ソウル《S》・オリジン《O》・サービス《S》〟が関係しているというのだ。あのフレディこと、フレッド・ポラックは、そのソウル・オリジンのメンバーだったらしい。

また、ゼウレット社との関係も取《と》り沙汰《ざた》されている。言うまでもなく、精子バンク事業で多くの天才を生み出した、あの企業である。ノースイロニーへの出資者のなかに、ゼウレトの関連会社もあったというのだ。フォン・ベルガー所長が、ゼウレットの退職者だということも判明した。それにティナ・ヘインズも、ゼウレットが生み出した天才児の一人だ。ただし、ゼウレットからノースイロニーへ出向してきたようなスタッフはいないらしい。

ゼウレトには、出資や人材の供給だけでなく、研究施設も提供していたのではないかという疑いもかけられている。というのも、いきなり新施設を建設する前に、基礎研究の段階があったのではないかと考えられるからだ。それにはトレラスのような加速器を装備している既設の病院か、研究施設が必要になってくる。すると沙羅華がにらんでいたように、それはゼウレト癌センターかどこかで行われていた可能性があるわけなのだ。

いずれにしても事件の背後に見えてくるのは、新規のビジネス・チャンスをうかがう企業の思惑なのである。セミナーでは自我や人生に関するいろんな講釈を聞かされたけれども、目的は結局、お金儲《もう》けだったようだ。

ゼウレト社の事件への関与が明らかになれば大きなダメージになるかもしれない、と思ってしまうのだが、ある事情で、ゼウレト関係者については逮捕に至らないのではないかという見方もされていた。

ゼウレトの最高経営責任者《CEO》、シーバス・ラモンは、ノースイロニー社が勝手にやったことだとして、関係を否定しているらしい。事件を伝えるニュースにしても、ノースイロニーとソウル・オリジンの名前は出てきても、どういうわけかゼウレトの名前は出てこないのである。

何故なんだろうと考えているうちにたどりついたのが、アポロン・クラブの存在だった。

ゼウレトの申し子とも言えるアポロンが裏で動き、もみ消したのではないかということだ。

そんなことができてしまうのが、政治経済の中枢にも深く入り込んでいるらしいアポロン・クラブの強みであり、恐ろしいところでもあるのだろう。

また、ゼウレトの背後にまだ大きな存在が隠れている可能性も否定できず、そこへ捜査が及ぶのを防いでいるとも考えられる。何故ならトレラスの使い道は、ノアスだけではないと思えるからだ。たとえば洗脳や、それによる治安維持などにも応用できてしまう。それらについて研究したがっている組織の存在も、否定できないのである。またそうした世界で暗躍する天才集団、アポロンについても、想像できないことではない。

そこで思い出すのが、ノアスの発案者にして沙羅華の兄、アスカ・ティベルノのことだ。彼が自分を死んだことにしたのも、そのあたりに何かありそうな気もする。確か彼は、ノアス論はただの皮肉だと言い、実現に向けての研究には反対みたいだった。そういう立場の自分が消されたくないので、先に自分で消したという推理もできるのである。

それで闇《やみ》の世界から、言葉よりも具体的な行動で、時に過激に自分の意思表示をしている……。沙羅華もアブないが、あの兄さんらしき人物も、相当アブないかもしれない。まったく、物騒な兄妹である。

いや、二人だけじゃない。アポロン・クラブのメンバーたちが、今後こういう問題を引き起こす可能性は、大いにある。ディオニソス・クラブになると、さらに分からない。

〝テロ組織〟と言ってしまえばそれまでだが、アポロン・クラブ、あるいはそれを生み出したゼウレト社の動きを、牽制《けんせい》しているようにも思えるのである。

いずれにせよ、あっちもこっちも物騒な連中ばかりなのだ。

すでにノアス化された人たちのその後についても、少し触れておきたい。さっき書いたように、行方不明者たちの消息が家族に連絡された後、ノアスになってしまったらしい人については、面会謝絶となった。

ところが、親たちは金持ちなのである。アラスカ州都の対策本部へ強引に押しかけ、無理やり面会にまでこぎつけた人もいたのだ。こんなところで張り切るぐらいなら、もっと子育ての時からしっかりやっておけばいいのにと思うのだが、そんなことを今更言っても仕方ない。

とにかく、会ってしまえばもう、その変わりようは一目で分かってしまう。PTSDというような言い分けでは、通用しないのである。マスコミもかぎつけ、ノアスに関する情報がセンセーショナルに漏れ出した。

ただし僕から見れば、それはカテゴリー1がノアスのすべてであるかのような報道ばかりで、2や3については、伝えられていなかった。いずれにせよ、今回の事件がきっかけで、ノアスの存在が広く知られるようになってしまったのは確かだった。

そしてネットなどで調べてみると、相当数の連中が、このノアス化の処置を希望しているらしいのである。しかし皮肉なことに、今回の事件によって事業開始の見通しは、まるで立たなくなってしまっていた。

またノアス化された人を診察した専門医たちによって、新たな所見も得られている。一度の処置だけで、ノアスの状態は永続しないのではないかというのである。特に改造幅の小さいカテゴリー1の場合、その傾向が顕著だという。どういうことかというと、脳の機能障害と似たことが起きるらしい。つまり失われた機能を補完しようと、他《ほか》の部位が機能を代替し始める。ノースイロニーは、失われた〝自我〟の代替として〝全体我〟が生じると説明していたが、失われた〝自我〟の機能をなるべく忠実に、他の部位が代替することもあり得るらしいのだ。

だから元に戻る意志があるなら——リハビリをしなければならないが、元通りとはいかなくても、ある程度までなら元に戻れる可能性もあるという。とにかく一度処置をされても、それでノアスになったわけではないみたいだ。ノアスになるか、あるいは元のエゴスに戻るかは、要は本人の意志と努力次第ということのようである。

ただしカテゴリー2の機能回復については、専門医も疑問視しているらしい。改造幅が大きいからだ。しかし今のところ、2の処置を受けた者はいない。密かにサナトリウム・ドームに収容されていた連中も、1を幾分《いくぶん》超えてはいるが、2には至っていないとみられていた。もっともこれらはあくまで一つの仮説であり、検証するのはこれからとなる。

さて、未処置の僕については聴取も一段落したこともあり、帰国の許可が出た。

もちろん、ノースイロニー社の面々に対する捜査は、まだ続いている。やはり幹部は、逮捕となる公算が大きいようである。ベルガー所長も、フレディも、それからティナも……。

実を言うとティナは、延焼防止活動のときに張り切りすぎて倒れてしまい、沙羅華同様、救護ヘリで搬送されていたのだ。その後病院で手当てを受けながら、事情聴取も受けていたようだ。

所長やフレディといったおっさん連中はどうでもいいのだが、ティナのことはずっと気になっていたので、僕は捜査員に面会を申し込んでいた。そして帰国の前になって、ようやくそれが認められたのである。ただしティナは、沙羅華とは同じ病室で、もう嫌《いや》というほど話し合ったらしく、今度は僕だけが会うことになった。

対策本部に設置された面会室で、ティナと向き合う。

落ち込んでいるのかと思いきや、妙にサバサバとした表情をしていた。服装も島にいたときのゴスロリと白衣から、白のフリルのあるメイド風のものに変わっている。けど強気なのは、相変わらずだった。

「私、焼け残った施設を、当初の申請通り癌の治療に使うよう進言して、そこでまた働くつもりよ。せっかく焼け残ったんだから」

そう、機械棟および加速器トレラスは、奇跡的に延焼を免れたのである。深夜になって風向きが変わったことにも、助けられた。この点に関してだけは、ライフロストの思惑とは違っていたかもしれない。しかし、沙羅華が望んだことではあるのだが……。

「私もせっかく生き残ったわけだし、また生きないと」

彼女は大きく、両腕を伸ばした。

「私、現場で気を失って、それで病院で気がついて、ベッドからぼんやりと天井を見上げていたとき、何か別な人間に生まれ変わったような気がしたの。ノアスになったわけじゃないのに、何だかすっきりしてしまってさ。逆説的よね。ノアスになりたいと思って必死になって活動して、気がついたらノアスになりたいと思わなくなっちゃってた。

それで気がついたの。私ずっと、人間のある部分を強制的に消去することで、答えを得ようとしていた。でも書き加えることで、得られる答えもあるのかもしれないって。その上書きが、永遠に続くとしてもね……。人間も、捨てたものじゃないかも」

ティナは微笑《ほほえ》みを浮かべた後、可愛《かわい》い舌を出した。

僕は僕で、あのとき感じ取った気持ちのことを思い出していた。つまり、今ここに自分がいる意味も分からず、じたばたしている方がよっぽど人間らしい……。ひょっとしてティナも、それを体感したのかもしれない。

「サラカがノアスにならなくて、本当に良かった」と、ティナは言った。「彼女のおかげでこんな気持ちにもなれたんだし。それに彼女、ノアスになる必要なんて何もないもの」

「どうして?」と、僕は聞いてみた。

「だってサラカは幸せだもん。いい友だちがいて……」

ティナはうらやましそうな目で、僕を見つめていた。

どうやら僕を、いい人だと思い込んでいるらしい。しかしティナは知らないのである。

あの砂浜で沙羅華の意識回復が三分……、いや、もう一分遅ければ、僕が性犯罪者になっていたことを……。

僕はティナの求めに応じ、彼女と握手して別れた。

確かに未解決の問題は多いが、ティナと握手できたことで、僕のなかにあったある種のモヤモヤは、解消できたような気がした。

今回の事件について捜査本部では、ノアスに関しては隠し切れないとしても、詳細の公表は控える方針らしい。それは僕も、何となく納得できた。ノアス化のノウハウが流出すれば、ある意味、麻薬化してしまうおそれもあるからである。

今後ノアス化された人たちは、注意深く検査をし、本人ともよく話し合い、場合によってはアメリカ政府が監督した上で、慎重に社会復帰の道を探る方針だという。

ということで、処置を受けなかった僕はようやく帰国となった。私物も返却してもらう。

空港でパスポートを出そうとしたとき、ピグマリオンの守下麻里さんからもらったお守りを見つけた。僕が無事に帰れるのは、ひょっとしてこのお守りのおかげだったかもしれないなと思った。

2

帰国すれば、今度は警視庁から任意での事情聴取が待っているらしかった。といってももちろん、加害者としてではなく、海外犯罪における日本側の対応の一環、ということだそうである。相手が警視庁だろうが何だろうが、やはり言えないことは言わないつもりでいたのだが、なまじ日本語が通じるだけ、返事に困るやりとりも僕は予想していた。

空港の到着ゲートでは、ネオ・ピグマリオンの樋川晋吾社長と守下さんが出迎えてくれた。樋川さんは僕の顔を見ると、微笑みながら「や、お疲れさま」と言って軽く片手をあげた。しかし僕はむしろ、守下さんに再会できたことの方が嬉《うれ》しかったのだが。彼女は僕の荷物も半分持ってくれたのである。

それからピグマリオンが予約してくれたホテルへ行き、守下さんとはそこで別れた。

警視庁の事情聴取には、許可を得た上で、樋川さんも同席してくれるというのだ。そして返答に窮している僕の横で、今回の旅行が彼の依頼による潜入捜査だったことを説明してくれたのである。どういうわけか、樋川さんは警視庁に顔がきくらしく、僕は言いたくないことをあまり言わずに聴取を終えることができた。

セミナー参加者についてはプライバシー保護のため、氏名などの公表はされていない。よって僕は一般の海外旅行者と同様、今まで通りの生活に戻れるわけである。

樋川さんとはタクシーの中で、あれこれ情報交換した。やはり行方不明者の発見は、ピグマリオンの手柄にはなっていないらしい。彼らが依頼をペンディングにしたままだったので、公式には何の儲けもないわけである。

「それでも経費は出しますよ」と、樋川さんは言ってくれた。「ついては旅費や交通費の精算をしてください。それとリポートもね。会社の公式資料にするかどうかはともかく、一応、提出してもらわないと」

僕は、「分かりました。あとで必ず送ります」と返事しておいた。

樋川さんは引き続き、怪我で帰国が遅れている沙羅華の到着を待つらしい。彼とは駅で別れ、僕は自分の家へ戻ることにしたのである。

自宅のドアを開けたとき、僕は「ああ、戻ってきたんだ」という実感と同時に、「戻ってきてしまった」という気持ちも少なからず感じていた。

今回の旅行のことは、事情が事情だったので、ほとんど誰《だれ》にも言っていなかった。だから無事に帰ってきたからといって、誰に連絡する必要もないのだが、沙羅華のお母さんには電話を入れておくことにした。沙羅華本人が連絡しているはずではあるが、僕からも一応、しておいた方がいいと思ったのだ。

お母さんのテンションは、まったく以前と変わっていなかった。旅行の間に何があったのか、よっぽど言ってやろうかと思ったが、我慢することにした。沙羅華が帰宅したときのお母さんのリアクションが気になるところではあるものの、それはもう、僕のかかわる問題ではないだろう。

さて、これから交通費の精算をしなければならない。それと、リポートと……。それでこうして、せっせと備忘録をつけているわけである。

矛盾に満ちたこの世界へ戻ってきて早々、僕は会社をクビになった。理由は、仮採用期間における無断欠勤である。

親父《おやじ》はカンカンだったが、僕は別に、これといって格別な感情はわいてこなかった。しごく当然の処分なのだから。この不景気に、いきなり会社を休んで海外旅行に出かける新入社員を雇い続けるほど、世の中甘くないのだ。

しかし、である。あいつにかかわると、本当にろくなことがない……。分かっていたはずなのに、僕も懲《こ》りない男である。ああ、こんなことならあっちでノアスになってれば良かった、という思いも、まったくないわけではなかった。

缶ビールを飲み、家で布団をかぶって寝ていると、ピグマリオンの樋川さんから連絡が入った。報告書《リポート》の催促かと思っていたら、そうではない。また会いたいというのだ。

翌日、樋川さんと守下さんは、わざわざ僕の実家まで来てくれた。近くの喫茶店で、用件を聞くことにする。それぞれ飲み物を注文した後、樋川さんがゆっくりと話し始めた。

「今回の件は、ビジネスにはなりませんでしたけれども、とにもかくにも行方不明者たちの何人かが見つかり、それがあなた方の功績だということは、私どももよく理解しています。またノアスに参加していない数名についても、森矢先生がお作りになったリストをベースに丹念に当たってみれば、見つかる可能性もあるのではと思っています。そうしたあなた方のお力の片鱗《へんりん》を今回見させていただいたわけで、私どもとしては、それを高く評価しているところです。にもかかわらず、ご協力いただいたために綿貫さんは、仕事先を解雇になったとか。そのことについては、大変申し訳なく思っています」

「別に謝ってもらわなくてもいいです」僕は両手を横にふった。「自分から言い出したことなので」

「そこで提案なんですが」樋川さんが、僕に体を近づける。「ネオ・ピグマリオンに、来てはいただけませんでしょうか？」

「は？」僕は聞き返した。

「今度、私どもでは新たに〝コンサルティング部、特務課〟を設立するんですが、是非《ぜひ》ともその一員としてお力を貸していただきたい。この守下も、そこに配属させる予定です」

「守下さんが？」

彼女は少し恥ずかしそうに、ぺこりと頭を下げた。

「綿貫さんに来ていただければ助かります。私も後輩ができるのは嬉しいですし、よろしかったらご一緒に……」

確かに僕がピグマリオンへ行けば、彼女の何か月か後輩になるが、年は僕の方が一つ上だったはずだ。

「仕事はいくらでもあります」と、樋川さんは言う。「今回の行方不明者探しにしても、依頼の件がすべて見つかったわけではないですしね……」

考えるまでもない。こっちは失業中なのだから、否《いや》も応《おう》もないのである。返事はイエスしかないと思いながら、もったいぶってコーヒーを口へ運んだりしているうちに、だんだんと分かってきた。そこが僕の鈍いところだ。

つまり彼らが何を期待しているのか、ということなのである。ピグマリオンが本当に欲しがっているのは、僕じゃなくて、沙羅華の方なのだ。それで僕に期待されているのは、そんな沙羅華をうまく使いこなしてくれないかということぐらいだろう。何せ、ああいう取り扱いの難しいキャラだから、彼女専用の係が一人いるわけだ。

僕はコーヒーをテーブルに戻し、腕を組んだ。

わざわざ会いに来てくれたようだが、つまりは僕を、沙羅華の〝おまけ〟で採用しようというのだ。いや、それでも失業中の身なんだから、甘んじて受けるしかないのかもしれない……。しかし僕は、実務的なことで他にも気になることがあった。

「確認しておきたいことがあるんですが」僕は樋川さんに聞いてみた。「彼女の強引な、というか、アンフェアな捜査方法については？」

「それはこちらでも考えました」彼が、ためらう様子もなく答える。「先生を雇用するのではない。私どもは、綿貫さんを雇用するんです」

「は？」

「先生にご協力いただくとしても、〝外注〟という形を取らせていただきます。そして外注業者の責任において、委託業務は処理していただく」

「つまり自社が不正をするわけにはいかない。捜査手法に関する責任は、沙羅華サイドで負っていただくと？」

「おっしゃる通りです」

僕は軽くうなずいた。少なくともピグマリオン・サイドの問題は、それである程度クリアになるかもしれない。

しかしまだ、承諾するわけにはいかなかった。ピグマリオンが期待しているのは沙羅華とのコネクションなんだから、彼女にも聞いてみないといけないだろう。

僕はそのことを樋川さんたちに告げ、返事は保留にした。すると二人は、僕の方が気の毒になるぐらい頭を下げ、手みやげのカステラを置いて、帰っていったのである。

家へ戻った僕は、早速それをおつまみにして、缶ビールを飲むことにした。

実は先日、沙羅華のお母さんからお礼の電話があったばかりだった。沙羅華は家に戻り、学校へも行っているらしい。別に変わった様子はないと言うのだが、それはあのお母さんが言っていることなので、あまりあてにはならない。

とにかく彼女は家にいるのだから、相談できないこともないのだが……。

いや、やっぱり駄目だ。僕は寝ころがりながら、首を横にふった。ピグマリオンの依頼に応えられない最大のネックは、やはり彼女なんである。

実は沙羅華と僕とは、いまだに絶交中だったのだ。

僕にすれば助けてやったつもりなのだが、彼女はまだ怒っているらしかった。あの日以来、口をきいてくれないし、帰りも別々になった。帰国してからも、まったく会っていない。彼女からあずかっている例のコンパスも、返しそびれたままなのだ。

要するに二人で旅行して、何もなかったどころか、喧嘩《けんか》別れして帰ってきたわけである。彼女の唇まであと一センチもなかったのに、情けない……、などと考えながら缶ビールに唇をつけている自分が、またしても情けなく思えてきた。

今度のことで改めて痛感したのは、彼女が自分の手には負えないということだった。いや、誰の手にだって……。彼女は所詮《しょせん》、僕とは別世界の人間なのだ。こうして分かったようなことを書いていても、それは彼女のほんの一部についてである。そのほんの一部で分かり合えることがあったとしても、すべてを分かり合えることなど、あり得ない。人間同士の関係というのは、多かれ少なかれそういうものかもしれないが、彼女はそれが極端なのだ。

ある意味、トップアスリートのような存在かもしれない。その本当の胸の内を、僕みたいなボヤボヤした人間になど、分かるはずもないのである。分かり合えないのだから、やはり共に何かをするということも、あり得ないのかもしれない。そんな二人が一緒にいるのは不幸なことであり、相手を傷つけたくなければ、お互いかかわらないことだ。だから絶交というのも、決して間違った選択ではないのかもしれない。

しかし、それでいいのだろうか……。確かにあの女、一人になりたがるし、一人だと何をしでかすか分からない。誰かがしっかり監視しておく必要はあるかもしれない、とは思うのだが……。けど僕にしても、彼女の面倒をみるのを自分の一生の仕事にするのかというと、ちょっと考えてしまうのだ。

やはり、断るしかない。仕事にしくじった身で言うのも何だが、人間として、また男として、自分のやるべき仕事は他に何かあるはずなのである。


翌朝、ピグマリオンへ連絡すると、樋川さんは不在とのことで、守下さんが電話に出てくれた。昨日のお礼などを言い合った後、僕は率直に、キャンセルの意向を彼女に伝えた。その理由も、簡単に付け加える。

しばらく、電話の向こうで考えていた様子の守下さんは、「これは会社としてではなく、個人的な意見です。それも、女の立場で……」と断った上で、こう言った。「森矢先生が怒ってらっしゃるのは、きっと〝照れ隠し〟なんだと思います」

「照れ隠し？」僕は聞き直した。

「ええ。自分を心配してくれる人が、身近にいるということへの……。先生は、そういうことには不慣れなようですし、だから本当に怒っているんじゃないと思います。綿貫さんは、そんな先生が本当の表情を見せることができる、数少ない人間の一人じゃないのかなあ。あなたを見ていると、私にはそう思えるんですけど……。だから、いつまでも今のままなのは、良くないと思いますよ。さしでがましいようですけど、年上のあなたが頭を下げて、早く仲直りしてあげてください」

誰があんな女に……、と心の中で思いつつ、僕は「はい」と返事しておいた。

就職の件は、了解してもらった。樋川さんには、守下さんが伝えてくれるという。

というわけで、晴れてプー太郎である。これといって、することもない。

僕はまた缶ビールのリングプルを開け、テレビをつけた。地域紛争のニュースに、自爆テロのニュースに、温暖化が原因とみられる異常気象のニュースに、自殺者増加のニュース……。ひょっとしてこれは、再放送なのかと僕は思った。僕が旅に出る前と、世の中ちっとも変わってない。いや、むしろ悪くなっていっているのかもしれない。

しかし、天下を憂う今の自分の状況こそ、憂うべきなのかもしれない。そう思いながらビールを飲み干すと、ゲップが出た。

こうしてプー太郎となり、実家の二階に居すわり続けるのも気まずいものである。こんな姿を親に見せるのも心苦しいし、ゴロゴロしていても仕方ない。また旅に出るのもいいかもしれないが、そんな金もない……。

旅というほど大げさではないが、僕は明日にでも、外出することにした。やり残したことがあるからだ。

3

五月十九日の土曜日、早起きした僕は、電車に飛び乗った。人はまだ少ない。けど、ジャージに長靴に野球帽という僕の格好は、結構目立っていた。

まず、〝むげん〟センター・ポスト下の守衛室で、技術主任の坂口さんに頼んでおいた納屋《なや》の鍵《かぎ》を、警備員から受け取る。去年ゼミで一緒だった須藤も誘ってみたのだが、忙しいからと言って断られた。暇なのは、どうやら僕だけのようである。仕方ないので、一人でやることにする。

僕は、僕たちが〝ご斎田《さいでん》〟と呼んでいた畑の方向へ向かって歩き出した。田植えまでするかどうかは、正直分からない。とにかく雑草だけでも何とかしてしまわないと、見苦しいのだ。もっとも、自分がここへ来なければ見苦しさも気にする必要はないのかもしれないが、やはり気になってしまうのである。

畑の近くにある茅葺《かやぶ》きの建物は、持ち主だったお婆《ばあ》さんがずっと前に住んでいたところだが、今は納屋になっている。扉の鍵を開けると、僕は早速、耕耘機《こううんき》のハンドルとクラッチ・レバーを握りしめながら、それを引っ張り出した。この耕耘機で、雑草ごと土を掘り起こしてしまおうというのだ。つまり〝田起こし〟という作業である。それで雑草も抜けてしまうし、田植えの準備にもなる。

僕は耕耘機の後部に、田起こしのためのアタッチメントを装着した。そして燃料を入れ、チョークボタンを引き、クランクを回す。

ところが、エンジンがかからないのである。何度やっても、駄目だった。しばらく使ってなかったのだから、無理もないかもしれない。原因は多分、キャブレターかどこかだと思うのだが、僕には直せそうになかった。

動かない耕耘機を見ながら、ぼんやりしてても仕方ない。僕は納屋へ戻り、鍬《くわ》を探すことにした。鍬だと時間がかかるし体力も消耗するけど、他にすることもないのである。せっかく来たのだし、とにかく雑草だけでも、削り取ってしまおう……。

鍬を肩に担ぎ、僕はあぜ道に足を踏み入れた。鍬で鋤《す》くのかと思って見てみると、何故か畑が随分《ずいぶん》と広く見えた。しかも雑草は、以前よりも成長している。タンポポはすでに綿毛になっているものもあり、レンゲも増えているようだった。それらが雑草の緑と交ざり合って、雑然としている。

まさに現実の〝カオス〟を見る思いがした。それを〝素手〟でとは言わないが、機械の力を借りず、人力で奇麗《きれい》にしようというのである。人に言われるまでもなく、僕は馬鹿《ばか》な奴《やつ》だと思った。

一方……。〝あれ〟は果たして、現実だったのかという気がしてくる。今回の旅で目撃した、あの世界というのは……。多少、現実離れしていたのは、当然だったのかもしれない。何せ、現実から逃げたい人間の集まりだったのだから。

僕はあぜ道の真ん中で、立ち止まってしまった。今の僕だって、逃げ出すのは簡単なのだ。やっぱり、戻ろうかとも思う。これからやろうとしていることが実に馬鹿馬鹿しい作業だということは、考えるまでもないことなのである。

ふり返ると、少し離れたところにある木の枝に、白鳥《しらとり》がとまっているのを見つけた。サギの一種だと思うのだが、名前は知らない。

あの男――ライフロストが、海鳥を見て言っていた言葉をぼんやりと思い出した。あいつらの方が、よほど分かって生きている――。

確かにそうかもしれない。僕はふと、自分を生み出した存在とやらのことを思った。そして何故、こういう状況に自分を追いやるのかと。いくら考えても、分からないことは分かっているのだが……。

ところが僕たちは、ノアスという〝抜け道〟を見つけたのだ。答えにもたどりつけるし、自分を生み出した存在とやらにも、触れることができるのかもしれない。

僕はあの島の最上部にあった、サナトリウム・ドームを思い浮かべていた。カテゴリー2のノアスが入るはずだった、いわば〝理想郷〟である。〝カオス〟の対義語となる〝コスモス〟が、そこにはあったのかもしれない。そして、そこへ行くのは、意外と簡単だったのだ。トレラスというマシンの力さえ、借りれば。

行けばいいのに、結局行かなかった。その理由も、うまく説明はできないのだが。それに今更戻ったとしても、もうノアスになれないことだけは、はっきりしている……。

次の瞬間、僕はその場で大声をあげてしまった。足元に、ヘビがいたからだ。

そう。ここにはこういうヤツが、ウヨウヨしているのだ。見方を変えれば、自然が残っている証拠だと言えなくもないのだが。また畑が草っぱちなのは、土地に栄養分がある証拠でもあるわけだ。この星は、まだまだ大丈夫かもしれない――。雑草を見ていて、僕はそう思った。

問題なのは、人間である。人間のやることに比べたら、むしろヘビの方が、まだ善良で可愛げがあるかもしれない。そんな人間が怖いのか、ヘビはニョロニョロと体をくねらせ、どこかへ行ってしまった。ヘビの行方は気になるが、こんなところでじっとしていても、草が消えてなくなるわけはないのである。僕は雑草生い茂る、現実のカオスへ向かうことにした。

畑の端に立ち、首にタオルを巻きつけ、軍手をはめて、とにかく鍬をふり下ろす。思わずため息が出た。旅から帰ってみれば、待っていたのは元の日常である。前とちっとも変わっていない。まわりにいるのも日本人ばっかりで、アラスカでの出来事など、まるで何もなかったかのようだ。ここはティナとかフレディとかいう、ふざけた名前の奴らも現れることもない、クソみたいな日常なのである。このクソ日常がそんなにいいとも思えないのだが、何でわざわざ、僕はこっちを選んだんだろう……。

それで考えるのは、また同じことだ。何で人生、こんなに辛《つら》く苦しいのかと。創造主とやらがいるのだとすれば、僕たちを楽園から追放した、何らかの意図があったはずなのである。それが何だったのかは、ノアスじゃない僕に、分かるはずもないのだが……。

しかし、実際に畑の土に触れるのは、久しぶりかもしれない。持ち主だったお婆さんが、毎日のようにここへ出ていたことを思い出す。お婆さんは亡くなってしまったけれども、こうして農作業をしていると、彼女とコミュニケーションし、また導いてもらっているような気分にもなれたのだ。

僕はこの現実の混沌《こんとん》と、そこでこうしている自分と、そして遥《はる》かな答えのことを思いながら、作業を続けた。

すぐに汗が噴き出してくる。けど、決して悪い気分でもなかった。むしろこんな時は、体を動かしている方がいいのかもしれない。

タオルで汗をふきながら、僕は今自分のやっていることが、山登りみたいなものに思えてきた。何とも月並みな表現だが、巨大迷路でも、運動会の借り物競走でも、同じことだ。要はなかなか見えないゴールに向かって、苦しみながらも続けているものである。

山頂までは、たとえば車やヘリコプターでも行くことはできる。しかし、歩いて行けないこともないのだ。そりゃ、歩くどころか、よじ登らなければたどり着けないような難所もあるかもしれない。けど自動車なんかで着いた人と自力でたどり着いた人とでは、同じ頂上で同じ景色を見ていたとしても、見ているものは何か違うのではないだろうか。

だからノアスが真理だとしても、やはり物理的な処置で得ていいもんじゃないだろうと言いたいのである。自分の流した汗を見て、そう思えるのだ。

真理というのは、きっとそこに至る過程も重要なんだろう。もし届かなかったとしても、プロセスは決して意味のないものじゃないと思いたい。一生懸命真面目《まじめ》に生きてりゃ、見えてくるものもあるだろうに。何も機械の力を借りなくても……。かといって、何をどうすれば良いのかは、まだ自分でもよく分からない。それで取りあえず、こうして草取りからやっているわけである。

しかしそれは、〝臨み方〟ではあっても、答えそのものではない……。鍬をふり下ろし、草を削り取りながら、僕はさらに考えを進めた。

では、答えとは何なのか。山の頂《いただき》には、何があるのだろうか？　けどそんなことは、いくら考えても分からないわけである。にもかかわらず、分からないことがあると思うと、余計に気になってしまうのだ。

僕は、木の枝にとまっている白鳥に目をやった。

しかし開き直るわけではないが、これはこれで、楽しくやれないこともない気もする。こんな混沌とした世界でも、生き方次第なのかもしれない。

山頂に何があるのかは分からないが、いや、そもそも頂上なんてあるのかどうかも分からないが、この混沌の中にいて、そこへ到達しようとすること、そう思いながらじたばたすること——そういうベクトルと運動こそが、〝人間〟的ということなんじゃないだろうか。そして、そうやってじたばたしている人間こそ、愛《いと》しいのではないだろうか。だったら僕みたいな人間でも、きっと〝人間〟なんである。

そして〝自我〟とは、その悪戦苦闘に必要な〝感覚器官〟のようなものかもしれない。そうやってあれこれ迷いつつ、自分で一歩一歩確かめながら、自分なりの答えを探すしかないようだ。

すると答えというのは、頂上にあるとは限らないという気もしてきた。むしろ、こうしたプロセスそのものにあるとも考えられるのである。さっき山登りにたとえたが、山頂を目指さなくてもよいのなら、これは〝トレッキング〟に近いのかもしれない。

いずれにせよ、僕らはまだ、答え探しを始めたばかりなのだ。急ぐことはないのかもしれない。むしろ大切なのは、自分で歩くこと……。

沙羅華にノアス化を思いとどまらせようとしたとき、うまく言えなかったのだが、僕が彼女に伝えたかったのは、こういうことだったのかもしれない。

と、こんな具合に分かったつもりになっていても、体は思うように動いてくれないものだ。鍬を持つ手がしびれてきた僕は、しばらく休むことにした。

しかし……。しかし彼女は、どう思っているのだろうか。やはり、真理は頂上にあると信じていて、そこにしか関心はないのかもしれない。そしてそこへ至るプロセスは、彼女にとっては苦痛でしかないのだろうか……。

それはきっと、旅のスタイルにもよるだろうと、僕なんかは思ってしまうのだが。彼女のような〝一人旅〟は、きっと苦しいに違いないのである……。

急に日が差し込んできたので、僕は空を見上げた。そう言えば今ごろは、二十四節気では〝小満〟と言うらしい。きっと五月のささやかで暖かい陽気に満ちているからだろう。この分だと、夜にはまた、満天の星が見られるかもしれない。こんなちっぽけな人間の営みにかまうことなく、宇宙はそこにあるようだ――。

その時、一台のバイクがやってきたかと思うと、畑の前の路肩に、スッととまった。

見間違えるわけがない。それは沙羅華のセルバイクだったのだ。

いつもと同じブルーのライダースーツ姿で、彼女はバイクを降りると、ヘルメットをシートの上へ置いた。

畑にいるのが僕だということは、気づいているはずだと思うが、こっちを見ようとはしない。そしてセルバイクの後部キャリアに縛りつけていた、ままごと遊びに使うようなピンク色の小さなポリバケツを手にとると、こっちへ向かって歩いてきたのである。

どうせロをきいてくれないと思っていたら、離れたところからいきなり声をかけられた。

「楽しいか？　畑仕事は」

「楽しいわけ、ないだろ」条件反射のように、僕は答えた。「どういうつもりだ。畑は手伝わないと言ってたんじゃないのか？」

「君だって。草引きするならその前に連絡しろと言っておいたはずだ」さらに僕の方へ、彼女が接近してくる。「君がまた余計なことをしてるんじゃないかと思って来てみたら、案の定だ」

「余計なこととは、何だよ」

彼女はそれには答えず、しかも僕の前を通り過ぎて、僕が鍬で土を起こしたところへ向かっていった。

「足の怪我はもういいのか？」と、僕は聞いてみた。

「ああ」そして僕が鋤いたところを確かめるようにながめると、「相変わらず、仕事が粗いな」と言うのだ。

人が怪我のことを心配してやってるのに、余計なお世話だと僕は思った。

彼女は上半身をかがめ、畑を見つめている。雑草の中に、何かを探しているようにも見えた。

「畑をリセットするのは、ちょっと待ってくれ」と、沙羅華が言う。「その前に、〝収穫〟しておかないと」

「収穫？」

「言わなかったか？」彼女は、微笑みを浮かべた。「イチゴだ」

「イチゴ？」

僕は畑を見回してみた。相変わらず雑草とタンポポとレンゲの混沌があるだけで、そんなものは見当たらない。

沙羅華は中腰のまま、雑草の中をきょろきょろしている。

「インターネットで苗を買って、去年の暮れにここへ来たとき、植えておいた。時間がなかったので、そんなには植えられなかったが。しかも植えたまま、放《ほ》ったらかしさ。できているかどうか、分からない……。あ……」

畑にしゃがみ込み、彼女は両手を雑草に突っ込んで、ごそごそし始めた。

「ほら、あった」

彼女がつまみ取ったのを見てみると、それは確かに、緑の葉っぱを付けた赤いイチゴのようだった。そんなものがこの雑草だらけの畑にあるとは、僕も今まで気がつかなかった。

それを彼女は、小さなピンクのポリバケツへ入れた。そしてさらに雑草をかき分け、イチゴを摘み始めたのである。

彼女を見つめながら、僕は絶交のことを謝ろうかどうしようか、迷っていた。守下さんに、僕の方から謝るよう言われていたのを思い出したのだ。

「クビになったんだってな。会社」

イチゴを摘みながら、彼女が僕に言う。

そのことを彼女に伝えた覚えはなかったが、調べれば分かることだ。どうせまた馬鹿にするつもりだろうと思い、返事せずにいると、彼女は手を止め、僕に向かって頭を下げたのだ。

「すまなかった。君には、申し訳ないことをしてしまったと思っている」

僕は思わず、頭に手をあてた。

「いや、僕の方こそ。僕が勝手について行ったから、こんなことに……」

沙羅華の方から謝られてしまったが、どうやら絶交は、これで解除のようらしい。

思い出した。

「あの、コンパスを預かったままなんだけど」

「今度でいい」

彼女は小さな声でそう言うと、イチゴ摘みを再開した。

「残念だったな、お兄さん。せっかく会えたのに、僕の気がきかないばっかりに……」

「それも君のせいじゃない」

「でも生きてることが分かっただけでも……。きっとまた会えるさ」

　自分でも、つまらない気休めを言ってしまったと思ったが、それで彼女がまた怒り出すことはなかった。

「それより、君に話しておきたいことがある」と、彼女が言う。「ネオ・ピグマリオンへの就職話だ。特務課のことは、実は私も聞いている」

「でも、それは……」

「君は断ったんだってな。守下さんに、教えてもらった」沙羅華は顔を上げ、僕を見つめた。「で、提案なんだが。この際、ピグマリオンに就職したらどうだ?」

「いや、でも……」

「言いたいことは分かる。私の窓口ぐらいにしか思われてないことが、癪《しゃく》なんだろ?」

「そうはっきり言わなくても……」

「だったら勉強して、他に何か資格を取るとかすればいいじゃないか」そして僕を指さして言う。「何なら綿さん、カウンセラーを目指せばいい」

「カウンセラー?」

「クライアントの相談に応じ、リラックスさせてあげるんだ。ピグマリオンには、そういう仕事もあるんだろ」彼女が、悪戯《いたずら》っぽく微笑む。「それとも君は、占い師か何かの方がいいのか？」

そりゃ、学校で物理を勉強して占い師になるよりは、カウンセラーの方がいいかもしれない。けど、どっちもどっちのような気がしないでもない。

「なれるんだろうか？」僕は首をひねった。「こんなカウンセラーに当たったクライアントは、余計に頭をかかえるんじゃないか？」

「いや、君は案外、いいカウンセラーになれるかもしれないと私は思ってるんだ。勉強すれば、今からでも間に合う。プラスアルファで、特務課の業務もこなせばいいじゃないか。私は私で、受け皿となる新会社を作っておこう」

「新会社？」

「個人事務所だ。つまり彼らが気にしているリスクを、こっちが負えばいいんだろ？　最初から分かっていたことさ。早速だが、君に仕事を頼みたい。特務課の業務を受けるにあたって、いくつか条件がある。休み明けにでも、ピグマリオンに伝えておいてほしい」

僕は、絶交解除からの急展開に戸惑いながら、彼女に聞いた。

「どんな？」

「まず、依頼を受けるかどうかは、私が決める。私はまだ学生だし、何でもかんでも持ち込まれるのは困る。内容を聞いた上で、場合によっては、自分の今の生活を優先させてもらうこともある」

軽くうなずく僕に、彼女は続けて言う。

「それとピグマリオンの仕事をするときは、別な名前で呼んでほしい。本名の〝森矢先生〟じゃ、父さんと紛らわしくて仕方ない」

何となく返事は分かっていたが、一応僕も聞いてみることにした。

「じゃあ、何て呼べば？」

「穂瑞――、穂瑞沙羅華と」彼女はそう答えた。「それと、できれば〝先生〟はやめてほしい。取りあえず、以上だ」

「分かった。ピグマリオンの樋川さんたちには、僕の方からそう伝えておこう」そして僕は、彼女の表情をうかがうようにしながら聞いてみた。「僕の方からも、一ついいか？」

「君が私に条件を出すのか？」

「いや、そうじゃない」僕は一度、唇をかんだ。「君の相棒は、僕でいいのか？」

「どうして？」

「だって僕は、その……。言ってたじゃないか。泥臭い感情論を持ち込んで、君の完璧《かんぺき》な計画をぶち壊しにするとか何とか……」

彼女は、苦笑いを浮かべている。

「外れているか？」

「いや、当たってる……」

「私もそれは考えた。でも未解明の謎《なぞ》に取り組む上で、そういう刺激もいるんじゃないかとね。て言うか、私にはない、そういうアプローチが……」そこまで話すと、沙羅華が急に首を横にふった。「実を言うと、そんな生易《なまやさ》しいものじゃない。私には必要なんだ。君のように適当なインナー・インタープリターが」

「インナー……インタープリター？」

僕はくり返した。いや、意味なら聞かなくても分かる。〝心の内の通訳者〟――。彼女は、僕がそのインナー・インタープリターだと言っているようなのだ。

「ただし、私にとってのね」彼女は照れくさそうに下を向く。「ノースイロニー社の連中はマユツバだったかもしれないが、君はきっと本物だ。もちろん、すべてを理解してもらっているわけじゃない。しかし、今度の旅で確信したんだ。今回だって、君を邪魔者《じゃま》扱いしたことは反省している。それどころか、君がいてくれて良かったと思ってる」

「本当に？」

「ああ。制御室でチューンナップしているときも、実は迷ってた。やはりこのまま、ノアスになった方がいいんじゃないかってね。私のノアス化回避とシステムダウンのプログラムは、ある数値の指数をテンキー操作で上げればいいだけになっていた。その入力に躊躇《ちゅうちょ》がなかったとは言えない……。そんな私にノアス化を思いとどまらせてくれたのは、他でもない、君の存在そのものだったんだと思う。もし――。もし一人で行っていたなら、そんな余計なことは考えず、私はノアスになろうとしていたかもしれない」

「でも、どうして僕なんだ？　その、君のプログラムを、いつもバグだらけにしてしまうんだろ……？」

「それは自分でも、分からないんだ。今でもね。ノアスの真理より、何故君とこの世界を選んだのか……。君を助けたところで、君の無知と無理解にふり回されるだけなのに」

いいムードになりかけていたと思うのだが、彼女には言葉を選ぶ気がないらしい。

「結局、届かなかったな。真理とやらに」僕は一度、息を吐き出した。「すぐそこにあったかもしれないのに」

「さあ、それはどうかな」彼女が、意味ありげな微笑みを浮かべる。「しかしまさか、君が私を助けに戻ってくるとは思わなかった」

「僕も思ってなかったさ。だから人間て、やっていけるのかもな。次に何が起きるか、分からない」

僕たちは顔を見合わせて、微笑み合った。

「あのときの君の説得を、ときどき思い出すことがあるんだ」

「そんなに良かったか？」

「笑ってるのさ。あまりの泥臭さに。この畑と同じで、どうしようもなく、混沌としている。まさにカオスじゃないか。答えも見いだせずになりふりかまわず騒いでいるなんてな……。けど、嘘《うそ》がない。言い換えれば、君の真実があったと思ってる」

彼女は雑草の隙間《すきま》から赤いイチゴを一つつまみ取ると、それをポリバケツに入れた。そしてこう付け足した。

「おかげで、気づいたこともある」

「何だ？」

「君と意見が合わず、ああして喧嘩できるのも、ひょっとして幸せなことかもしれない、ってね」

「どういう意味だ？　それは」

沙羅華は微笑みを浮かべ、イチゴの実を摘み続けている。今の一言は、ノアスが真理だとする説の否定のようにも取れるのだが、彼女は微笑むだけで、それ以上は語ろうとしない。

仕方なく僕は、また鍬で雑草を削り取ることにした。

彼女がどういうわけでそんなことを言い出したのか、僕には分からない。でも彼女が追い求める答えに向かって、一歩前進したんじゃないかと思ってやりたかった。

「よし」

一応、摘み終えたらしく、沙羅華は立ち上がると、小さなポリバケツを腕にぶら下げて僕のそばまでやって来た。

彼女にバケツの中を見せてもらう。イチゴの量はそんなに多くないし、スーパーとかで売っているものより、かなり小粒である。また雑草で太陽光が十分に当たっていないせいか、色も赤というより、ピンク色に近かった。

もっともずっと放ったらかしだったのだから、当たり前かもしれない。けど、どれもみずみずしく、丁度《ちょうど》、食べごろのように思えた。

「休憩しないか？」と彼女が言い、ポリバケツを僕の目の前に掲げた。「綿さんにもあげるよ」

僕たちは、茅葺きの家へ行くことにした。

外に出したままの耕耘機が、沙羅華の目にとまったようだ。

「動かないみたいだな。私でよければ、整備しようか？」

「ああ、頼む」

これで休憩後の畑仕事も、きっとはかどるに違いないと僕は思った。

茅葺きの家に着くと、早速勝手口の水道で、イチゴについた泥を軽く洗い流す。

沙羅華が〝むげん〟のクロスポイントを見上げて言う。

「あとで鳩村先生とか、上の連中にも持っていってあげよう」

僕たちは、水洗いしたイチゴを持って、縁側に腰を下ろした。周囲に、人影はない。僕たち、二人だけである。

「砂糖はないけど、いいか？」沙羅華が聞いた。「酸っぱいかもしれないけど、その方が自然でおいしいと思う」

「うん、そのままで」と、僕が答える。

「イチゴをのせるお皿もないんだ」

「かまわないさ」

僕はイチゴの入ったポリバケツを、二人の真ん中に置いた。そして彼女が作ったイチゴなので、彼女が先に食べ始めるのを待つことにしたのだ。

「ありがとう」

彼女は唐突にそう言うと、僕に向かってぺこりと頭を下げた。

「何が？」僕が聞き返す。

「君の呼びかけだ。私がベッドにいたときの……。私は思いがけず、君の心の叫びを聞いてしまった。しかしあのとき、君に何を言われようが、私は自分の仕掛けたプログラムを実行するために、非常停止ボタンを押せなかったんだ。君の気持ちを、心からうれしく思っていたのに……。でもフェイスマスクで固定されていて、そのことを君に伝えるどころか、返事さえできずにいた。だから今、礼を言っておきたい。本当に、ありがとう」

もう一度、今度は深々と頭を下げる沙羅華を見ていて、僕の胸は熱くなった。

きっと、彼女に〝愛しい〟と告白してしまったことを言っているのだと思った。しかも僕は、場合が場合だったので、それを大声で叫んでしまったのだ。

彼女は僕のそんな思いを、しっかりと受け止めてくれていたようである。

「あれが君に対する、僕の本当の気持ちだったんだ」僕は彼女に告げた。「それはこれからも、きっと変わらないと思う」

「一つ聞いてもいいか？」

「ああ。何でも聞いてくれ。僕に答えられることなら」

彼女は真剣な表情で、僕を見つめた。

「君はときどき、私の裸を想像しているのか？」

予想外の質問に、声がひっくり返った。

「ひ？」

「あのとき、そう言ってたじゃないか。しかもそのことを、私に叱《しか》ってほしいと……」

確かにそれは、僕が彼女に言ったことだった。ちゃんと聞こえていて、しかも彼女は、それを一言一句、しっかり覚えていたようなのだ。

「いや、君を連れ戻すために、つい、心にもないことを……」

彼女は、僕に顔を近づけた。今、僕が〝心にもない〟と言ったことが、本当に心にもないことかどうかを見極めようとしているかのように。

「すまん。その話は忘れてくれ」

僕は目を閉じ、彼女に向かって手を合わせた。

「分かった。全部忘れよう」意外とあっさり、彼女は引き下がった。「それより、先に食べてくれないか？」

「え、いいのか？」

「ああ。まず、君に食べてもらいたいんだ。私の作ったイチゴを」

彼女は一粒つまみ取ると、それを僕の口のそばまで、ゆっくりと持ってきてくれた。そのイチゴは小粒だったが、全体にピンク色で、細かな種が、微妙なディテールを表面に刻んでいる。まるで沙羅華の……。

いや、それはともかく、このイチゴはずっとここにあって、僕たちがノアスについて口論している間も、じっと熟すのを待っていたわけである。それを彼女は自分ではなく、先に僕に食べさせてくれるというのだ。

僕は彼女に出会ってから今までのことを思い返してみたが、彼女に何かをもらったという記憶はなかった。つまり、このイチゴが初めてなのである。そう思うと、ちょっと感激だった。この小さなイチゴは、彼女と僕の関係が大きく変化していく兆しかもしれない。

そういえば今回の旅では、バタバタしていてろくにおみやげも買えなかった。そんな僕にとって目の前のイチゴは、彼女からの思いがけないプレゼントであり、この旅でようやく見つけた宝物のようにも見えた。いや、ひょっとしてこれは、彼女からのラブレターの代わりかもしれないのである。人生、辛いことばかりじゃないと思った。真面目にコツコツ生きていると、こういういいこともあるわけなのだ。

彼女を見ると、今まで僕が見たこともないような微笑みを浮かべている。まるでそれは、心の底からわき上がってくる喜びを抑えきれないといった感じの表情だった。

僕は彼女が差し出すイチゴを、そっと唇で受け止めた。

彼女は自分で、気づいていないのかもしれない。でもそのときの彼女は、森矢沙羅華でも穂瑞沙羅華でもなく、彼女がなりたいと思っていた本当の自分自身に、ようやくなっていたような気がした。

しかしそれは、僕の早とちりだったようである……。

イチゴを口にふくみ、その果肉の歯ごたえと甘酸っぱい味覚を楽しみ、いい気分にひたっている僕を、沙羅華がじっと見つめていた。

コクられたら、どうしよう……。そう思っている僕に、彼女は低い声でこう言った。

「お毒味、ご苦労」

それからようやく、彼女は次のイチゴを一つつまみ、自分も口にしたのだ。

喜ぶべきか悲しむべきか、そのとき一瞬見せた微笑みは、間違いなく穂瑞沙羅華のそれだったのである。

あとがき

そもそも僕は、ひねくれているのです。

いわゆる〝マッドサイエンティスト〟が〝白髪の老人〟なら、〝黒髪の美少女〟にしてやろう、と……。身にまとうべき白衣は、ライダースーツに。定番アイテムである〝度の強そうな眼鏡《めがね》も、情報端末機能付きの〝グラスビュア〟にしました。そして〝宇宙〟という巨大にして永遠の謎《なぞ》に挑む彼女には、かの名探偵へのオマージュも込めた。

早熟の天才、穂瑞沙羅華《ほみずさらか》の誕生です。

二〇〇二年十一月『神様のパズル』の出版直後から、僕は予想外の反応もあることに、やや戸惑っていました。何かしら方々で、〝萌《も》え〟〝萌え〟と聞こえてくるのです。

しかし僕が最初から〝萌え〟を意識していたら、沙羅華はあのキャラクターにはなっていなかったと思います。〝萌え〟という型にはまった、もっとステレオタイプなキャラになっていたはずです。このへんの〝さじ加減〟というのは僕もまだ十分につかみ切れてはいないのですが、創作というのはきっとそういうものなのでしょう。

実際、彼女は〝萌え〟と呼ばれていたとしても、世間でいう〝萌え〟の定義を逸脱している部分もあるはずなのです。もっとも「それが〝萌え〟だ」と言われれば、黙って引き下がるしかないのですが……。

さて、こうしてデビューを果たした穂瑞沙羅華を、彼女自身はどのように思っているのでしょうか？　まさか自分で自分を〝萌え〟とは、言わないかもしれませんね。

彼女の才能は、自ら望んで獲得したものでもありませんから、やはり自分について、ひたすら自問することになるのでしょう。しかし彼女に課せられた疑問は、すぐに答えが出るものではなかった。それに挑み得る天才的な頭脳さえ、十代の少女には、荷が重い。かといって一度いだいてしまった疑問は、消えることがないのです。本当は、ごく普通の少女として、生きたいと思っているのかもしれないのに——。それでも彼女は、自分の運命に、誠実に向き合ってくれています。

こうして〝究極の疑問〟に挑戦し続ける彼女の姿は、数学に出てくる〝級数〟に似ているかもしれません。整数nの値が一つ増えるごとに、解も変化していくわけです。

そして彼女はまだ、大きく揺らいでいる。果たして何らかの値に〝収束〟するのか、それとも〝発散〟するのか……。そんなふうに〝極限値〟を探りながら、彼女の旅は続くことになりそうです。

考えてみれば、これは彼女だけの疑問ではないのです。誰もが一度は、思うことでしょう。「宇宙とは何か？」。そして、「自分とは何か？」——。

彼女は何も特別な人ではなく、根本的には私たちと同じなのかもしれません。

彼女がいだいた疑問、そして私たちもいだいたことがある疑問のことを思いながら、どうか危なっかしい彼女の旅を、見守ってやっていただきたいと思います。

平成二十一年九月

機本伸司

●主な参考文献

・Newton ムック『小さな素粒子を〝見る〟巨大な装置 加速器がわかる本』（ニュートンプレス）
・『シャーロック・ホームズの世界』マーティン・ファイドー著 北原尚彦訳（求龍堂）
・『ギリシャ神話』山室静著（文元社）

解説

山岸　真

本書は、第三回小松左京賞受賞作『神様のパズル』の、直接の続篇である。直接の、というのは、本書が前作『神様のパズル』と同じ主人公コンビの物語であり、前作のラストシーンと前後して話がスタートするから。

だが続篇といっても、本書と関連する前作の情報は作中でフォローされているので、前作を未読でもさしつかえはない――という続篇ものの解説の定番フレーズは、今回は不要かもしれない。なにせ前作は文庫版だけでも二十数刷のベストセラーであり、あの主人公コンビ――とくにヒロインとの再会を楽しみに本書を手にした方も多いだろうからだ。

とはいえ、主人公コンビの設定くらいはここでまとめておいたほうがいいだろう。

まず、コンビのうち、前作と本書の共通の語り手（日記形式の回想記の書き手）でもあるのが、「僕」こと綿貫基一《わたぬきもとかず》。前作は、彼が関西方面の大学の物理学科の落ちこぼれ四回生をやっている二〇二八年春から秋の話だった。翌年、無事に卒業も就職もして四月から勤めはじめたところ、というのが前作エピローグおよび本書冒頭の状況だ。（なお、『神様のパズル』は二〇〇八年に三池崇史《みいけたかし》監督、市原隼人《いちはらはやと》・谷村美月《たにむらみつき》主演で映画化もされているが、映画と原作には違いも多い。とくに綿貫基一の設定はずいぶん違っていて、原作では映画とは異なり、一卵性双生児でもなければ――少なくともそういう話は出てこない――

パンクロッカーでもないのでご注意を。話を戻して……）

この綿貫を「綿さん」と呼ぶもうひとりの主人公が、前作に引きつづいてのヒロイン、森矢《もりや》沙羅華《さらか》——といわれて、あれ、ヒロインの名字は穂瑞《ほみず》で、「シャーロック・ホームズ」の苦しいダジャレ（ついでに綿さん＝ワトソン）だったんじゃ、と思った方も多いでしょうが、前作のラスト数ページ前で、沙羅華は母方の名字・穂瑞から父方の名字・森矢（父親は大学の先生なので森矢ティーチャー↓モリアティ？）に改姓したのだ。

ちなみに、前作での綿貫は、セリフでも地の文でも、彼女を穂瑞と呼んでいるが、改姓後のラスト数ページでは沙羅華と呼んでいる。これは彼女の父親との混同を防ぐためともとれるが、本書では混同の心配がほとんどないのに、最初から森矢ではなくほぼ沙羅華オンリーで通し、彼女もそれについて何も言わない。そこに二人の関係（距離感）の変化が……などと説明するのは野暮《やぼ》というものだろう。

沙羅華は人工授精で生まれた超天才。その天才ぶりは、九歳のときに粒子加速器に関する画期的理論を発案し、それ以前にも量子コンピュータの開発に関わっていたというとんでもないもの。飛び級での大学入学を許可され、前作では十六歳にして綿貫と同じ大学の物理学科四回生だった。なお人工授精という出自は前作では背景設定レベルだったが、本書ではストーリー上の大きな要素となる。

この沙羅華と綿貫のデコボココンビ（知的には沙羅華が、身長では綿貫がデコ）が、大学のゼミで「人間に宇宙は作れるか？」という問題に取りくむ……というのが前作の物語のコア。冗談みたいな問題だが、それは沙羅華にとっては切実な意味を持っていた。

本書の作者あとがきにもあるとおり、前作の感想では沙羅華が〝萌《も》えキャラ〟的に語られることが目立つ。前作の沙羅華には事実、さまざまな萌え要素——ツンデレのツン（ツンツン）、クーデレのクー（クール）、ヤンデレのヤン（病《や》んでる）などなど、および微量のデレ——を見てとれるが、ツンデレのイメージが強調されたのはD・K氏の表紙絵の力が大きかったと思う。また現在単行本が二巻まで出ている内田《うちだ》征宏《まさひろ》氏の漫画版『神様のパズル』でも、ツンデレを中心に萌え成分が増量されている。

だが（小説版の）前作の沙羅華に対するもっとも適切な形容は、本書の中で綿貫が言う、「高飛車《たかびしゃ》で意地の悪い」だ。そうなったのは出自に絡む家庭環境の問題や、何より、天才美少女としてマスコミや世間のおもちゃにされたことの影響だろう。それは十代の少女の心が受けとめるには過酷すぎ、重たすぎて、その結果生まれたのが、ふたたび綿貫の言葉を借りれば、「気難しく、皮肉屋で、人を寄せつけず、なのに孤独」な少女だった。

そんな沙羅華にとって、「自分とは何か」という問題は、ふつうの人々、ふつうの十代にとってよりも、はるかに重要な意味を持っていた。ここで話は、「宇宙は作れるか？」という問題に戻る。宇宙を作るには、宇宙とは何かを知る必要があり、それはその宇宙の中にいる自分とは何かを知ることに、きっとつながる——沙羅華はそう信じたのだ。

前作のストーリーを通して、沙羅華はその問題とむきあっていく。そして、前作ラストでの沙羅華は、憑《つ》き物《もの》が落ちたかのように、「背伸び」をしない元気少女の姿を見せていた。それが「答え」が出たからかどうかはさておき、その結末は小説としてきれいだし、そんな彼女の姿は本書での初登場シーンでもふたたび見ることができる……けれど、彼女は名字が新しくなったように、内面も穂瑞沙羅華という強烈なキャラクターから、森矢沙羅華という新しい人間に変わったのだろうか——ほんとうに？

　さて、ここからがようやく、本書『パズルの軌跡』の話なのだが、本書の物語は、沙羅華と綿貫があるきっかけで、失踪人の捜索に手を貸すことになるところから開幕する。ふつうならミステリ仕立ての展開になりそうなものだが、ただでさえ頭脳明晰《ずのうめいせき》な沙羅華が反則技を使いまくるので、あっというまに手がかりがそろってしまう。それは、これ以上のストーリーを書くとネタバレになるということでもあって、なんとも困ったものだ。

　だが本書がどういう話かは書くことができる。本書冒頭の段落で明言されているのだから、ネタバレは気にしなくてよかろう。すなわち、『「何も宇宙を作ることはなかった」と、彼女は言った。「〝内宇宙〟を作り直せば、その外側の宇宙も変わる理屈だ——」』

　ここでいう内宇宙とは、精神論とか瞑想とか信仰とかは関係なくて、脳科学や物理学によって解明される人間の認知・知覚や精神活動のこと（SF史の文脈で内宇宙というと別の意味あいになるのだが、本書とは直接の関係がないので省略）。つまり本書は、ある意味で『神様のパズル』よりもダイレクトに、「自分とは何か」という問題にアプローチした作品なのである。それは、「〝人間の幸福に対して物理学は何ができるのか〟という問いに対する、数少ない解答の一つ」をめぐる議論につながっていく。

ちなみに最近の日本SFでは、本書と共通するアプローチで「自分とは何か」を描いた傑作が次々と書かれている。長篇なら伊藤計劃《いとうけいかく》『ハーモニー』や長谷敏司《はせさとし》『あなたのための物語』（ともに早川書房）などがそれで、こうした作品もぜひ読んでいただきたい。また海外でもグレッグ・イーガンという作家が、短篇集『しあわせの理由』（ハヤカワ文庫SF）の表題作など多くの作品で、本書と通ずるアプローチで「自分とは何か」をテーマにした作品をたくさん書いているので、こちらもお薦めしておく。

ところで、「自分とは何か」「宇宙とは何か」という〃究極の疑問〃は、本書の作者、機本伸司の一貫したテーマといっていい。本書以前に発表した長篇五作のすべてでも、作品ごとに方向性や程度は違うけれど、このテーマが顔を出す。

そればかりか、作者は以前にも、本書と同じSF的アイデアを使ってこのテーマに挑んだことがあるのだ。二〇〇二年に『神様のパズル』でデビューする以前、一九九九年の第一回日本SF新人賞で一次選考を通過した応募作がそれ。そのタイトルが『ノアス願望』だと聞けば、本書を読んだ方は両者の関連を考えるだろう。その一次選考で原稿を読んだのが僕で、そのことはたしか作者ご自身に話したので、それが本書の解説を依頼された理由かもしれない。十年前のことで記憶に自信がないけれど、『ノアス願望』は本書後半の舞台となる島のかわりにスペースコロニーが出てくる、サスペンスフルな宇宙SFで、全体的にかなりダークなトーンだったように思う。

最新作ながらアイデアとテーマという点では作者の原点ともいえる本書だが、ひとつたしかなのは、沙羅華と綿貫のおかげで、応募作とはまるっきり別の小説になっていることだ。本書を読んであらためて感じたのだが、この主人公ふたり、個々人でもコンビとしても、シニカルさと前向きな姿勢、反発する部分と惹かれあう部分、そういったバランスが絶妙で、それがふつうなら小説になりにくい、あるいは気恥ずかしい、〝究極の疑問〟に関する議論を抵抗なく、むしろ楽しく、時にユーモラスに読ませてくれる。

本書の作者あとがきを読むと、この魅力的かつ強力なコンビの物語は、今後も続いていきそうだ。そして本書の結末からすると、その物語は、沙羅華が「事件」の調査を依頼され、記録係である綿貫とともにそれに取りくむというものになりそうで、「かの名探偵」へのオマージュがより明確になるのかもしれない。本書の沙羅華は前作に比べるとツンデレ度が増しており、そのへんが今後どうなるかも楽しみだ。

もう指定枚数を超えているのだが、書いておくべきことはほかにもたくさんある。

機本作品はモノ作り／プロジェクトSFであること。日本SFの中でのその位置づけと、日常性の重視という特徴（作るモノや目標はまったく日常的でも、常識的でもないが）。本書以前の作品では主人公サイドがモノを作る側だったが、本書では違っていること。プロジェクトは結果ばかりでなく、その途中／過程にも意味があるというスタンス。パズルというモチーフが頻出するが、作品によってその意味あいが異なること。

本書後半、夜の海岸で宇宙《そら》を見あげた綿貫がいだく感慨《かんがい》について。それは小松左京のSFのような壮大さを感じさせると同時に、個人の感覚へのしっかりした目線が、やはり小松SF的であり、またまぎれもなく機本SF的でもあること。

　まだまだあるが、最後に、作者が昨年発表した『神様のパラドックス』のことを書いておこう。この作品は作者いわくの『神様のパズル』のスピンオフで、同一設定の未来の、同じ年の、ほぼ同じ期間の物語（つまり本書の一年前の話）。『神様のパズル』とストーリー上の関係はないが（しかし物語のクライマックスは同じ日だったりする）、沙羅華と綿貫がラスト近くで場面泥棒的に出演している（沙羅華はじつはもっと前から話に割りこんでいたのだが）。一方、本書の物語のきっかけとなるネオ・ピグマリオンという会社やその社長の樋川、量子コンピュータやそれを使った事業の話などは、『神様のパラドックス』の物語とダイレクトにつながっている。そのあたりを知らないと理解できない部分は本書にはないけれど、知っていたほうが楽しさが増すのも事実。

　そういえば、『神様のパズル』『神様のパラドックス』そして本書には、同じ新興宗教らしき団体が顔をのぞかせて、うさんくさくも不気味な存在感を漂わせている。沙羅華と綿貫が今後、ネオ・ピグマリオンから仕事を依頼され、あるいは〝究極の疑問〟を追いかけつづけるなら、そこに絡んできそうに思えるのだが……。そこいらがじっさいにどうなるかはともかく、沙羅華と綿貫のコンビに再会できる時を期待したい。


（やまぎし・まこと／SF翻訳業）

本書は、ハルキ文庫のための書き下ろし作品です。

Haruki Bunko
ハルキ文庫

き 5-4

パズルの軌跡《きせき》 穂瑞沙羅華《ほみずさらか》の課外活動《かがいかつどう》

著者 機本伸司《きもとしんじ》

2009年10月18日第一刷発行
2009年11月18日第三刷発行

発行者 角川春樹

発行所 株式会社角川春樹事務所
〒101-0051東京都千代田区神田神保町3-27二葉第1ビル

電話 03(3263)5247(編集)
03(3263)5881(営業)

印刷・製本 中央精版印刷株式会社

フォーマット・デザイン 芦澤泰偉
表紙イラストレーション 門坂 流

ISBN978-4-7584-3436-2 C0193 ©2009 Shinji Kimoto Printed in Japan
http://www.kadokawaharuki.co.jp/[営業]
fanmail@kadokawaharuki.co.jp[編集] ご意見・ご感想をお寄せください。

機本伸司の本

第3回小松左京賞受賞作品

神様のパズル

「宇宙の作り方、分かりますか？」――究極の問題に、
天才女子学生＆落ちこぼれ学生のコンビが挑む！

「壮大なテーマに真っ向から挑み、
見事に寄り切った作品」と小松左京氏絶賛！
〝宇宙の作り方〟という一大テーマを、
みずみずしく軽やかに描き切った
青春ＳＦ小説の傑作。

角川春樹事務所